그 숲에 가고싶다
힐링하러!

숲과 나무에게 듣는 명상
그 숲에 가고 싶다, 힐링하러!

초판 인쇄 2015년 5월 22일
초판 발행 2015년 5월 28일

저 자 이우상
발행인 김영애
디자인 씨엘/최병인
펴낸이 SniFactory (에스앤아이팩토리)

등 록 제2013-000163호(2013년 6월 3일)
주 소 서울시 강남구 삼성동 157-8 엘지트윈텔1차 1402호
전 화 02-517-9385 팩스 02-517-9386
이메일 dahal@dahal.co.kr 홈페이지 http://www.snifactory.com

ISBN 979-11-86306-08-6 (13800)

ⓒ 2015, 이우상

값 20,000원

숲과 나무에게 듣는 명상

그 숲에 가고싶다 힐링하러!

이우상 지음

다홀미디어

나무와 숲이 마누라보다 좋은 이유

인간중심, 인본주의, 휴머니즘이란 말에 회의가 든다. 모든 가치의 중심에 인간을 놓고, 나를 놓는 의식이 불편하다. 대화, 갈등해소, 통섭이란 말도 이제 피로하다. 회의, 불편, 피로가 오는 것은 동물이기 때문이다. 동물은 운동, 감각, 신경 따위의 기능이 발달했다. 소화, 배설, 호흡, 순환, 생식 따위의 기관이 분화되어 있다. 다분히 착취구조다. 이기적 자아, 배타적 자아 구조다.

식물은 자유롭게 움직일 수 없고 신경과 감각이 없으나 세포벽이 있다. 수분을 흡수하고 엽록소에서 광합성 작용을 하여 영양을 보충하며 산소를 배출하고 이산화탄소를 빨아들인다. 수동적이나 이타적 자아 구조다.

고등, 열등을 떠나 이타적 자아는 식물이 월등하다. 억압과 배신도 없다. 그래서 사람을 만나는 것보다 나무를 만나는 것이 편하다. 나무가 모여 사는 숲을 만나는 것이 좋다. 나무는 가르치거나 훈계하려 하지 않는다.

남을 가르치려 하고 이익을 얻으려하고, 베푼 것에 대한 보답이 허술하다고 얼마나 섭섭해했던가. 말과 행동을 합리화히려하고, 하찮은 것과 동일시하려고 얼마나 안달했던가. 느린 걸음으로 숲으로 간다. 숲을 이루는 나무를 만나러 간다. 가는 길목에서 마주친 풀과 꽃에게도 인사를 한다. 여성들이 발끈한 일이지만 시중에 다음과 같은 유머가 있다. 반전이 있으니 토라지지 마시고 끝까지 읽으시길.

나무와 숲이 마누라보다 좋은 이유

숲은 언제나 우리를 반겨주며 안아준다.
그러나 마누라는 안아주고 싶을 때만 안아준다.

숲은 우리가 바빠서 찾아주지 않아도 말없이 기다려준다.
그러나 마누라는 야근만 해도 전화통에 불난다.

나무는 사계절 새 옷을 갈아입고 새로운 모습으로 우리를 기다린다.
그러나 마누라는 사계절 몸빼 입고 기다린다.

나무는 우리에게 아무것도 바라지 않는다.
그러나 마누라는 우리에게 만능 맥가이버가 되길 바란다.

숲은 10년이 흘러도 제자리에 있다.
그러나 마누라는 오늘도 어디로 튈지 모른다.

숲은 꾸미지 않아도 이쁘다.
그러나 마누라는 화장 안 하면 무섭다.

숲에는 바람소리, 물소리, 새소리, 자연의 노래가 있다.
그러나 마누라는 잔소리와 바가지가 전부다.

숲에는 맑은 공기, 흙내음, 초목의 향기가 있다.
그러나 마누라의 향기는 외출용이 된지 오래다.

나무와는 말없이 조용히 대화가 된다.
그러나 마누라와 대화는 입씨름의 전초전이다.

나무는 우리가 담배를 피우든 술을 마시든 간섭하지 않는다.
그러나 마누라는 '그래 니맘대로 하다가 일찍 뒈져라' 한다.

숲은 백지상태다. 무념무상 상태로 끌어들인다.
그러나 마누라의 머릿속에는 백년 묵은 여우가 들어있다.

그래서, 우리는 숲으로 간다. 나무를 만나러 간다.

그래도 숲과 나무와 안 살고 마누라하고 사는 이유가 있다.
숲과 나무는 우리에게 밥을 해주지 않는다.

빨치산 무명용사 차림으로 답사를 떠날 때면
아내의 정성이 배낭에 가득하다.
보온밥통에 담긴 따뜻한 도시락, 정성껏 깎은 과일,
얼린 막걸리 한 통이 그것이다.
아파트 입구에서 내 모습이 사라질 때까지
아내와 딸 하은이는 복도에서 내려다보며
요상한 몸동작과 함께 요란스런 박수를 쳐댄다.
얼얼하고 고맙다. 이기고 돌아오리다.
땡큐! 맘 앤 도러!

2015년 5월

이 우 상

차례

숲에서는
슬픔마저
아름답고 그립다

01

02 민낯의 눈부심에 가슴 벅차다

이루지 못한 03
하얀 사랑,
나무에 핀 연꽃

04 유리하다고 교만하지 말고 불리하다고 비굴하지 말라

낙엽,
내 가는 곳을
묻지 말라

05

06 산이 타면 국가가 타는 것이다

숲에서는
슬픔마저 아름답고
그립다

마라도에 숲이 있다? 없다?

국토 최남단, 마라도에서부터 숲 이야기를 시작한다. 한반도의 부속도서는 총 3,215개다. 유인도 494개, 무인도 2721개다. 유인도에 거주하는 주민은 100여만 명이다. 3000여개 섬 중 마라도馬羅島는 대한민국 최남단 섬이다. 최남단이란 이름값 때문에 여름철엔 하루 4,000여명의 관광객이 마라도의 가슴팍으로 파고든다.

◀ 일출 : 마라도에서

마라도에는 두 개의 선착장이 있다. 자리덕, 살레덕 선착장이다. 날씨와 물살에 따라 선택해서 배가 접안한다. 모슬포에서는 정기여객선, 송악산에서는 유람선이 왕래한다.

선글라스와 모자로 한껏 멋을 낸 방문객들이 마라도 선착장에 내리면 폭포수 같은 뙤약볕이 그들을 맞는다. 얼굴이 따끈거리고 머리가 어질어질하다. 마라도에는 나무가 없다. 숲이 없다. 본래 울창한 원시림으로 덮인 무인도였으나, 1883년(고종 20년)에 모슬포에 거주하던 김金·나羅·한韓 씨 등 영세 농어민 4, 5세대가 당시 제주목사 심현택으로부터 개간 허가를 얻어 화전을 시작하면서 삼림이 전부 불타 버렸다 한다.

여행의 흥분과 설렘을 숨기지 않고 뙤약볕을 손으로 막으며 4~5분 걸어가면 늘어선 짜장면집들이 방문객을 맞이한다. 요란한 호객행위에 잠시 어리둥절하다. 적막을 기대하며 절해고도에 들어선 발걸음이 휘청거린다. 몇 년 전 모 통신사의 광고가 작은 섬에 10여개의 짜장면집을 만들어버렸다.

마라도는 바다 속에서 독립적으로 화산이 분화하여 이루어진 섬으로 추정되나 분화구는 볼 수 없다. 등대가 있는 부분이 높고 전체적으로 평탄한 지형을 이루고 있다. 중심부에는 작은 구릉이 있고 섬 전체가 완만한 경사를 가진 넓은 초원이다. 섬의 돌출부를 제외한 전 해안은 새까만 현무암으로 이루어져 있다. 해안선은 대부분 해식애를 이루고 있다. 북

서해안과 동해안 및 남해안은 높이 20m의 절벽으로 되어 있으며 파도 침식에 의하여 생긴 해식동굴이 많다.

육상식물은 모두 파괴되어 경작지나 초지로 변했으며, 섬의 중앙부에 해송 숲이 있다. 이름하여 '마라도 푸른숲'이다. 태풍과 염분을 온몸으로 맞으며 최전방 초병처럼 용감하게 자라고 있다.

구한말 이후 마라도는 나무 하나 없는 작은 벌판이었다. 1991년 제주 일보와 남제주군이 공동사업으로 마라도 푸른 숲 가꾸기 사업을 전개 했다. 마라도 민둥 벌판 3ha에 소나무 묘목 3만 그루를 심었다. 당시 심은 나무들은 마라도의 강풍과 파도를 견디며 오붓한 소나무숲으로 성장해 푸르름을 자랑하며 국토 최남단 마라도의 새로운 상징으로 자리매김

되는 중이다. 마라도의 청정 자연을 후세에 전하기 위해 매년 사유지 매입사업과 함께 소나무와 야생화 심기 사업을 실시하고 있으며 앞으로도 푸른 숲 가꾸기 사업을 지속적으로 전개할 계획이라고 한다.

마라도에도 나무가 있다. 숲이 있다. '마라도 푸른숲'이 있다. 허나 아직 숲이라 부르기에 민망한 수준이다. 묘목을 심은 지 20년 지났지만 키가 겨우 2~3미터다. 굵기도 굵은 팔뚝 정도다. 안간힘을 쓰며 해송이 자라고 있다. 바닥은 약간의 흙과 굳은 용암이다. 바람은 또 어떤가. 지붕을 핑핑 날려버리는 태풍이 1년에 대여섯 번 할퀴고 지나간다. 바람을 직접 맞는 가장자리에 심은 나무는 군데군데 고사했다. 빽빽하게 심었지만 강풍을 견디지 못하고 순직했다.

2012년 7, 8월 두 달간 마라도에서 지냈다. 사올라 · 담레이 · 덴빈 · 볼라벤 등 태풍 4개를 최전방에서 맞았다. 처음에는 낯선 풍경에 들떠서 일부러 비바람을 맞고 사진도 찍어댔다. 몸이 핑핑 날리는 체험도, '산더미 같다'라는 파도의 실체도 보았다. 그러나 마지막 볼라벤의 공격에는 공포를 견디기 힘들었다. 정전이 되고 핸드폰도 먹통이 되었다. 두렵고 무서웠다. 소주를 콸콸 입에 털어 넣고 이불을 푹 뒤집어쓰고 날이 새기만 기다렸다. 날이 밝아도 태풍은 멈추지 않았다. 보름 간 정기 여객선이 끊기고 식량이 바닥났다. 유리창 몇 장 깨졌지만 다행히 기거하는 집은 날아가지 않았다.

굿판 같은 사흘, 태풍 볼라벤이 지나간 후 섬을 둘러보니 풍광이 처참했다. 선착장 콘크리트 계단이 부서지고 바다에서 날아온 자동차만한 바위덩이가 길 위에 나뒹굴고 있었다. 서로 껴안지 않은 것들은 날아가고 부서졌다. 등대의 바람개비도 날개가 부러졌다.

마라도 푸른숲, 해송들은 서로를 껴안으며 대풍을 건너냈나. 바깥쪽 나무들은 가지와 허리가 부러졌지만 대체로 숲은 온전했다. 그들은 알몸으로 태풍을 견뎌냈다. 나이에 비해 실하지 못한 녀석들이 장하게 숲을 이루고 있었다. 마을 사람들은 망가진 폐허의 모습에 탄식과 원망을 쏟아냈지만 나무들은 푸름을 잃지 않고 전과 같은 모습이다.

그들은 더디게 자랄 것이다. 넉넉지 못한 마라도의 자양과 1년에 수차례 머리채를 흔드는 태풍을 견딜 것이다. 그리고 서서히 거목이 되어갈 것이다. 누군들 당장 거목이 되고 싶지 않으랴. 그러나 그들은 비료를 퍼부어 불쑥불쑥 웃자라는 거목이 되지 않을 것이다. 또한 어딘가에서 뽑혀져 와서 마라도에 심겨진 운명을 탓하지 않을 것이다. 지금 서 있는 자리를 최선의 운명으로 여기며 차곡차곡 나이테를 새겨갈 것이다.

마라도는 우리나라 최남단 섬이다. 대정읍 모슬포항에서 남쪽으로 11km, 가파도에서 5.5km 해상에 있다. 동경 126°16′, 북위 33°06′에 위치하며 면적은 0.3km², 해안선 길이 4.2km, 최고점 39m이며 주민등록상 인구는 104명이다. 절반 정도는 모슬포나 서귀포에서 출퇴근하는 것 같다.

섬 전체가 남북으로 긴 타원형이고 해안은 오랜 해풍의 영향으로 기암절벽을 이루고 있다. 난대성 해양 동식물이 풍부하고 주변 경관이 아름다워 2000년 7월 천연기념물 제423호로 지정되어 보호되고 있다. 원래는 대정읍 가파리에 속했으나 1982년 4월 1일 마라리로 분리되었다.

섬에는 최남단을 알리는 기념비가 세워져 있다. 해안을 따라 도는데는 느린 걸음으로 1시간 정도 소요된다. 빠른 걸음으로는 30분이다. 주요 경승지는 섬 가장자리의 가파른 절벽과 기암, 남대문이라 부르는 해식터널, 해식동굴 등이며, 잠수 작업의 안녕을 비는 할망당과 마라도 등대, 마라 분교, 파출소, 보건소, 교회, 기원정사, 성당 등이 있다. 1915년에 설치된 제주항만청 마라도 등대는 이 지역을 항해하는 국제 선박 및 어선들에게 안내자의 역할을 한다.

애기업개 전설이 스며있는 할망당에서는 매년 한 차례 섬사람이 모여 제사를 지낸다. 주민들의 대부분은 낚시와 전복·소라·톳·미역 등을 채취하는 어업에 종사하고 있으며 최근 관광객의 급증으로 민박을 운영하는 집도 늘고 있다.

마라도는 국토 최남단이 아니다. 태평양에서 보면 대한민국 국적을 가진 최초의 땅이다. 한반도의 입구다. 작고 앙증맞은 섬이다. 그 섬에 숲이 더디게 자라고 있다. 느리나 단단하게 자라고 있다. 흙층이 얇아 수분이 부족하고 흐린 날, 안개 낀 날이 많아 햇살도 아쉽다. 잠시도 쉬지 않고 불어대는 소금기 자욱한 바람, 여름철엔 혼을 빼놓는 태풍, 그들이 친구다. 썩 즐겁지는 않지만 태평양을 건너 대한민국을 찾아오는 애매한 친구다. 그 친구들 덕분에 어지간한 바람은 견디는 내공이 쌓인다. 골프장 나무들처럼 약간의 강풍에도 뿌리가 쑥쑥 뽑히는 저능아가 아니다.

100년쯤 후, '마라도 푸른숲'이 거목으로 자라면 마라도에는 나무가 없다, 숲이 없다, 그늘이 없다라는 말이 사라질 것이다. 처음부터 울울창창한 숲은 어디에도 없다. 가꾸고 보살피고 사랑하다보니, 숲이 되었다. 거목이 된 '푸른숲' 사이로 오솔길이 열리고 벤치가 놓이면 작은 낙원이 될 것이다.

마라도는 오후 4시 반, 막배가 왔다가면 일과끝이다. 관광객이 썰물처럼 빠져 나가고 주민 일부도 막배로 퇴근한다. 남은 주민들은 낚시 도구를 챙겨 갯바위로 나간다. 부산한 관광객이 떠난 자리에 갑자기 적막에 쌓인다. 이제부터 '푸른숲'이 마라도의 주인이다. 저 멀리 바다 건너서 한라산이 빙그레 웃고 있다.

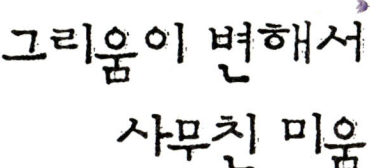

그리움이 변해서
사무친 미움

처음에는 이름을 몰랐다. 낯선 이방인 같았다. 현지 주민에게 물으니 '문주란文珠蘭'이란다. 팔뚝만한 굵은 대궁이에 하얀 이파리가 국수가락처럼 늘어진 꽃. 제주도에만 자생하니 태어나 처음 본다. 아! 문주란! 굵고 애잔한 저음이 뭉클한 감동으로 다가오는 가수 문주란의 노래가 금방 오버랩된다.

너무나도 그 님을 사랑했기에 / 그리움이 변해서

사무친 미움 / 원한 맺힌 마음에 잘못 생각해 / 돌이킬 수 없는 죄 저질러
놓고 / 뉘우치면서 울어도 때는 늦으리 / 음~ 때는 늦으리

　가수 문주란의 데뷔곡이다. 그녀의 노래와
인생역정이 하얀 꽃 위에 어른거린다. 본명
문필연, 1949년 부산에서 태어났다. 1965년,
중학교 3학년 어린 나이에 부산 MBC 주최
톱싱거 경연대회에서 〈보고 싶은 얼굴〉로 1
등을 차지한 뒤 1966년 2월 〈보슬비 오는 거
리〉, 〈동숙의 노래〉, 〈봄이 오는 고갯길〉이 수록된 음반을 취입해 가요계
에 정식으로 데뷔했다. 문주란은 이 음반으로 그해 국제가요대상에서 신
인상을 수상했다. 가요계의 1세대 아이돌이라고나 할까.

　16세 여중생 문주란은 불과 며칠 새 전국급 쇼단의 섭외 1순위 가수
로 급부상했다. 68년부터 남진, 나훈아, 조미미, 최희준, 이미자 등 당대
의 스타들과 어깨를 나란히 하면서 10대 가수에 연속적으로 이름을 올
렸다. 요즘으로 치면 신인 오디션을 통과하자마자 '나가수'에 섭외된 것
이나 다름없다.

　히트의 요인은 분명했다. 빼어난 곡과 가사도 한몫했지만 그보다 그
녀의 개성적인 목소리가 대중에게 어필했다. 당시 여가수들의 목소리는
맑고 청아했다. 이미자, 조미미가 대표적이다. 현미는 조금 허스키했지

만 감기 초기 증세에 불과했다. 문주란은 중증 목감기 증세의 목소리였
다. 남자보다 더 내려가는 저음을 내는 문주란이었다.

　　성격과 언변도 한몫했다. 그는 현철과 서용수 등 나이 많은 동료 가수
들을 '형'이라고 불렀다. 목소리만큼이나 성격도 호탕해서 미인들에게
보이기 마련인 밉깔스런 구석이 없었다. 방송 관계자를 비롯해 주위 사
람들에게 충분히 호감을 살 만한 성격이었다. 게다가 말도 잘했다. 대기
실에서 사회자와 입씨름 하는 일이 종종 있었는데 한 번도 진 적이 없다.
　　1967년에는 군사영화 〈장렬 509 전차대대〉에 출연해 영화배우로도

제주 토끼섬 문주란 자생지(천연기념물 제19호)

활동했다. 1967년과 1968년에는 MBC에서 주최한 MBC 10대 가수 가요제의 10대 가수에 선정되었다. 그러나 1969년 2월 16일 한 방송국 PD와의 실연으로 수면제 과다복용, 음독자살을 기도하는 사건이 일어났다. 그 사건으로 은퇴를 선언했으나, 1970년 다시 컴백하여 《문주란 독집》을 냈다.

그후 많은 음반을 발표해 활동하다가 1972년 MBC 10대 가수 가요제에 다시 선정되었으나, 서울 시민회관 화재로 부상당했다. 1973년에 10대 가수에 또 다시 선정되고, 1974년에는 〈공항의 이별〉, 〈공항의 부는 바람〉, 〈공항 대합실〉 등 공항 시리즈가 인기를 얻었다. 이 인기에 힘입어 동명의 영화에도 출연했다. 그러나 1975년 사생활 문제로 연예협회로부터 6개월간 방송 정지를 당하는 시련을 겪었다.

1981년에는 일본에 진출해 활동했고, 1982년에는 일본 동경국제가요제에서 최고 가창상을 수상했다. 1983년에 귀국하여 KBS의 특별 생방송 〈이산가족을 찾습니다〉의 배경음악에 수록된 〈누가 이 사람을(남과 북)〉이 히트했다. 1986년에는 《백치 아다다》로 인기를 얻었으나, 교통사고로 활동이 주춤했다. 하지만 1990년에 〈남자는 여자를 귀찮게 해〉로 재기했다. 이후 현재까지 가요무대 등 각종 행사에 출연하면서 활동하고 있다.

화초 문주란을 처음 본 인상이 너무 강렬해 가수 문주란에 대해 장광설을 펼쳤다. 친구들과 어울려 노래방에 갈 일이 있으면 나는 문주란 노래를 곧잘 부른다. 저음의 노래이기에 바락바락 악을 쓰지 않아 좋고 점수가 잘 나오니 더욱 좋다. 그녀의 인생 역정이 문주란에 고스란히 겹쳐지는 것 같다. 가늘고 긴 꽃잎을 보면 그녀의 마른 체형 같다. 튼실한 잎과 굵직한 줄기를 보면 그녀의 정신세계 같다. 모진 풍파를 견뎌냈다는 오래된 표현이 적합하다.

그해 여름, 태풍은 모든 대상에게 공평하게 잔혹했다. 바위덩이, 팔각정, 음식점, 땅에 납작 붙은 잔디에게 공평하게 휘몰아쳤다. 잘난 체 우뚝 솟은 갯바위, 밤바다를 밝혀주는 등대, 관광객이 부산하게 드나들던 선착장에 공평하게 휘몰아쳤다. 섬에 갇힌 사람들은 방안에 웅크려 숨죽이고 게으른 개들도 꼭꼭 숨었다. 바다에는 파도와 바람뿐이다. 집어등 불빛 뽐내던 어선들도 서둘러 귀가하여 운명에 몸을 맡기고 있었다. 차별 없이 잔혹한 태풍의 불호령 속에 문주란도 있다. 발가벗은 몸으로 태풍을 견디고 있다. 맞서 싸울 힘도 없이 그냥 버티고 있다. 캄캄한 밤, 태풍은 섬 전체를 뒤집을 듯 요동치며 사정없이 가격한다. 변명과 사설을 접수할 기세가 아니다. 허술한 햇빛 가림막, 슬레이트 지붕, 기왓장, 유리창은 비명을 지르며 펑펑 날아간다.

악몽에서 깬 듯, 잔혹극 관람을 마치고 나온 듯, 태풍이 물러간 아침의 풍경은 심란했다. 지도가 바뀐 것 같다. 낯선 별에 던져진 것처럼 풍경이 낯설다. 속 깊이 고여 있던 응어리들이 존재를 알리지 못한다. 미움, 자

만, 허기, 불만, 허영이 한바탕 굿판 앞에서 한 없이 부끄럽다.

거기에 문주란이 있었다. 줄기 몇 개 부러지고, 꽃잎 몇 개 상한 채 문주란이 있었다. 온몸으로 강풍을 맞았어도 비교적 온전한 형체다. 대단한 힘이다. 문주란의 꽃대가 그렇게 튼튼한 이유를 알 것 같다. 국가대표 축구선수의 장딴지 같다. 햇살을 받으니 머리를 털고 꽃잎이 다시 살아난다. 그해 여름, 마라도에서 만난 문주란의 모습이 그랬다.

문주란은 수선화과水仙花科에 속하는 상록 다년생초다. 바닷가 모래언덕, 바위 틈새에서 자란다. 비늘줄기는 하얗고 길이가 30~70cm, 지름이 3~7cm에 달하며 이 비늘줄기에서 잎들이 나온다. 잎은 길이 30~60cm,

너비 4~9cm 정도이며 두껍고 광택이 난다. 잎이 길어 중간 이상 되는 부위는 아래로 처진다. 꽃은 흰색이며 산형傘形꽃차례를 이루어 핀다. 이 꽃차례는 비늘줄기에서 나온 꽃줄기 위에 만들어진다. 꽃은 통꽃이나, 갈라진 곳이 그렇지 않은 곳보다 길다. 6장의 꽃덮이 조각과 수술 6개, 암술 1개로 이루어져 있다. 열매는 둥근 알처럼 맺힌다. 씨는 둥그렇게 생겼는데, 솜처럼 생긴 흰색 씨껍질이 둘러싸고 있어 씨가 바닷물을 따라 멀리 옮겨갈 수 있다.

한국에서 문주란이 군락을 이룬 곳은 제주도 토끼섬이다. 천연기념물 제19호로 지정 · 보호하고 있다. 연평균 기온이 15℃가 넘는 곳에서만 자라는데, 꽃과 잎을 보기 위해 집 안이나 온실에 심고 있다. 반그늘지고 물이 잘 빠지며 바람이 잘 통하는 곳에서 잘 자라며, 물을 자주 주어야 한다.

님을 따라 가고픈 마음이건만 / 그대 따라 못가는 서러운 이 몸 / 저주 받은 운명이 끝나는 순간 / 님의 품에 안기운 짧은 행복에 / 참을 수 없이 흐르는 뜨거운 눈물 / 음~ 뜨거운 눈물

삶의 굴곡이 있었으나 남저음 뱃고동소리 같은 감동으로 다가오는 가수 문주란, 많은 사람들이 그녀를 당찬 소녀, 당찬 여인으로 부른다. 거센 외풍에도 자신의 자리를 지키며 화사함을 잃지 않는 화초 문주란, 마라도에서 보낸 그해 여름 두 달은 뜨겁게 혼미했고, 처연하나 엄숙했다. 씨

태풍 볼라벤 기습 당시의 마라도

앗이 바닷물을 타고 토끼섬에서 왔는지 누군가 옮겨 심었는지 마라도에
도 문주란이 많다. 마라도여 안녕, 문주란도 안녕!

아참, 가수 문주란이란 예명은 천재 작사가라고 불린 전우(본명:전승
우) 선생이 지었데요. 1936년 평안남도 진남포 출생으로 경기고, 서울대
철학과를 졸업했지요. 배호의 '누가 울어', '안개 낀 장충단공원' 등을 작
사한 분이지요.

비자나무 숲. 제주특별자치도 제주시 구좌읍 평대리 3164-1 소재 / 천연기념물 제374호

34 숲에서는 슬픔마저 아름답고 그립다

영화 '아바타'의 숲에 들어온 것 같아요

영화 아바타의 풍경이 떠오른다. 입구에서 한 걸음 한 걸음 들어서면 판도라 행성에 던져진 느낌이다. 제주시 구좌읍 평대리 비자림에 들어서면 범상치 않은 기운이 다가온다. 소나무숲, 참나무숲에 익숙한 터이라 눈이 잠시 어리둥절하다. 착생식물인 콩짜개덩굴이 푸른 비늘처럼 뒤덮은 회갈색 거목이 바늘잎을 반짝이면서 사방에 가득 들어차 있다. 붉은 흙을 깐 보행로와 하늘까지 물들인 녹색이 선명한 대조를 이룬다.

숲에서는 슬픔마저 아름답고 그립다

비밀秘密, 비경秘境, 비화秘話 등 비 자字 돌림 단어가 연이어 떠오른다. 그랬다. 비자림은 비밀 이야기를 간직한 비밀의 정원 같다. 점입가경, 안으로 들어갈수록 신비한 경치가 펼쳐진다. 제주도까지 날아 온 비용 생각을 잊게 해주는 비밀의 정원이다. 아바타에 나오는 판도라 행성의 숲이다. 판도라 상자에 마지막 남은 것은 '희망'이다.

숲에 왜 오는가? 왜 숲을 찾는가? 숲에는 무엇이 있는가? 숲에서 나라는 존재는 무엇인가? 나보다 키가 몇 십 배나 큰 나무들이 키 작은 나를 내려다본다. 나보다 나이가 몇 십 배나 더 많은 나무들이 말없이 곁에 서 있다. 부지런 떨며 급한 걸음걸이가 습관이 되어버린 내 발목을 바라보고 있다. 여기저기 낯선 곳을 열심히 여행했노라는 자만이 머쓱하다. 나무들은 태어난 자리에서 수백 년 동안 서 있다. 한 발자국도 움직이지 않고 그 자리에서 종생한다. 곁에 사는 친구들과 숲을 이루어 인간보다 훨씬 오래 살아간다.

중산간지대의 다랑쉬오름과 돗오름 사이에 긴 타원형으로 들어선 비자림은 면적 44만 8,000여m²에 500~800년생 비자나무 2,800여 그루가 자리 잡고 있다. 단일 수종 군락으로는 세계 최대 규모다. 최고령 나무는 900살에 육박한다. 2000년 '새 천년 나무'로 지정된 비자나무로 수령은 800살이 넘고, 굵기가 네 아름, 키가 14m에 이르러 이 숲에서 가장 웅장하다. 이런 터줏대감 때문에 구좌 비자림은 '새천년 숲'으로 불린다.

제주 비자림은 옛날 마을 제사에 쓰이던 비자나무 열매가 사방으로 흩어져 군락이 만들어진 것으로 추정된다. 잘 가꿔진 산책로를 따라 비자나무 숲을 걸으면 영화 아바타의 세계에 들어선 느낌이다. 낯설고 신비하고 경이롭다. 길을 잃고 헤매고 싶은 생각마저 든다. 숲속에서 갑자기 맹수가 튀어나올 것 같다.

비자나무는 주목과의 침엽수로 우리나라 남부와 제주도, 일본 중남부에 분포한다. 기후가 온난하고 습기 있는 낮은 곳에 자란다. 치밀하고 단단한 재질을 가지고 있으나 가공이 잘 된다. 습기에 견디는 성질이 있어서 물통 등으로 이용되었다. 느리게 자라기로 유명하다. 키가 1년에 1.5센티미터 정도 자란다. 100년 지나야 지름 20cm 정도다. 15년~20년 자라야 열매가 열린다. 나이테가 없는 것도 특징이다. 대신 목재의 재질이 치밀하고 고와 건축, 가구, 바둑판 등의 고급 재료로 쓰였다.

바둑 애호가들에게 비자나무 바둑판은 로망이다. 바둑판의 가치는 수종이 중요하다. 그 서열은 이렇다. 비자나무〉은행나무〉히로끼(=편백)〉옐로시다(=향백)〉계수〉스프루스(신비자)〉적실수(아가지스) 순이다.

그러나 목재의 생산량이 극히 제한되어 있어서 값이 비싸고 일상 용품으로 이용하기에는 수요공급이 맞지 않다. 최고급 바둑판을 얻자면 직경 1.5m쯤 되는 거목이라야 한다. 그러한 바둑판은 몇 천만 원을 호가한다. 400~500년생이라야 이러한 크기로 자란다. 비자나무를 보고 그들이 어우러진 숲을 보는 것만으로 만족해야한다.

비자나무 열매는 구충제로 요긴하게 쓰였다. 백양사, 금탑사 등 사찰의 비자림은 주민에게 구충제로 쓰기 위해 조성한 것이다. 동의보감엔 '비자를 하루 일곱 개씩 7일간 먹으면 촌충이 없어진다'는 처방이 있다.

고려와 조선에 걸쳐 비자는 주요한 진상품이었고 이에 따른 애환도 많았다. 특히 조선 후기 세제가 문란해져 흉년, 풍년에 무관하게 일정량의 비자를 강제 징수하자 견디다 못한 주민들이 비자나무를 일부러 베어버려, 구좌읍 등 일부 지역에만 남았다는 얘기가 전해진다.

제주도는 비자림 관리에 연간 3억 원을 들이고 있다. 덩굴을 제거하고 산책로를 조성하는 것이 주요 사업이다. 걷기 열풍과 함께 한 해 12만 명이 찾는다. 나무를 보호하고 산책로를 늘리고 있다. 비자나무의 노령화를 대비해 후계목은 양묘장에서 따로 기르고 있다. 비자림 오른쪽 숲 가꾸기를 덜 한 곳에 가면 비자림의 과거 모습을 어렴풋이나마 짐작할 수 있다. 덩굴과 착생식물로 뒤엉킨 열대 정글과 흡사한 숲 군데군데에 비자나무가 서 있다.

비자榧子나무란 특이한 이름의 유래는 이렇다. 목재가 아름답고(비연斐然 :빛나서 환하다.) 장채章宋(긴 나무)가 있다고 해서 비榧(비자나무 비)자가 유래되었고, 자子자는 열매가 많이 열리는 데서 유래되었다. 비자 잎은 한자 '아닐 비非'처럼 생겼다. 가지를 가운데 두고 뾰족하게 좌우로 자란다. 이 '비非' 앞에 상자나 가구를 만들기 좋다는 뜻으로 상자를 표시하는 부수를 붙이고 나무 목木을 붙여 '비棑'자가 됐다는 설도 있다. 잎의 수명은 6~7년, 때론 10년이 넘어 잎이 가장 오래 사는 나무 중 하나이기도 하다.

영화 〈아바타Avatar〉(2009)는 미국의 이십세기 폭스사와 영화감독 제임스 카메론이 제작한 영화다. '판도라'라는 외계 위성을 배경으로 한 SF 영화다. 한국을 비롯하여 전 세계 역대 흥행 1위를 기록했다. 또한 3D 미디어 산업의 활성화에도 크게 기여했다. 인간의 욕심과 환경파괴라는 경고를 바탕에 깔고 흥미와 서스펜스를 3D 영상에 담았다.

지구 내 개발이 한계에 이르자 2154년, 지구는 에너지 고갈 문제를 해결하기 위해 지구로부터 멀리 떨어진 행성 '판도라'에서 대체 자원을 채굴하기 시작한다. 하지만 독성을 지닌 판도라의 대기로 인해 자원 획득에 어려움을 겪는다. 인류는 판도라의 토착민 '나비'Na'vi족'의 외형에 인간의 의식을 주입, 원격 조정이 가능한 새로운 생명체 '아바타'를 탄생시키는 프로그램을 개발한다. 이 생명체는 나비족의 유전자와 아바타 주인의 유전자 일부를 섞어서 만들어진다. 그렇기 때문에 한 사람당 하나의 아바타만 가지게 되며 그들의 신경 또한 서로 연결되어 있다. 아바타는 인간이 아바타의 신경에 접속한 상태에서 활동하며, 접속이 끊겼을 때는 잠들어 있는 상태가 된다.

　한편, 하반신이 마비된 전직 해병대원 '제이크 설리'는 아바타 프로그램에 참가할 것을 제안 받아 판도라 행성으로 향한다. 그러나 본래는 과학자인 그의 쌍둥이 형이 아바타 프로그램에 참가할 예정이었다. 아바타 역시 그의 쌍둥이 형의 유전자로 만들어진 것이다. 그런데 형이 사고로 죽자, 어쩔 수 없이 아바타 프로그램 훈련조차 받지 않은 제이크 설리를 데려온 것이다.

　형과 유전자가 같은 제이크는 자신의 아바타를 통해서 자유롭게 걸을 수 있게 된다. 하루는 제이크의 아바타가 속한 탐색조가 야생동물의 습격을 받는다. 가까스로 따돌리지만 제이크는 탐색조에서 떨어진다. 그날 밤, 제이크는 개 형상 동물들의 공격을 받던 중 네이티리의 도움으로 목

비자나무 잎

숨을 구하고, 그녀로부터 나비족들이 있는 곳으로 인도된다. 처음에 나
비족들은 '악마', '꿈꾸는 자'로 표현하며 그를 기피한다. 그러나 네이티
리가 그의 아버지이자 추장인 에이투칸을 설득하여 제이크는 그들 무리
에 합류할 수 있었다. 한편, 아바타가 있는 위치에 상관없이 제이크의 의
식이 본래 육신으로 돌아오면 인간들과 접촉할 수 있다. 그는 지구에 가
서 다리를 치료받는다는 조건으로 마일즈 쿼리치 대령으로부터 자원 채
굴을 막으려는 나비족을 원래 서식지로부터 이주시키라는 임무를 받는
다. 그는 나비족과 같이 생활하며 그들의 신뢰를 얻기 위해 그들의 문화
와 전통을 배우고, 전사가 되기 위한 노력을 한다.

제이크는 '네이티리'와 함께 지구에서는 겪을 수 없었던 다채로운 모험을 경험하면서 네이티리와 사랑에 빠지고, 나비족들과 하나가 되어간다. 하지만 판도라의 자원을 강탈하기 위한 지구인들의 침략이 시작된다. 하지만 제이크는 판도라의 생활에 익숙해져가고 네이티리와 사랑에 빠져 결국 지구인들의 자원 채굴계획에 반감을 가진다. 같은 생각을 가진 동료들과 함께 싸워 판도라를 지켜낸다. 인니언을 박살내던 서부개적 시대에도 가해자측에 양심적인 인사가 있었던 것처럼. 그리고 나비족의 의식을 통해 그는 인간의 육신에서 나비족의 육신으로 다시 부활한다.

비자림은 판도라 행성 같다. 낯설고 신비하고 비밀스럽다. 산책로를 조금만 벗어나면 무궁무진한 자원이 묻혀있을 것 같다. 지구에서 날아온 관광객들은 엉뚱한 욕심을 버리시라. 비자림의 향기에 잠시 젖어 있다가 조용히 숲을 벗어나 다시 지구로 돌아가라. 판도라를 어지럽히지 않아야 사나운 개떼들의 공격을 받지 않을 것이다.

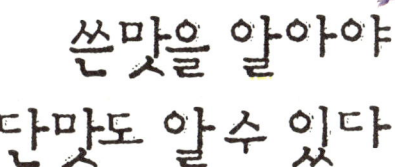
소태나무 이야기

쓴맛을 알아야
단맛도 알수 있다

인생의 쓴맛, 조직의 쓴맛. 쓴맛, 단맛 다 보았다. 인생은 고해苦海(쓴 바다, 괴로운 항해)다. 오미伍味(신맛·쓴맛·매운맛·단맛·짠맛) 가운데 유독 쓴맛이 인생살이의 은유로 많이 쓰인다. 한국을 대표하는 맛이 오미伍味다. 인생사와 비유해도 손색이 없다. 다섯 손가락과 발가락이 있듯, 오복이란 말도 있고 오색도 있다.

◀ 안동 길안면 송사리 소태나무(천연기념물 제174호)

맛의 진수는 쓴맛이다. 단맛·신맛 등 다른 맛은 금방 질린다. 사람은 여러 가지 맛을 느낄 수 있으나, 기본이 되는 맛은 쓴맛·단맛·신맛·짠맛의 4가지다. 쓴맛은 혀의 안쪽에서, 단맛은 혀끝에서, 신맛은 혀의 양쪽 가장자리에서, 짠맛은 혀의 전체에서 느낀다. 아이스크림을 혀끝으로 핥아 먹는 것은, 단맛을 조금 더 느끼려는 욕구에 의해서 생겨난 습관이다. 매운맛과 떫은맛은 미각이 아닌 통각에 속한다. 맛을 느끼는 것이 아니라, 통증을 느끼는 것이다. 매운 것을 먹으면 혀가 쓰라리고 아픈 이유가 바로 그것이다.

절망, 좌절, 트라우마, 죽음 등은 쓴맛과 관련 있다. 쓴맛 나는 것을 삼키기도 하고 뱉기도 한다. 삼켜서 극복하기도 하고 뱉어내서 패배하기도 한다. 시련이 인생의 소금이라면 희망과 꿈은 인생의 설탕이다. 꿈이 없다면 인생은 쓰다. 인내는 쓰나 그 열매는 달다. 매일 날씨가 좋으면 사막이 된다. 수많은 싸움과 셀 수 없는 패배 끝에 성공할 수 있다는 점에서 장애물은 필수적이다. 싸움과 패배는 실력과 힘을 강화시키고, 용기와 인내력을 키우며, 능력과 자신감을 높일 것이다. 장애는 삶을 발전시키는 동력이다.

조선 초기의 명재상이었던 황희 정승은 18년간 영의정을 지냈다. 인품이 원만하고 청렴하여 청백리로 불렸다. 그의 자녀 중에 술을 지나치게 좋아하는 아들이 하나 있었다. 정승에게 그 아들은 근심거리였다. 훈계도 하고 때로는 매도 들었지만 아들의 버릇은 고쳐지지 않았다.

무언가 방법을 달리 해야겠다는 생각이 들었다. 그래서 어느 날, 술을 마시러 나간 아들을 밤늦게까지 마당에 서서 기다렸다. 어깨에 밤이슬이 내려 옷이 축축해질 무렵, 술 취한 아들이 비틀거리며 대문으로 들어섰다.

이것을 본 황희 정승은 아들 앞으로 다가가 정중하게 허리를 숙이며 말했다.

"어서 오십시오."

술에 취해 앞에 있는 사람이 누군지 몰라보던 아들이 인사를 건네는 사람을 자세히 들여다보다 순간 술이 확 깼다.

"아아 아버님, 왜 이러십니까?"

황희는 여전히 정중하게 예를 갖추어 아들에게 말했다.

"무릇 자식이 아비의 말을 듣지 않으면 내 집안의 사람이라고 할 수 없습니다. 자식이 아니라 내 집에 들어온 손님이지요. 내 집에 찾아온 손님을 정중하게 맞이하는 것은 예의인즉, 지금 저는 손님을 맞이하고 있을 뿐입니다."

그 뒤로 정승의 아들은 술버릇을 고치고 아버지 못지않은 선비로 학문에 정진했다. 쓴맛은 이렇게 보여주는 것이다. 조직폭력배처럼 칼부림으로 쓴맛을 보여주는 것이 아니다. 그것은 상처와 원한을 심을 뿐이다. 황희 정승이 보여준 쓴맛은 결국 달디 단 단맛으로 승화되었다.

한편, 송나라 때 대표적 시인인 도연명은 자식농사를 그르친 것으로 보인다. 그의 시 중 이런 것이 있다.

責子책자 (자식을 꾸짖음)

白髮被兩鬢 백발피양빈 / 양쪽 귀밑머리 백발이 되었고
肌膚不復實 기부부복실 / 피부는 예전처럼 살하지 못한데
雖有五男兒 수유오남아 / 자식 놈이 다섯이나 되지만
總不好紙筆 총불호지필 / 하나같이 글공부를 싫어하네.

阿舒已二八 아서이이팔 / 서란 놈은 열여섯 살인데
懶惰故無匹 나타고무필 / 게으르기 짝이 없고
阿宣行志學 아선행지학 / 선이란 놈은 열다섯 살이 되었는데도
而不愛文術 이불애문술 / 글공부에는 관심조차 없구나.

雍端年十三 옹단년십삼 / 옹과 단은 열세 살인데
不識六如七 불식육여칠 / 여섯과 일곱을 구분하지 못하고
通子垂九齡 통자수구령 / 통이란 놈은 아홉 살이 되었어도
但覓梨與栗 단멱리여율 / 오직 찾는 것은 배와 밤 뿐이네.

天運苟如此 천운구여차 / 내게 천운이 진실로 이와 같으니
且進盃中物 차진배중물 / 자꾸자꾸 술잔이나 찾을 수밖에

　도연명은 29세부터 미관말직으로 전전하다 41세에 현령으로 부임하여 근무하다가 그 유명한 귀농시 〈귀거래사〉를 읊으며 관직을 내던졌다.

48 숲에서는 슬픔마저 아름답고 그립다

직접 농사를 지으며 자연과 전원생활에서 우러난 정서를 시詩에 담았다. 그의 시는 현재까지도 자연시의 대명사로 통한다. 그러나 아무리 노력해도 자식농사만큼은 뜻대로 안 되었던 모양이다. 오죽하면 하늘을 우러러 장탄식을 했을까. 너그럽고 인자한 아버지였으나 따끔한 쓴맛을 보여주지 못한 탓은 아닐까.

태胎란 아기나 포유류 동물의 새끼가 태어날 때 달고 나오는 태반이나 탯줄과 같이 태아를 둘러싸고 있는 여러 조직을 이르는 말이다. 소의 태는 송아지가 태어날 때 달고 나오는 태반이나 탯줄 등을 말하는데 그 맛이 몹시 쓰다. 소태란 소태나무 속껍질을 가리키는 말로 소의 태처럼 쓰다는 말에서 연유했다. 맛이 쓴 음식을 가리켜 소태처럼 쓰다고 한다.

소태나무는 소태나무과Simaroubaceae에 속하는 낙엽 활엽교목이다. 키는 약 10m 정도이고, 잎은 어긋나며 잔잎 9~15장이 깃털 모양의 겹잎으로 달린다. 잔잎은 길이가 10cm 미만으로 표면은 광택이 나고, 뒷면의 맥脈 위에는 털이 있으며 앞가장자리에는 잔톱니가 있다. 지름이 4~7mm인 황록색의 꽃은 6월에 암꽃과 수꽃이 따로따로 산방繖房 꽃차례를 이루어 핀다. 꽃잎은 5장이다, 수꽃의 수술은 5개이며, 암꽃의 암술머리는 5갈래로 나누어져 있다. 열매는 붉은색의 핵과核果로 익는다. 중국·타이완·인도·일본 등지에 분포하며 주로 양지바른 곳에서 자란다. 추위와 건조에 강하며 목재는 단단하고 치밀해 기구나 조각재로 이용된다. '소태같이 쓰다'는 말은 수피樹皮의 콰시아quassia가 쓴맛을 내는

데서 유래했다. 한방에서는 구충제·건위제·소화제로 쓰인다. 가을에 익은 씨를 따서 땅에 묻었다가 이듬해 파종한다.

안동 길안면 송사리의 소태나무(천연기념물 제174호)는 현재 우리나라에 있는 소태나무 가운데 가장 크고 오래된 나무다. 길안초등학교 길송분교장 뒤뜰에 있다. 나이는 400년 정도로 본다. 지난 해 여름, 그곳을 찾아갔다. 네비게이션이 목적지에 도착했다고 알리는데 소태나무가 보이지 않았다. 밭일하는 주민에게 물으니 학교 안으로 들어가라고 알려주었다.

소태나무는 대개 키가 별로 크지 않고 잘해야 높이 10여m, 굵기는 어린아이 뼘으로 한 뼘 되기도 어려운데 이 나무는 높이가 14.6m, 땅에 닿는 부분의 줄기 둘레가 4.7m나 된다. 기록을 보니 줄기가 하나라고 했는데 정비를 할 때 흙을 돋운 탓으로 지금은 두 나무처럼 보인다. 가슴높이의 줄기 둘레는 각

각 3.2m, 2.3m다. 가지 뻗음은 동서 15.5m 남북 14.4m다. 최근에 나무의 썩은 줄기 부분을 잘라내는 등 외과수술을 받은 흔적이 있다.

소태나무 주위에는 자그마한 당집이 있고 굵기가 한 뼘 남짓한 10여 그루의 회화나무, 팽나무, 말채나무가 섞여 작은 숲을 이루고 있다. 송사리 주민들은 이 나무가 마을을 지켜 주는 수호신이라 믿고, 매년 정월 보름에 마을의 안녕과 풍년을 기원하는 제사를 지내고 있다.

입맛 없을 땐 씀바귀나물이 최고다. 금방 식욕이 돌아온다.

이름에
사연도 많구나

봄부터 여름 내내, 싱싱하고 치렁치렁한 머리채를 바람에 일렁이는 수양버들. 건강미 넘치는 처녀의 긴 생머리칼 같다. 뭇나무들은 바람이 불면 가지 끝자락이 겨우 흔들린다. 강풍이 불어야 벌벌 떨면서 몸통까지 떨 수 있다. 수양버들은 약한 바람이 불어도 춤추듯이 축축 늘어진 가지를 흔든다. 그래서일까. 노류장화路柳牆花란 말도 이

◀ 수양버들(경복궁 내)

상한 말도 만들어졌다. 누구든지 꺾을 수 있는 길가의 버들과 담 밑의 꽃이라는 뜻으로, 몸을 파는 여자를 이르는 말이다.

한 농부의 아내가 죽어 김삿갓에게 부고를 써달라고 했다. 김삿갓은 '유유화화柳柳花花'라고 써주었다. 버들 유柳를 두 번 써서 부들부들(버들버들) 떨다가 꽃 화花를 두 번 써서, 꼿꼿(꽃꽃)해졌다는 뜻이다. 한자의 뜻과 음을 적당히 섞은, 해학적 표현이다. 수양버들, 사연은 다르지만 '수양'과 '버들'은 다양한 이야기를 남겼다. 그 중 몇 가지를 살펴보면,

수양산 바라보며 / 성삼문

수양산首陽山 바라보며 이제夷齊를 한恨하노라.
주려 주글진들 채미採薇도 하난 것가
비록애 푸새엣거신들 긔 뉘 따헤 낫다니.

수양산을 바라보며 백이와 숙제를 원망하노라.
차라리 굶어 죽을지언정 고사리를 캐먹었다는 말인가?
비록 푸성귀일망정 그것이 누구의 땅에 생겨난 것인가?
(주나라의 땅에 난 것이 아니던가?)

어린 조카 단종을 밀어 내고 왕좌에 오른 세조에게서 성삼문은 정국공신靖國功臣의 책록까지 받았다. 그러나 의롭지 않은 것을 부끄럽게 여

겨 세조의 녹을 먹지 않았다. 이런 심정을 백이와 숙제의 고사에 얽힌 이야기에 비유하여 읊은 시조다. 충절의 표상으로 떠받드는 중국의 백이와 숙제를 오히려 원망하면서, 자신의 곧은 충의를 은유적으로 표현한 작품이다. 수양산은 수양대군을 빗댄 단어임을 쉽게 눈치챌 수 있다.

중국에는 수양산이라고 일컫는 산이 다섯 곳이나 있다. 하동(산서성) 포판현 화산의 북쪽과 하곡의 가운데에 수양산이라는 산이 있고, 농서 혹은 낙양 동북쪽에도 있다. 또 언사현(하남성 낙양현 동쪽에 있는 현) 서북쪽에 백이·숙제의 사당이 있다. 요양에도 수양산이 있다. 맹자는 "백이가 은나라 폭군 주를 피하여 북쪽 바닷가에 살았다"라고 했으며, 우리나라 해주에도 수양산이 있어 백이·숙제의 제사를 지냈다.

호두과자와 더불어 천안의 명물인 천안삼거리 능수버들(수양버들의 변종)에는 애틋한 전설이 있다. 옛날 유봉서라는 선비가 어린 딸 능소를 데리고 살고 있었다. 전쟁이 일어나 유봉서는 변방의 군사로 징발되었다. 어린 딸을 홀로 놓고 갈 수가 없어서 데리고 집을 나섰다. 가다가 머문 곳이 천안의 삼거리였고 그곳에 있는 주막에서 하룻밤을 보냈다.

전쟁터까지 어린 딸을 데리고 갈 수는 없는 노릇이다. 아버지는 삼거리 주막에 능소를 맡겨놓기로 하고 지팡이를 땅에 꽂으며, '이 지팡이가 자라서 큰 나무가 되어 잎이 무성해지면 다시 만나게 될 터이니 슬퍼하지 말거라' 하며 능소를 달랬다.

세월이 흘러 능소는 예쁜 아가씨로 성장했다. 그때 마침 전라도에서 한양 과거길에 올랐던 선비 박현수가 천안삼거리를 지나게 되었고 삼거리 주막에서 능소를 만났다. 둘은 첫눈에 반해 백년가약을 한 뒤 박현수는 과거길에 올랐다. 박현수가 과거에 급제하고 둘은 행복하게 살았지만 능소는 아버지의 소식이 걱정되어 눈물로 세월을 보냈다. 아버지가 꽂아 놓은 지팡이가 큰 나무가 되어 잎이 무성해지고 박현수는 그곳에 연못을 파고 창포를 심으며 능소를 위로하기 위해 노래를 불렀다. 그것이 바로 '천안삼거리'이다.

천안 삼거리 흥 / 능수야 버들은 흥 / 제멋에 겨워서 축늘어 졌구나 흥
에루화 에루화 흥 / 성화가 났구나 흥

경기민요의 하나다. 이 곡의 곡명은 노래 가사의 첫머리가 '천안삼거

리'로 시작되기 때문에 붙여졌다. 발생 연대도 그리 오래지 않은 노래다. 굿거리장단에 맞추어 흥겹게 부르는데 그 흥거움을 표현하는 "흥~"이라는 가사 때문에 '흥타령'이라고 부르기도 한다.

그후 아버지는 무사히 돌아와 셋은 행복하게 살았다. 그리고 아버지가 꽂아놓은 지팡이가 퍼져서 천안삼거리에 버드나무가 많이 퍼지게 되었다. 능소의 이름을 본따 능소버들 혹은 능수버들이라 불리게 되었다. 천안의 상징인 능수버들이 꽃가루 알레르기를 일으킨다는 이유로 없어졌지만 최근 다시 되살리기 캠페인이 들어갔다.

수양버들은 중국이 원산지로 특히 양쯔강揚子江 하류 지방에 많으며 일본에도 분포한다. 한국에서는 전국 각지의 마을 주변에서 흔히 볼 수 있다. 요즈음 미국에서도 인기 있는 관상수로 많이 심는다. 수양버들의 '수양'은 원래 중국 수隋나라의 양제煬帝에서 유래한 이름이라고 한다. 수양이나 능수버들의 가지가 가늘고 실같이 늘어지므로 아름다운 여인에 비유된다. 원래 풍치수風致樹로 심는 버드나무는 생장속도가 빠르고 공해에도 잘 견딘다. 축 늘어지는 가지가 아름다워 도심지나 큰 길가의 가로수로 많이 심었으나, 봄이 되면 솜털처럼 공중에 떠다니는 씨가 호흡기 질환이나 피부염 등을 일으켜 다른 수종으로 바꿔 심고 있다. 번식은 5월경에 씨를 촉촉한 땅에 파종하기도 하지만, 일반적으로 봄에 물이 오른 가지를 꺾꽂이한다.

키는 20m까지 자라며 가지는 밑으로 길게 처지고 어린가지는 적갈색이다. 잎은 좁은 피침형이며, 꽃은 잎과 거의 같이 피는데 수꽃과 암꽃이 같은 그루에서 미상_{尾狀}꽃차례로 길게 달린다. 꽃의 구조는 꽃잎과 꽃받침이 없으며 많이 축소된 포_苞와 그 위에 각기 암술과 수술이 있다.

숲에서는
슬픔마저
아름답고그립다

토요일 오전 수업을 마치면 선생님께서 내 팔
목을 잡고 성밖숲으로 향했다. 묵직한 왕버들 그
늘 아래서 글을 쓰라고 제목을 하나 주셨다. 나는
영문도 모르고 받은 제목으로 연필에 침을 발라
가며 낑낑거리며 글을 썼다. 선생님은 몇 걸음 떨
어진 곳에 앉아서 책을 읽었다. 글을 다 써서 드리
면 느낌과 고쳐야할 것들을 조곤조곤 말씀해 주

◀ 경북 성주 성밖숲 (천연기념물 제403호)

숲에서는 슬픔마저 아름답고 그립다

셨다. 그 행사는 1년 내내 계속됐다. 아이들은 모두 혼비백산 하듯이 교실을 빠져나가 뛰어 놀기에 바쁜 토요일 오후, 나는 선생님에게 이끌려 성밖숲으로 가서 글짓기를 했다. 싫다고 말할 수 있는 분위기가 아니라 거부하지 못했지만 힘들고 어색했다. 나만 특별하게 대한다는 아이들의 수근거림도 들렸다. 선생님은 간식까지 챙겨 주면서 글 잘 써보라고 등을 다독였다. 즐거운 소풍이 토요일마다 이어졌다. 그게 초등학교 2학년 때 일이다.

지금 생각해보면, 코끝 찡한 시간이다. 글쓰기로 먹고 사는 내 삶의 씨앗이 그때 발아되었다. 내게서 약간의 싹수를 발견한 선생님의 무보수 개인지도였다. 집안 사정으로 그때 나는 거름무더기에 외롭게 핀 개똥참외처럼 홀로 친척집에 얹혀사는 처지였다. 고아 아닌 고아였다. 외롭고 무섭고 서러운 외톨이였다. 그걸 간파한 선생님의 초연한 배려였다. 미주알고주알 잔소리 같은 격려의 말보다 몇 백배 더 값진 사랑이었다. 무슨 글을 썼는지는 다 잊어버렸다. 허약한 외톨이가 할 수 있는 일은 글 쓰는 일밖에 없었다. 그 후 교내 백일장, 군내 백일장에서 몇 번 입상한 기억이 있다.

그 선생님의 사랑이 지금도 성밖숲에 자욱하다. 선생님의 희미한 케리커처가 성밖숲에 걸려있다. 복원해보면 이렇다. 키가 별로 크지 않고 얼굴이 유난히 하얀 선생님, 처녀 선생님은 아니었다. 자기 자식도 있는 30대 중반 여선생님이었다. 가정과 자기 자식 챙기기에도 바빴을 여교

사의 토요일 오후에, 나는 선생님의 품속에서, 성밖숲의 품속에서, 사랑을 사랑인 줄 모르며 숙제하듯 글짓기를 했다. 내가 유명 연예인이 못되어서, 'TV는 사랑을 싣고'라는 프로그램에 초청하지도 못한 이백화 선생님! 이제서야 그 이름을 적어보는 이백화 선생님! 성주중앙초등학교 2학년 5반 담임 이백화 선생님!

3학년 초에 나는 또 다른 낯선 곳으로 부랴부랴 전학을 갔다. 인사법을 몰라 변변한 인사도 못하고 떠났다. 그리고 무잡스런 일상에 휩쓸려 살았다. 세월이 40여년 지났다. 이름을 기억하고 있는 것만으로 당신의 사랑에 대한 보답으로 너그러이 받아주소서.

경북 성주의 성밖숲은 이름 그대로 성 바깥 쪽에 있는 숲이다. 성주읍성이 있을 때 성의 서쪽 밖에 조성했다고 붙여진 이름이 그대로 고유명사가 되었다. 성주읍을 휘감아 도는 이천변에 조성되어 있다. 현재는 성주 군민들의 휴식처이자 행사장으로 역할을 하고 있다. 원래는 이천변에 방풍과 치수를 목적으로 조림된 것으로 보인다.

1380년대에 성주읍의 지세를 흥성하게 한다는 풍수지리사상에 의해 조성된 숲이다. 300년~500년생 왕버들 57주가 자라고 있다. 1번부터 57번까지 번호표를 달고 있다. 건강상태가 안 좋은 나무는 국가의료보험으로 치료를 받고 있다.

『경산지京山誌』및 『성산지星山誌』에 의하면 조선 중엽, 서문 밖 마을 아이들이 까닭 없이 죽는 등 흉사가 이어졌다. 그 이유가 마을의 족두리바

위와 탕건바위가 서로 마주보고 있기 때문이라 하여 중간 지점에 숲을 조성하면 재앙을 막을 수 있다는 지관地官의 말에 따라 토성으로 된 성주 읍성의 서문 밖 이천변에 밤나무숲을 조성했다고 한다. 임진왜란 후 마을의 기강이 해이해지고 민심이 흉흉해지자 밤나무를 베어내고 왕버들로 다시 숲을 조성했다.

성밖숲은 거대한 왕버들로만 이루어진 단순림이다. 마을의 역사, 문화, 신앙 및 풍수지리에 따라 조성되어 마을 사람들의 사회 활동과 휴식처, 정신문화의 생활터전이다. 전통 마을 비보림神補林으로 학술적 가치가 높다. 1999년 4월 6일 천연기념물 제403호로 지정되었다.

성주 성밖숲은 성주 읍내 이천변에 있어 성주읍으로 들어가면 찾기 쉽다. 경부고속도로 왜관 IC로 나가 바로 만나는 4번 국도에서 우회전하여 왜관을 지나 왜관교를 건너 사거리에서 기산 방향으로 좌회전하여 33번 국도로 계속 달리면 성주 읍내가 나온다. 성밖숲 끄트머리에는 성주 출신 가수 백년설의 노래비가 있다. 그의 대표곡 〈나그네 설움〉 1절이 돌에 새겨져 있다.

오늘도 걷는다마는 정처 없는 이 발길 / 지나온 자죽마다 눈물 괴였다 / 선창가 고동 소리 옛님이 그리워도 / 나그네 흐를 길은 한이 없어라

작사 고려성, 작곡 이재호

노래비에 새기지 못한 2절, 3절의 가사는 이렇다.

타관 땅 밟아서 돈 지 십 년 넘어 반평생 / 사나이 가슴속엔 한이 서린다 / 황혼이 찾아 들면 고향도 그리워져 / 눈물로 꿈을 불러 찾아도 보네
낯익은 거리다마는 이국보다 차워라 / 가야할 지평선엔 태양도 없어 / 새벽별 찬 서리가 뼛골에 스미는데 / 어디로 흘러 갈, 흘러 갈 소냐

이 음반이 나오자 날개 돋친 듯 팔렸다. 1940년 당시 10만 장 이상 팔렸다고 한다. 그 시절 1년간 음반 총 판매량이 백만 장 정도였고 그 중에 조선어 레코드는 30만장 정도였다 하니 〈나그네 설움〉의 인기가 어떠했는지를 짐작케 한다.

3절의 '낯익은 거리다마는 이국보다 차워라' 가사에는 사연이 있다. 작사자 조경환(예명:고려성, 1911~1956), 작곡가 이재호(1914~1960), 가수 백년설(1915~1980)은 소문 난 트리오였다.

〈번지 없는 주막〉을 발표한 직후 조경환은 백년설과 함께 경찰부 고등계에 불려가서 호된 취조를 받았다. 이유는 '주막집에 번지가 없다는 것이 무슨 뜻이냐?'는 것이었다. 그것이 조선의 현실을 상징한 것 아니냐고 담당 경찰이 위협을 하며 추궁했다. 결국 경찰서에서 하룻밤을 새우고 시말서를 쓴 뒤에야 풀려났다.

그들은 몹시 허탈하고 울적해서 광화문 뒷골목 선술집으로 들어가 취하도록 술을 마셨다. 조경환은 선술집의 왁자지껄한 분위기 속에서 문득 한 구절이 떠올랐다. 그것이 바로 이 대목이었다. '낯익은 거리다마는 이국보다 차워라'.

조경환은 담배갑 뒤에 이 구절을 적었다. 담뱃값 메모란 메모지 사정이 여의치 않을 때 흔히 하는 행동이었다. 화가 이중섭도 담배 종이 은박지에 많은 그림을 그렸다. 하지만 일단 메모를 한 다음에는 빈 담뱃값을 버릴 때 잊고 버리는 경우가 많다. 그러나 조경환은 이 담뱃갑 메모를 잘 간직했다가 다듬어서 한 편의 노랫말을 만들었다.

백년설의 특징은 한없는 부드러움에서 풀려 나오는 곡진함이다. 백년설은 가수로 활동했으나 민족운동에 뜻을 두었고 학창 시절 조직적으로 활동에 가담한 적도 있었다. 그의 대표곡으로는 데뷔곡인 〈유랑극단〉 외에 〈나그네 설움〉 〈한잔에 한 잔 사랑〉 〈제3유랑극단〉 〈춘소화월〉 〈꿈꾸는 항구선〉 〈번지 없는 주막〉 〈산 팔자 물 팔자〉 〈남포불 역사〉 〈마도로스 박〉 〈천리정치〉 〈아주까리 수첩〉 〈즐거운 상처〉 〈청춘썰매〉 〈대지의 항구〉 〈인생 가두〉 〈부모이별〉 〈누님의 사랑〉 〈눈물의 백년화〉 등이 있다. 하나같이 오래 묵은 귀한 골동품 같은 노래들이다. 사실 그의 노래는 개인의 애환을 노래한 것이지만 식민지 치하 민중의 설움을 대변한 고도의 은유로 해석해도 충분하다.

성밖숲에서 반나절을 머물렀다. 오래 묵은 추억과 그리움과 반성을 캔맥주에 섞어 마시며 걷다가 앉다가를 반복했다. 유년시절 짧은 시간을 보냈던 성주, 성주중앙초등학교, 백합처럼 하얀 얼굴의 이백화 선생님을 생각했다. '무운~패도 번지수도 어~업는 주우막에~'를 낮게 읊조리고, '오늘도 걷는다마는 정처 어~업는 이 바알~길~'을 읊조렸다.

그 숲에는 추억이 있었고 그리움이 있었고 꾸~우~꾹 눌러 둔 슬픔이 있었다. 지금은 슬픔마저 아름답고 그립다. 그래서 우리는 숲으로 간다. 힐링하러!

그곳에 숲이 있네, 석불 같은 친구가 있네

고향은 오래된 숲과 같다. 고향은 오래된 나무들이 어우러진 숲이다. 나무는 태어난 자리에서 한 발자국도 움직이지 않고 수백, 수천 년 풍상을 말없이 감당하다가 그 자리에서 열반에 든다.

고향에서 태어나 고향을 지키는 친구, 붙박이 장롱 같은 친구, 석벽에 새긴 미륵불 같은 친구, 변화무쌍하고 휘황찬란한 도시의 불빛에 눈길 한 번 주지 않고, 태어난 자리를 축복으로 여기며 매일 아침 신발끈을 조여 매며 집을 나서는 친구, 점곡면장 이재수가 그렇다. 그를 만나러 가는 길이 설렌다. 고관대작을 알현하려 가는 것보다 흥겹고 설렌다.

초등학교 졸업앨범을 다시 보니 우습고 앙증맞다. 개인별 사진은 없고 한 반씩 찍은 단체 사진으로 엮은 앨범이다. 사진사의 지시에 따라 우리는 뚫어지게 앞을 바라보고 있다. 세상을 향한, 미래를 향한 두렵고 오롯한 눈빛이다. 이재수와 나는 옆자리에 앉아 있다. 그 촬영을 마지막으로 우리는 헤어져 다른 길을 걷고 있다. 그는 우직한 머슴처럼, 팔 걷어부치고 설거지하는 아낙처럼, 때로는 조곤조곤 타이르는 삼촌처럼, 고향과 이웃을 보듬고 쓸면서 고향에서 살고 있다. 묵묵한 세월을 딛고 작은 꼬맹이가 자라 면장이 되었다. 사촌숲을 지키며 면민을 위해 오늘도 분주하다. 사람은 늙어가는 것이 아니다. 좋은 포도주처럼 세월이 가면서 익어 가는 것이다.

미리 전화를 해둔 탓에 면사무소 앞에 그가 나와 있다. 청와대 영빈관 접대보다 더 황송하고 뿌듯하다. 반갑게 얼싸안았다. 그에게는 번다한 세종로 이야기, 여의도 기사는 외계의 일이다. 의성군 점곡면이 그의 우주요 생명이다. 사촌숲을 가꾸고 다듬는 일도 그의 주요 책무다. 그와 동행하여 느린 걸음으로 사촌숲을 거닌다.

숲 입구의 사촌서림사적비에는 조성 경위와 연대, 관리 상태가 기록되어 있다. 이 숲은 600여 년 전 의성 김씨 중시조 감목공 김자첨金子瞻이

사촌마을 만취당 현판

1392년(태조 1년) 안동에서 이곳 사촌으로 이사와 마을을 이룰 때 마을 서쪽에서 불어오는 바람을 막고, 휴식장소로 이용하기 위해 조성한 방풍림이라고 전해진다.

현재 숲에는 나이가 300~600년 되는 상수리나무, 느티나무, 팽나무를 주축으로 키 15m에서 20m 정도의 10여종 아름드리 500여 그루 나무들이 울창하게 우거져 있다. 사촌마을 서편 매봉산 기슭에서 시작하여 하천변으로 길이 1,040m 폭 40m로 가로놓여 있다.

풍수지리설에 의해 '서쪽이 허하면 인물이 나지 않는다'고 하여 해마다 심고 가꾸어 온 터라 100여 년 전만 해도 늑대, 산토끼 등의 산짐승이 찾아들어 낮에도 아이들은 혼자 지나다니길 꺼려할 정도로 숲이 우거졌다.

해마다 100여 마리 왜가리들이 찾아와서 봄소식을 가장 먼저 전해 주던 서식처였다. 그러나 점차 찾아오는 왜가리의 밀도가 높아지면서 키 높은 상수리나무에 둥지를 틀고, 알을 낳고, 새끼를 쳐서 새들의 배설물로 고사枯死하는 나무들이 점차 늘어났다. 그래서 왜가리 서식처를 매봉산으로 강제 이주시켜 숲이 황폐화되는 것을 방지했다.

사촌 가로숲은 자생지 수종으로 조성한 방풍림이다. 숲의 기능도 중요하고, 경관이 아름답고 조화롭게 어우러져 선조들의 자연관을 알 수 있는 문화유산이다. 동네 서편을 남북으로 가로질러 방풍림의 구실을 하기에 숲의 안쪽과 바깥쪽의 겨울철 기온 차가 크다. 여름철에는 지나는 방문객과 지방주민들의 휴식처로 각광받고 있다.

숲 사이를 흐르는 사천沙川은 장마철을 제외하고는 항상 건천乾川이다. 녹음이 짙어서 개미와 파리가 없다. 직류천直流川인 사천 어디서나 낮잠을 즐길 수 있다. 또한 주된 수종이 상수리나무라 먹이가 풍부해서 고목나무에 숨어사는 다람쥐들이 많다.

1972년 내무부에서 발간한 『보호수지保護樹誌』에는 이 숲의 회나무, 상수리나무가 거수목으로 등재되고, 경상북도 지정 보호림 1등급 9-75호로 지정되었다. 일련의 과정을 거쳐 현재는 천연기념물로 지정되어 보호받고 있다.

이곳까지 왔으니 사촌마을은 아니 둘러볼 수 없다. 사촌마을은 양반 마을이다. 서애 류성룡이 태어난 곳이라는 이야기도 전한다. 류성룡의 어머니 안동 김씨가 1542년 친정인 이곳 사촌에 다니러 왔다가 산통産痛이 왔다. 3정승 배태의 풍수 관념에 의해 시댁인 풍산으로 돌아가는 도중 이 숲에서 아기를 출산하였다고 한다.

마을로 들어가면 조선 중기에 건축된 만취당이 있다. 퇴계 이황의 제자인 김사원이 낙향하여 지은 집이다. 임진왜란 이전에 지어진 집으로 사가의 건축물 중에선 역사가 깊다. '만취당晚翠堂'이라고 쓴 현판은 동문수학한 석봉 한호가 썼다고 한다. 마을에는 수령 500년 넘는 향나무 한 그루가 있다. 조선 연산군 때 송은 김광수가 심은 것으로 선생이 만년송萬年松이란 이름을 붙였다. 경상북도 기념물 제107호

토요일 늦은 오후, 오래 묵은 친구와 함께 숲을 거니는 감회가 푸근하고 아련하다. 사촌숲을 정원 삼고, 고택을 집 삼아 사는 시골면장이 한없이 부럽다. 부러움을 토로하자 그의 대답이 더욱 나를 작고 부끄럽게 한다.

"나무는 가을이 되어 잎이 떨어진 뒤라야 꽃피던 가지와 무성하던 잎이 다 헛된 영화였음을 안다. 사람은 죽어서 관 뚜껑 닫을 때 이르러서야 자손과 재물이 쓸 데 없음을 안다. 채근담에 나오는 말이다."
"좋은 말이구나. 답가를 해볼까. 명성은 화려한 금관을 쓰고 있지만 향

기 없는 해바라기다. 그러나 우정은 꽃잎 하나마다 향기를 풍기는 장미꽃이다."

버리지 못한 도시적 사고로 그의 우정에 보답하려했으나 현학파티 같다. 개운치 않다. 다시 혼잣말처럼 주섬주섬 건네는 시골면장의 한담이 오히려 더 찡하게 와 닿는다.

누가 더 부자라고 생각하니?

엄청난 재산을 소유한 부자가 자신의 아들에게 가난한 사람들의 생활을 체험시키려고 시골로 여행을 보냈다. 여행을 다녀온 아들은 아버지에게 소감을 이렇게 말했다.

"우리 집에는 개가 한 마리 있지만, 그 집에는 네 마리가 있고 우리 집에는 수영장이 하나 있지만, 그 집에는 큰 계곡이 있고 우리 집에는 전등이 여러 개 있지만, 그 집에는 무수한 별들이 있고 우리 집에는 작은 정원이 있지만, 그 집에는 넓은 들판이 있고, 우리 집에서는 가정부의 도움을 받지만, 그 집에서는 이웃사람들이 서로서로 도움을 주고받고 있고 우리 집에는 돈을 주고 먹을 것을 사야 하지만, 그 집에는 돈이 없어도 직접 농사를 지어 먹을 것이 논과 밭에 있고 우리 집은 높은 담장이 우리를 보호하고 있지만, 그 집은 이웃들이 서로 보호해주고 있었어요."

그리고 마지막에 아들이 한 마디 덧붙였단다.

"아버지! 저는 우리 집이 얼마나 가난한지 깨닫고 왔어요."

농부처럼 얼굴이 까맣게 탄 시골면장, 오랜만에 만나도 어제 헤어진 것처럼 석불같은 표정의 친구, 술잔을 기울인 후 서로 등을 토닥이며 건강하자는 인사를 나누고 나는 다시 도시로 향했다. 그는 사촌숲을 향해 실루엣으로 멀어져 갔다. 사촌숲을 지키는 점곡면장 재수야, 백설만건곤 한 겨울에 다시 또 오마.

전남 담양군 담양읍 객사리, 남산리 일원 관방제림 / 천연기념물 제366호(1991. 11. 27. 지정)

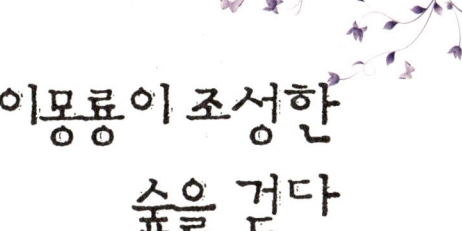

이몽룡이 조성한 숲을 걷다

어떻게 읽어야 하나? ① 관방-제림 ② 관방제-림 ③ 관-방제림. 한글 표기에 따른 고통이다. 정답은 ③이다. 관방제림이란 '관청에서 조성한 둑에 심은 나무(숲)'란 뜻이다. 한자 명칭은 潭陽 官防堤林_{담양 관방제림}이다.

조선 인조 26년(1648) 담양부사로 있던 성이성 成以性은 영산강의 지류인 담양천이 범람해 백성들이 해마다 피해를 입는 것을 보았다. 그는 백성

들의 고통을 덜어주고자 담양천을 따라 제방을 쌓고 홍수에 견딜 수 있
도록 나무를 심었다. 이것이 숲의 모태다.

굵은 나무는 1648년에 담양부사 성이성이 제방을 수축修築하면서 심
은 것이고, 작은 나무는 조선 철종 5년(1854) 담양부사 황종림이 연인원
3만 명을 동원해 대대적인 개축공사를 벌일 때 심은 것이라고 한다.

지방 관리를 목민관牧民官이라 한다. 이 단어는 사실 매우 불온하다. 사
전에는 "백성을 기르는 벼슬아치란 뜻으로, 고을의 원員이나 수령을 이
르던 말"이라고 풀이되어 있다. 관존민비官尊民卑 시대의 산물이다. 오늘
날에도 공직자의 필독서로 꼽히고 있는 다산 정약용의 명저도 『목민심
서』다. 여행을 다니다보면 지역 곳곳에 그곳에 근무했던 지방 수령의 송
덕비, 공덕비, 불망비가 수두룩하다. 이것 역시 불온의 냄새가 짙다. 억지
춘향으로 세워진 혐의가 짙다. 지방관에 대한 부정적 안경을 제공한 '춘
향전'의 변사또의 역할도 크다. 언론이 부재하던 시절에 지방관에 대한
감독은 가뭄에 콩 나듯이 하는 암행어사 출두밖에 없었다.

관방제림 속을 걷는다. 늘어져 펼쳐놓은 평상 위에서 노인들은 화투
놀이가 한창이다. 여러 패가 추임새를 넣어가며 화투장을 내리친다. 흘
낏 훔쳐보니 노름판은 아니다. 판돈이 보이지 않는다. 숲 그늘 밑에서 즐
길 수 있는 것은 화투판이 최고다. 사또의 불호령도 없으니 화투판 만개
다.

옛적엔 관리=탐관오리라고 인식되어 있다. 시스템 자체가 그렇게 되어 있었다. 조선시대 관리들은 1년 급여를 2~4회에 걸쳐 곡식으로 받았다. 급여 받을 때가 되면 8도 관리들이 와우산 자락(지금의 서강대 근처)으로 모였다. 그들은 이조(지금의 행정안전부)나 병조(지금의 국방부)에 가서 패를 지급받은 다음, 패를 가지고 광흥창(지하철역 6호선 지명에 남아있다)으로 가서 급여를 받았다. 곡식은 전라도나 충청도산이었다.

『경국대전』을 근거로 조선시대 관리들의 월급을 살펴보면 이렇다. 정1품과 왕의 아들인 대군의 급여는 쌀 100석, 옷감 32필이다. 녹만 받아가

지고는 거느리는 식솔 챙기기기에도 역부족이다. 종9품 최하위 관리들이 받는 급여는 쌀 14석, 옷감 4필이 전부다. 쌀 1석이래야 80kg 쌀 한 가마보다 적다. 이것만으로는 식구들 입에 풀칠하기도 힘들다. 하지만, 이렇게 적게 주는데도 녹봉이 국가 재정의 절반을 차지했다. 당시의 경제 규모, 경제사정이 그랬다.

지방 관리의 착취는 구조적 결함 때문이다. 하기야 공무원의 신분과 보수가 어느 정도 수준에 오른 것이 불과 최근 10년~20년 이내가 아닌가. '알아서 뜯어먹어라'는 암묵이 존재했다. 감시가 소홀한 외직일수록 착취가 심했다. 제주목사는 아예 착취를 작정하고 부임한다는 말도 있다. 제주 사람들의 반골기질은 오랜 세월동안 관리들로부터 받은 억압, 착취와 무관치 않다.

담양부사 성이성은 모범공무원이었다. 춘향전에 나오는 이도령이 성이성이라고 주장하는 연구(설성경, 연세대)가 나왔다. 이 주장에 상당한 설득력이 있어 KBS의 '역사스페셜'에 소개되었다. 성이성은 13살(1607년)에 남원부사로 부임하는 아버지 성안의成安義를 따라 남원으로 갔다. 1차 임기를 마치고 연임해 남원에서 4년을 보내면서 청년기를 맞았다. 17살이 되던 해 아버지가 광주목사로 전근되어 남원에서의 생활은 끝난다. 청소년기 남원에서의 4년, 성이성에게 무슨 일이 있었을까.

광주로 간 두 부자는 당시 광해군의 폭정으로 관직을 버리고 고향 봉화로 돌아온다. 고향집에서 성이성은 학문에 정진했고 22살에 경시京試,

33살에 식년시 문과 급제로 세상에 이름을 알린다.

두 차례 경상도, 충청도 암행어사를 거쳐 세 번째 암행어사가 된 성이성, 마침내 남원을 떠난 지 28년만인 1639년(45살)에 호남 암행어사가 되어 남원으로 간다. 이곳에서 성이성은 어린 시절의 스승 산서 조경남趙慶男(1570~1641) 장군을 만나 광한루에서 밤새도록 회포를 푼다. 술잔을 기울이던 성이성이 옛 추억이 떠올라 스승에게 춘향이와 사랑을 나눈 이야기를 털어놓는다.

묵묵히 듣고 난 스승 조경남은 이 이야기를 바탕으로 글을 꾸민다. 성이성의 이름은 이몽룡으로, 그리고 그의 성姓 성成씨는 춘향에게 붙여 성춘향으로 등장시켰다. 춘향의 성에 그 흔한 성들을 두고 굳이 성成씨로 한 것은 성이성이 이 이야기의 주인임을 암시한 것이다. 여기까지 과정의 이야기는 성이성의 저서 '계서유사溪西遺事'와 후손들의 문집에 전해온다.

한국 최고의 로맨스소설이자 4대 국문소설의 하나인 춘향전의 모델 성이성의 실화가 350년 만에 세상 밖으로 나왔다. 창녕 성成씨 양반가문에서 기생과의 사랑 이야기가 세상에 알려지는 건 큰일 날 일이었기에 이 사실을 숨겨왔다. 그러던 중 1999년 연세대 설성경 교수가 '이몽룡의 러브스토리'라는 주제의 논문을 발표했다.

근거의 핵심은 성이성 본인의 일기를 후손이 편집한 '계서선생일고溪

西先生逸稿'와 성이성의 4대손 성섭成涉(1718~1788)이 지은 '필원산어筆苑散語'에서 나왔다. 설 교수는 또 조경남 장군이 죽기 1년 전인 1640년에 자신의 잡록에 소개했던 '암행어사 시詩'를 주제로 부각시켜 춘향전을 창작했다고 주장한다.

성섭은 필원산어에서 "우리 고조께서 수의어사로 호남의 한 곳에 이르니 12읍 수령이 큰 잔치를 베풀어 술판이 벌어지고 기생의 노래가 한창이었다"고 기록했고, 이어 걸인으로 연회장에 들어가 시를 짓고 암행어사 출두하는 내용을 상세하게 기술해 놓았다. 암행어사 출두까지는 했지만 춘향이를 찾지는 않았다. 당시 40대 후반이면 노파 축에 든다. 허구는 해피엔딩이지만 현실은 그렇지 않았다. 현실의 사랑은 드라마 속에서처럼 극적이지 않다.

계서溪西 성이성은 본관은 창녕, 경북 봉화에서 태어났다. 내, 외직을 두루 거쳤지만 재물에 대해서는 초연해 말년에는 가난하게 살았다. 1664년(현종 5) 향년 69세로 별세했다. 청렴한 생활이 후대에 알려지면서 사후 31년 1695년(효종 21) 공직자의 최고의 영예라고 할 수 있는 청백리로 선정되었다. 저서로는 『계서일고溪西逸稿』가 있다. 그가 태어난 집 봉화군 물야면 가평리의 계서당은 중요민속자료(제171호)로 지정되어 있다.

담양 관방제림은 담양읍을 감돌아 흐르는 담양천 북쪽 제방에 조성되어 있다. 남산리 동정마을에서 수북면 황금리를 거쳐 대전면 강의리까지 2km에 걸쳐 이어져 있다. 관방제림을 구성하고 있는 나무의 종류는 푸조나무(111그루), 팽나무(18그루), 벚나무(9그루), 음나무(1그루), 개서어나무(1그루), 곰의 말채, 갈참나무 등으로 약 420여 그루가 자라고 있다. 현재 천연기념물로 지정된 구역 안에는 185그루의 나무가 자라고 있다.

관방제림은 홍수피해를 막기 위해 제방을 만들고 나무를 심은 인공림이다. 선조들의 자연재해를 막는 지혜를 알 수 있는 역사 및 문화적 자료로서의 가치가 크므로 천연기념물로 지정·보호하고 있다.

02

민낯의
눈부심에
가슴 벅차다

이슬비처럼
조용히 떨어지는
축복의 잎보라

떨어진다는 건 숙연하다. 낙마落馬, 낙방落榜, 낙
선落選, 낙심落心, 낙오落伍, 낙장落張, 낙태落胎, 낙화
落花, 낙엽落葉 등 스산하고 허전한 어휘들이다. 떨
어진다는 것은 실패와 동의어로 쓰인다. 본체에서
분리됨은 실패로 인식된다. 주류에서 버림받음으
로 인식된다. 과연 그럴까. 고정관념은 아닌가. 그
럼 떨어짐落의 반대말은 무엇인가? 올라감(등登)?
붙음(착着)? 등락登落이란 말이 있지만 마뜩치 않
다. 등마·등방·등화·등엽이란 말은 없다.

떨어짐은 고귀한 양보다. 자신의 자리를 비워주는 것이다. 다음에 올 그를 위하여 의자를 내어주는 것이다. 내가 누린 것만큼 남이 누릴 수 있게 자리를 내어주는 것이다. 떨어짐은 물러섬이 아니다. 힘을 비축하여 다시 오기 위한 절차가 아니다. 떨어짐은 순리와 순환을 존중하는 고귀한 희생이다.

나무 이름에도 낙우송, 낙엽송 등 낙落자가 들어간 것이 있다. 낙엽수는 상록수와 반대로 1년 내에 잎이 모두 고사하고 휴면상태로 들어가는 시기를 갖는 나무를 말한다. 묵은 잎을 떨구고 새잎을 위해 겨우내 잠시 쉬고 있는 것이지만, 떨어지는 것은 안타깝고 안쓰럽다. 아직 애착과 집착 속에 고여 있기 때문이다. 시인은 노래했다.

떠나야 할 때를 안다는 것은
       슬픈 일이다.
잊어야 할 때를 안다는 것은
       슬픈 일이다.
내가 나를 안다는 것은 더욱
       슬픈 일이다.
– 나태주, '떠나야 할 때를' 중에서 –

이것은 역설이다. 시인의 가슴을 숨긴 내뱉음이다. 떠나야 할 때, 잊어야 할 때를 안다는 것은 장엄한 환희다. 자신을 안다는 것은 삶의 완성이

이천 한택식물원 낙우송

다. 끝내 자신을 알지 못하고 적멸로 가는 영혼이 얼마나 많은가.

　낙우송은 침엽수이면서 낙엽이 지는 나무다. 낙우송은 이름 그대로 깃털[羽]이 떨어지는[落] 것처럼 낙엽이 진다. 실제로 가을 단풍도 끝나고 잎들이 한 잎 두 잎 떨어질 때 땅에 떨어진 낙우송 낙엽은 색깔만 갈색일 뿐 새의 깃털을 꼭 닮았다. 깃털처럼 생긴 잎이 가을에 황갈색으로 단풍이 들어 낙엽처럼 떨어지기 때문에 낙우송이라고 부른다.

운이 좋아, 맑은 가을 바람 부는 낙우송 아래 서면 낙우송 깃털이 축복처럼 쏟아진다. 벚꽃잎 꽃보라가 청춘의 축복이라면 낙우송 잎보라는 중년의 축복이다. 머리에 수북하니 쌓인 잎보라를 오랫동안 털고 싶지 않다. 푸른 한철 우아하게 보낸 바늘잎 이파리들이 미련 없이 떨어진다. 오만과 탐욕을 버린 위대한 포기, 장렬한 양보다. 미련을 버린 비움이다. 요란한 소리 내지 않고 수수수 떨어진다.

낙우송은 북아메리카 남부지방의 늪지대가 원산지다. 관상용이나 목재를 얻기 위해 널리 심는다. 어린 낙우송은 균형 잡힌 피라미드처럼 생겼다. 자라면서 줄기가 굵어지고 윗부분은 넓게 벌어진다. 줄기는 끝으로 갈수록 점점 가늘어지는데 키는 30m에 달하며 지름은 1m이다. 붉은색을 띠는 갈색의 수피樹皮는 비바람을 맞으면 잿빛으로 변한다. 오래된 나무의 줄기는 속이 비어 있으며 이러한 나무들의 목재에는 곰팡이 때문에 생긴 조그만 구멍들이 있어 구멍삼나무 또는 나무못삼나무라고 부르고 있다.

물기가 많은 땅에서 자라는 나무는 밑둥이 넓어 튼튼하게 받쳐지며 종종 옆으로 뻗는 뿌리들이 물 위로 나와 원뿔처럼 생긴 돌출물이 만들어진다. 이 돌출물을 호흡뿌리라고 한다. 호흡뿌리는 공기를 담고 있는 기관으로 물속에 잠겨 있는 뿌리를 안전하게 해준다.

낙우송과 메타세콰이어는 학술적으로는 별개의 종으로 분류되고 있지만 잎의 모양이나 수형 등 유사한 점이 많다. 두 나무의 다른 점은 수형樹形에 있어서 메타세콰이어가 정확한 각을 이룬 긴 이등변삼각형인데 비하여 낙우송은 삼각의 아랫 각이 깎인 것 같이 둥근 형상이라고 하지만 전문가가 보기에도 수형으로 구분하기는 어렵다. 가장 큰 차이는, 메타세콰이어는 깃털 같은 잎이 대생엽(줄기의 마디마다 두 개씩 서로 마주 붙어 나는 잎)인데 반해 낙우송은 호생엽(줄기의 마디마디에 어긋나게 붙는 잎)이다.

또한 뿌리가 뻗은 땅 속에서 마치 팔꿈치 같은 돌기가 돋아나는 기근氣根(공기 뿌리)이다. 낙우송은 뿌리에서 이 기근이 돋아나는데 메타세콰이어는 기근이 없다. 낙우송의 기근을 서양 사람들은 니 루트Knee root, 즉 '무릎뿌리'라고 한다. 물을 좋아하는 낙우송이 물이 질펀한 습지의 땅 속에 공기가 통하지 않으므로 숨을 쉴 수 있도록 뿌리의 일부를 땅위로 내보낸 것이라고 한다. 낙우송은 일본에서는 물을 좋아하는 삼杉나무라 하여 소삼沼杉 또는 수향목水鄕木이라고도 한다.

다른 나무에서도 뿌리 부분 일부가 노출된 것을 간혹 볼 수 있다. 그러나 낙우송 기근은 아예 작정하고 불쑥불쑥 돋아 있다. 신기하고 낯설다. 젖꼭지 같기도 하고 팔꿈치 같기도 하다. 심술부리려고 튀어나온 심술보 같기도 하다. 하나도 아닌 심술보가 무더기로 불끈불끈 솟아 있다.

그러나, 낙우송은 심술쟁이와는 거리가 멀다. 고고한 신사의 품격이

느껴지는 나무다. 쭉쭉 곧은 줄기, 침엽수지만 깃털처럼 부드러운 잎, 바람이 불어도 야단스럽게 소리내지 않는다. 그저 눈 내리듯, 이슬비 내리듯이 조용히, 우수수 잎이 떨어진다. 사람도 이랬으면 좋겠다. 우뚝 솟았으나 자랑하지 않고 때가 되면 조용히 옷을 벗는다.

낙우송의 자생지는 미국의 미시시피강 유역뿐이라 한다. 이 강을 따라 여행하다 보면 물가나 물속에 뿌리를 박고 하늘 높이 자라 마치 강변에 봄에는 연두색, 여름에는 녹색, 그리고 가을에는 황갈색의 커텐을 드리운 듯한 아름다운 풍경을 볼 수 있다. 그러나 낙우송 화석이 일본이나 유럽 등 여러 나라에서 발견되고 있고, 심지어는 갈탄의 원료가 낙우송이었다는 주장도 있다. 오랜 옛날에는 낙우송이 지구상의 여러 곳에 분포했던 나무인 것으로 보인다.

낙우송이 물을 좋아하는 성질을 입증하는 한 예로 동해안 울진군 평해의 한 농원에 함께 심은 두 그루의 낙우송 중 하나는 아주 크게 자란 반면 다른 나무는 키가 반도 안 되게 왜소하다. 그 원인이 큰 나무 곁에는 샘이 있기 때문이라고 한다.

시인들의 예리한 촉수가 아직 낙우송에는 미치지 못했다. 낙우송을 노래한 시는 아직 못 보았다. (과문한 탓에) 초등학교 3학년이 지은 시를 본 적은 있다.

낙우송 / 김래완

낙우송은 크다.
낙우송 나무는 수박바처럼 생겼다.
나뭇잎은 뾰족하고 길쭉하다.
나뭇잎 색깔은 초록색 갈색이다.
나뭇가지에 새 한 마리가 앉았다 날아갔다 한다.

충남의 명문 대전고의 교목은 낙우송이다. 교정에 우람한 낙우송이 있다.

창공을 향해 용트림하며
나무와 돌이
상생하는구나

잠시 눈을 바깥으로 돌려본다. 캄보디아 앙코르 유적 중 가장 인상적인 곳이 따 쁘롬 사원이다. 뱅골보리수가 무너져가는 석조사원을 용트림하듯 껴안고 공존하고 있다. 나무를 잘라내면 사원은 와르르 무너질 판이다.

'고고학자들의 노력과 일반 관광객의 기대는 사뭇 상충된다. 관광객들은 좋은 그림만을 원한다. 20세기에 살고 있는 그들은 온갖 문명의 이기를 동원하여 편안하고 한가하게 앙코르까지 여행을 와서 1861년 앙코르를 발견한 앙리 무오가 느꼈을 감탄과 경이로움을 체험하고자 한다. 이들은 시대착오적인 개인주의에 사로잡혀 있다. 그들이 보고 싶어 하는 것은 장쾌한 효과가 있는 낭만적인 풍경, 거대한 나무뿌리가 유적을 반쯤 삼키고 있는 폐허다.'

완전 해체 복원을 주장했던 고고학자 모리스 글레즈의 연설문 중 일부다. 그래서, 신비를 찾아온 낭만적 관광객들의 취향과 앙코르의 본모습을 재발견하고자 하는 학자들을 동시에 만족시킬 수 있는 절묘한 절충안을 도출해냈다. 대부분의 유적들을 과학적인 방식에 따라 복원작업을 하되, 폐허와 나무뿌리가 뒤엉켜 신비한 분위기를 연출하고 있는 몇몇 사원은 그냥 두기로 한 것이다.

따 쁘롬 사원이 그중 하나다. 안젤리나 졸리가 출연한 영화 '툼 레이더'를 촬영한 곳이다. 시공을 초월한다는 것은 오로지 수행을 통한 깨달음에 의해 가능할 것이다. 그러나 뭇 중생들은 약간의 노자를 마련해서 발품을 팔아 시간과 공간을 넘나든다는 착각을 즐긴다. 영화도 그런 요구에 부응하고자 하는 하나의 방편이다.

따 쁘롬 입구에 들어서면 '인디아나존스'의 존스 박사가 된 느낌이다. 수십 미터가 족히 되는 거대한 뱅골 보리수들이 용처럼 사원을 휘감고 있다. 무너진 잔해 사이로 엉금엉금 기어 사원 안으로 들어간다. 금방이라도 저쪽 구석에서 칼을 빼든 12세기 앙코르 무사가 튀어나올 것 같다. '웬놈인데 함부로 들어왔느냐'라고 고함을 치면서 말이다. 총을 빼들고 그에게 대항할 수 없으니 점잖게 타일러야 할 것 같다. '나는 당신네 국왕의 허가를 받고 들어왔소. 60달러를 내고 입장권을 샀으니 해치지 마시오'라고. 나무뿌리가 뒤엉킨 담벼락 너머에서는 금방이라도 호랑이가 훌쩍 뛰어넘어 올 것 같다. 그놈에게도 목에 건 입장권이 통할까.

자연의 힘이 무섭다는 것을 서늘하게 느끼는 정경이 가득하다. 따 쁘롬에는 돌에 새겨진 범어의 기록이 선명하게 남아 있다. '12~13세기 당시 3,140개의 마을을 통치하였고 79,365명이 사원을 관리하였다. 18명의 고승과 2,740명의 관리들과 2,202명의 인부들 그리고 615명의 무희들이 있었다'라고 기록되어 있다. 사원의 재산으로는 500킬로그램이 넘는 황금접시 한 쌍, 35개의 다이아몬드, 40,620개의 진주, 4,540개의 보석, 중국에서 보내온 커튼 876개, 비단침대 512개, 523개의 양산이 있었다고 한다. 욕심을 내어 황금접시를 찾아볼까, 다이아몬드를 훔쳐 주머니에 슬쩍 넣어볼까. 부질없는 발상이다. 그런 것들은 이미 흔적도 없이 사라지고 거대한 뿌리가 연체동물처럼 사원을 감아 쥐어짜고 있다. 사람들이 사라질 무렵 작은 풀포기에 불과했을 나무들이 자라 승천하는 용처럼 하늘을 향해 뻗어 있다. 땅 속에 어떤 영양소가 있기에 돌덩이에 걸터앉아 저토록 창창하게 자라고 있을까.

잠시 다른 시각에서 앙코르를 보기로 하자. 앙코르의 장엄함과 정교

함에 대해서는 혀가 얼얼하도록 내둘러도 모자란다. 따 쁘롬에 있는 나무들의 반란과 폐허의 현장은 인간의 오만과 자연의 섭리에 대해 사색하기 좋은 곳이다.

앙코르는 철저한 인공도시, 계획도시다. 자연과의 조화에 대해서는 안중에도 없었다. 앙코르 제국은 씨엠립을 중심으로 반경 64킬로미터에 수도를 세웠다. 불도저, 굴착기, 기중기도 없던 시절에 밀림을 뭉개고 거대한 왕궁과 사원을 지었다. 절대 권력 앞에 밀림의 나무와 풀은 참으로 하찮은 것들이었다. 베어지고 뽑히고 불태워졌다. 권력의 힘이 서슬 퍼렇던 시절에는 인간의 재주가 찬란하게 빛났지만 권력이 무너지고 인간이 도망쳐버리니 다시 풀과 나무가 돌아왔다. 딱딱한 돌 틈에 뿌리를 내린 어린 싹들이 수백 년의 세월이 지난 지금 30미터가 넘는 거목이 되어 인간이 꾸민 영화를 짓뭉개듯이 휘감고 있다. 그것을 생생히 보여주기 위해 따 쁘롬은 복원하지 않는다. 따 쁘롬의 나무 중 대표 선수가 있다. 방문객들이 어김없이 그 앞에서 사진을 찍는다.

따 쁘롬 사원의 신비로움에 사색에 젖기에는 나를 포함한 구경꾼이 너무 많다. 사진작가로 보이는 이들은 삼각대를 받쳐놓고 경이로움을 담기에 여념이 없다. 으스스한 적막을 누리려면 사람들이 드문 시간대에 방문해야 한다. 이른 아침이나 점심시간이 좋다. 햇빛과 사원이 어우러지는 풍경을 기대한다면 저녁 어스름녘도 좋을 것이다.

동문으로 나가는 숲길에 악사들이 앉아 있다. 여섯 명의 중년 사내들이 악단을 이루어 합주를 한다. 실로폰처럼 생긴 것과 해금처럼 생긴 그들의 전통 악기로 연주 한다. 휴식을 겸해서 그들 앞 맨땅에 털석 앉았다. 착실한 관객으로 여겼는지 열정적으로 연주한다. 악단의 구성원들은 모두 장애인들이다. 다리가 없고 눈이 없다. 까마득한 12세기를 어슬렁거리다가 후다닥 21세기로 돌아온다. 어느 편이었든지 간에 내전에 참가했던 전사들임에 틀림없다.

동문 밖을 나오니 길 건너편에 어김없이 상가가 늘어서 있다. 일본어로 시끄럽게 호객을 한다. 작은 둔덕을 이룬 나무 아래에는 아버지와 딸들로 구성된 가족 합창단이 악을 쓰듯 노래를 부른다. 지휘자격인 아버지가 엄하게 구는지 아이들은 노래가 아니라 절규를 한다. 그러나 둔덕까지 다가가는 것이 귀찮아 돈을 놓는 사람들이 눈에 띄지 않는다. 다가가 1달러를 바구니에 놓으니 옥타브가 더욱 높아진다. 어린 것들이 목젖 헐도록 악을 쓰지 않아도 살 수 있는 날이 오길 빌어본다.

'따 쁘롬'은 '브라흐마의 조상'이란 뜻이다. 12세기 중반~13세기 초 크메르제국의 광개토대왕인 자야바르만 7세가 어머니를 기리기 위해 세운 사원이다. 아버지를 위해서는 쁘리아 칸을 세웠다. 이 사원은 서쪽으로 들어가 동쪽으로 나간다. 담벽의 흔적을 보면 600미터×1,000미터로 앙코르 유적 중 큰 규모에 속한다. 260개의 신상과 39개의 첨탑들 그리고 566개의 집단 주거시설이 있었다. 사원의 중심은 통로로 연결되는

연속된 탑들을 통해서만 접근할 수 있다. 다른 사원들은 배치가 대칭이므로 한쪽만 보면 다른 쪽을 보지 않아도 구조를 유추할 수 있다. 그러나 따 쁘롬은 건축물의 구조를 보는 것이 아니라 폐허의 장관을 목격하는 것이 목적이다. 사원 전체에 뱅골보리수, 무화과나무, 판야나무가 일제히 사원을 습격하여 점령했다. 신발 끈을 단단히 조이고 구석구석 헤치고 다니면 잠시 탐험가가 된 착각을 누린다. 자야바르만 7세가 21세기 촌놈들을 위해 이런 풍광을 예비해둔 것일까.

거대한 나무와 석조 건물이 서로의 몸을 부비며 천 년의 세월 동안 함께 살고 있다. 불편한 동거인가, 상생의 미학인가?

시린 가을 하늘에 흩뿌리는 선혈!

단풍은 울컥하는 감격이다. 감탄과 탄식이 어우러진 비명이다. 시린 가을날 크레파스로 온산을 붉게 칠한다. 인간이 옷을 껴입기 시작하는 가을날, 단풍은 붉은 화염을 토한다. 손을 비비며 움츠려드는 인간의 작태를 몹시 초라하게 만든다. 지난 여름 혹은 지난 청춘의 시간 동안, 나는 무엇에, 누군가에, 얼마나 장렬한 적 있었던가. 붉은 화염에 얼굴이 달아오른다.

허겁지겁, 헐떡거리며, 조바심하며 달려왔건만, 숨만 가쁘고 내 몸만 달았지 내 온기를 누구에게 나눠준 적이 있는가. 단풍의 열기를 보면 달아오른 얼굴 숨길 곳이 없다.

단풍의 이유 / 이원규

이 가을에 한 번이라도
타오르지 못하는 것은 불행하다.
내내 가슴이 시퍼런 이는 불행하다.
단풍잎들 일제히
입을 앙다문 채 사색이 되지만
불행하거나 불쌍하지 않다.
단 한 번이라도 타오를 줄 알기 때문이다.
너는 붉나무로
나는 단풍으로
온몸이 달아오를 줄 알기 때문이다.
사람도 그와 같아서
무작정 불을 지르고 볼 일이다.
폭설이 내려 온몸이 얼고
얼다가 축축이 젖을 때까지
합장의 뼈마디에 번쩍 혼불이 일 때까지.

산 전체가 요원燎原같은 화원花園이요, 벽공에 외연히 솟은 봉봉峯峯은 그대로가 활짝 피어 오른 한 떨기의 꽃송이다. 산은 때 아닌 때에 다시 한 번 봄을 맞아 백화난만百花爛漫한 것일까? 아니면 불의의 신화에 이 봉 저 봉이 송두리째 붉게 타고 있는 것일까? 진주홍眞朱紅을 함빡 빨아들인 해면같이, 우러러 볼수록 찬란하다. 산은 언제 어디다 이렇게 많은 색소를 간직해 두었다가, 일시에 지천으로 내뿜는 것일까? 단풍이 이렇게까지 고운 줄은 몰랐다. -(중략)-우리도 한 떨기 단풍에 지나지 않아 보인다. 다리는 줄기요, 팔은 가지인 채, 피부는 단풍으로 물들어 버린 것 같다. 옷을 휠휠 벗어 꽉 쥐어짜면, 물에 헹궈 낸 빨래처럼 진주홍 물이 주르르 흘러 내릴 것만 같다.

시선을 낮춰 아래로 굽어보니, 발 밑은 천인단애千仞斷崖, 무한제無限際로 뚝 떨어진 황천 계곡에 단풍이 선혈鮮血처럼 붉다. 우러러보는 단풍이 새 색시 머리의 칠보단장七寶丹粧 같다면, 굽어보는 단풍은 치렁치렁 늘어진, 규수의 붉은 치마폭 같다고나 할까. 수줍어 수줍어 생글 돌아서는 낯 붉은 아가씨가 어느 구석에서 금방 튀어나올 것도 같구나!

–정비석 〈산정무한〉 중에서

가을산의 진객은 단풍이다. 단풍이 없다면 가을산은 얼마나 스산하고 팍팍하랴. 생기와 진액이 빠져버린 잎들을 보는 마음 또한 파삭파삭할 거다. 연록의 새순이 여기저기서 태울음을 터뜨리는 봄 산, 짙푸른 녹음이 꽃보다 현란한 여름 산, 치렁치렁 눈꽃 화관을 눌러 쓴 겨울 산. 그럼에도 불구하고 단풍의 합창이 있기에 가을 산은 자랑, 자랑스럽다.

단풍나무의 꽃말은 '사양'(당신의 사랑을 받지 않으렵니다)이다. 이미 더 채울 것 없는 진홍이다. 덧칠할 물감이 없으니 사양할 수밖에. 거기에 덧칠한들 무슨 색깔이 나오랴. 만취滿醉에 그저 자족할 뿐, 리필은 노땡큐다. 단풍은 100% 만취상태다. 부족한 1%도, 넘치는 1%도 없다.

가을산에서 단풍나무를 만나면 입이 다물어지지 않는다. 눈부시다는 표현 따위로는 역부족이다. 식어가는 가슴이 예열도 없이 울컥 끓는다. 오래 전에 마신 에테르의 엑기스가 다시 살아나 가슴을 활활 태운다. 시린 가을 하늘을 향해 분수처럼 선혈을 뿜는다. 어쩌자고 저렇게 무작정 불을 질러 대는가. 바라보는 눈길은 불길이 되어 가슴에 불을 지른다.

가을이 되면 나무들은 노란색, 혹은 붉은색으로 잎을 물들이며 겨울을 준비한다. 여름 내내 그렇게 푸르던 잎이 단풍이 드는 이유는 무엇일까? 잎의 푸르름을 지키는 것은 잎 속의 엽록소다. 여름에는 강한 빛과 적당한 온도로 광합성이 활발하게 일어나지만 겨울이 되면 그렇지 못하다. 그렇게 되면 잎은 에너지만 소모하므로 필요가 없다. 겨울이 오기 전에 제거해야 한다. 그래서, 가을로 접어들면 잎으로 보내는 수분과 영양분을 줄이게 된다. 그러면, 엽록소는 조금씩 파괴되고 잎은 푸른색을 잃어간다. 이때 엽록소가 사라진 자리에 그동안 엽록소의 푸른색에 가려져 있던 잎속의 카로틴과 크산토필이라는 노란 색소가 모습을 드러내 잎을 노랗게 물들게 한다.

한편 붉은 색 단풍은 엽록소가 사라지면서 원래 잎 속에 있던 색소가 나타나는 것이 아니라 잎이 안토시아닌이라는 새로운 색소를 만들어 붉어진다. 단풍이 드는 나무들은 모두 가을에 잎이 떨어지는 낙엽수들이다. 이와 달리 사철 내내 푸른 잎을 자랑하는 상록수도 있다. 상록수 중에서도 색깔이 변하는 종류가 있으나 대개의 상록수는 낙엽수에 비해 잎이 두껍고 질겨 춥고 건조한 겨울을 무사히 지낼 수 있기에 낙엽을 만들지 않는다.

단풍나무는 단풍나무과丹楓-科 Aceraceae에 속하는 낙엽교목이다. 키가 15m까지 자란다. 잎은 마주나고 5~7갈래로 갈라지며, 갈라진 조각의 끝은 뾰족하다. 꽃은 5월에 핀다. 한 꽃에 암술 또는 수술만 있거나 2가지 모두 있다. 수꽃에는 수술이 8개, 암꽃에는 암술이 1개 있으며 암술머리는 2갈래로 갈라져 있다. 꽃잎은 암꽃과 수꽃 모두 없고 꽃받침잎 5장이 꽃잎처럼 보인다. 열매는 9~10월에 시과翅果(열매의 껍질이 얇은 막 모양으로 돌출하여 날개를 이루어 바람을 타고 멀리 날아 흩어지는 열매. 단풍나무의 열매, 물푸레나무의 열매, 복장나무의 열매, 신나무의 열매 따위이다. 날개열매, 익과)로 익는다. 우리나라 남쪽지방에서 주로 자라고 가을에는 잎이 붉은색으로 물든다.

잎이 1년 내내 붉은 종류를 홍단풍(또는 봄단풍 · 노무라단풍), 푸른 것을 청단풍, 가지가 아래로 처지는 수양단풍 등이 있다. 단풍나무는 반그늘 또는 그늘지고 물기가 많은 땅에서 잘 자라며 추위에도 잘 견디나, 공해

가 심한 곳이나 바닷가에서는 잘 자라지 못한다.

　낮술 취한 단풍이 가을을 흥건히 적신다. 만취로 온통 얼굴이 붉어도 비틀거리지 않는다. 낮술은 선비의 술, 양반의 술이다. 허겁지겁 들이붓는 아랫것들의 세상이라 점잖은 화색이 더욱 빛난다. 낮술에 취할 줄 아는 인사는 공해도 싫고 예의 없는 바닷가도 싫다. 피를 함부로 뿌리지도 않는다.

민낯의 눈부심에
가슴 벅차다

녹음방초승화시綠陰芳草勝花時, 아하, 그렇구나!
봄꽃들의 현란한 독창이 물러간 자리에 파릇파릇
신록의 합창이 여기저기서 경연을 벌인다. 연두색
합창이 무르익으면 무성한 녹음이 교향악단처럼
웅장하게 등장한다.

녹음綠陰은 무서운 기세로 들이닥치는 진주군
같다. 질서가 있는 듯 없는 듯, 행렬이 있는 듯 없는
듯, 순식간에 들이닥친다. 녹음을 막아서는 적군은
없다. 도도한 진군을 누구도 막지 못한다. 녹색 유

니폼, 겨우내 장롱 속 깊숙이 개어 놓았던 단벌 외출복을 서둘러 꺼내 입고 장수와 졸병 구분 없이, 선두와 후미 구분 없이, 산하에 들이닥친다. 그들은 비록 단벌, 단색 외출복이지만 찬란하게 빛난다.

녹음은 잔칫날 풍경 같다. 이 골 저 골, 이 마을 저 마을에서 새 옷을 입고 모여드는 아낙네 같다. 뒤뚱걸음 고치며 팔랑팔랑거리며 잔치집으로 우르르 몰려온다. 더러는 정식 제식훈련 받은 병사들처럼 뚜벅뚜벅 다가온다. 저만치 뒤에선 뒷짐진 양반들도 헛기침하면서 다가온다. 여름 햇살은 소리 없는 아우성으로, 폭죽으로, 팡파레로 잔칫날 흥을 돋운다.

녹음은 오일장 풍경 같다. 5일마다 되풀이되는 장날이지만 애타게 기다렸다는 듯이 반갑게 다가온다. 펼쳐놓은 물건이란 게 늘 고만고만하지만 처음 만난 상품처럼 신선하다. 트럭으로 싣고 와서 펼쳐놓든 보따리 하나만큼의 푸성귀가 전부인 할머니의 좌판이든 공평하게 푸르다.

녹음은 백화점 바겐세일 같다. 준비와 예고부터 요란하다. 봄이 되면 연두빛 새순이 야단스런 광고지처럼 녹음을 예고한다. 딱히 필요한 것이 없지만 그저 풍성할 것 같아 기다려진다. 개장 시간이 되면 물밀듯이 몰려드는 인파에 백화점 직원도 좋고 손님도 덩달아 흥겹다.

녹음은 순박한 민중 시위 같다. 초여름, 일제히 함성을 지른다. 나무는 저마다 무성한 잎사귀로 무장한다. 나무는 제 이름을 내세울 틈 없이 무

성한 숲이 된다. 그러나 그 시위는 두렵지 않다. 파괴와 욕심을 위한 시위가 아니다. '내 집 앞에 이건 안 돼'라는 시위가 아니다. '이건 우리가 가져야 해, 이걸 줘'라는 시위가 아니다. '햇살을 더 줘'라고 인상 쓰지 않는다.

녹음은 민낯이다. 색조는 고사하고 기초화장마저 거부하는 생얼이다. 수백 년 묵은 고목에서 피어나는 잎사귀도 민낯이다. 그래도 햇살 받으면 신나게 생글생글 반들거리는 생얼이다. 인간은 열 댓 살만 넘으면 분장을 한다. 인간의 생얼 시간은 짧다. 분장의 시간은 길다. 녹음은 평생 민낯이다. '너의 젊음이 너의 노력으로 얻은 상이 아니듯, 내 늙음도 내 잘못으로 받은 벌이 아니다'라고 탄식할 필요가 없다.

녹음은 자연미인이다. 변형과 성형이 무성한 시대를 외면한다. 몰라보게 예뻐졌다는 말을 거부한다. 천 년이 지나도 은행나무잎은 은행나무잎으로, 플라타너스잎는 플라타너스잎이다. 잎사귀를 보고 이름을 불러주는 것에 감사한다.

녹음은 수수한 평상복이다. 존재하는 시간 내내 단벌, 녹색, 단색이다. 시간에 따라, 환경에 따라 옷 바꿔 입고 싶은 욕구가 아예 없다. 오밀조밀, 예쁜 악세사리도 없다. 한여름 창창한 햇살의 파티가 벌어져도 짙푸른 녹색이다. 누구도 그것을 탓하지 않는다. 평상복을 입고도 엽록소와 산소를 펑펑 뿜는다. 소리 내지 않고 생색 내지 않고 뿜어낸다.

녹음은 착한 청소부요 의사다. 도시 거리를 지키는 녹음은 더욱 그렇다. 공기 중에 떠도는 미세 먼지를 흡착하여 청소부 역할을 한다. 도시의 시끄러운 소음을 흡수하여 사람들의 귀를 보호해준다. 소리가 지면을 따라서 전파될 때 나무에 의해 소리의 에너지가 흡수된다. 소음이 많은 도시에 녹지공간을 두면 음향의 폐해를 줄일 수 있다. 녹음은 증산작용으로 수분을 방출하여 대기의 열에너지를 제거함으로써 빌딩 숲에 의한 열섬현상을 상당부분 해소하고 도시 기후를 쾌적하게 한다.

녹음은 산소탱크요 조경사다. 도시 가로수의 황제인 키 큰 플라타너스 한 그루는 이산화탄소를 하루에 3.6kg을 흡수하고 산소를 2.6kg을 방출한다. 네 사람이 하루를 사는데 필요한 산소량을 나누어 준다. 0.6kg의 수분을 방출하며 대기의 온도도 낮추고 있다.

플라타너스는 거리의 경관을 아름답게 해 주는 자연경관의 기능도 있다. 청주의 관문인 진입로의 가로수는 6km에 걸쳐서 그 장관을 뽐내고 있다. 이 길에는 1948년에 식재된 1527그루의 플라타너스 터널이 관광객을 불러 모으고 있다. 영화 '만추', '모래시계' 등에서 배경화면으로 쓰이기도 했다. 서울의 태릉 입구에서 삼육대까지 8.6km에 1200그루의 플라타너스가 장관을 이루고 있다. 또 일본의 홋가이도 대학의 플라타너스 터널은 아름다운 캠퍼스와 어울려 많은 관광객이 찾아 든다.

녹음은 늘 처녀다. 지난 가을 떠나간 낙엽을 그리워하지 않는 순박한 처녀다. 녹음은 해마다 다시 태어나는 처녀다. 나무에는 나이테가 그려지고 껍질에 군살이 붙지만 푸른 잎사귀는 해마다 처녀의 몸으로 태어난다. 유행과 분장을 모르는 순수한 처녀다. 변신과 유혹을 모르는 처녀다.

녹음은 한철에 만족하는 풍류객이다. 힘겹게 오른 정상이 영원하지 않다는 걸 안다. 실없는 갈채에 함몰되지 않는다. 여름 한철 신명에 만족할 뿐 그 신명과 푸름을 오래 끌려고 안달하지 않는다. 박수칠 때 떠날 준비를 한다. 풍류객은 자신을 위해 흥을 요구하지 않는다. 더불어 흥겹게 놀다가 흥을 깨지 않고 조용히 자리를 뜬다.

녹음은 선승이다. 묵언수행 중인 선승이다. 수행의 이력을 말하지 않는다. 내공의 깊이를 자랑하지 않는다. 자신을 뽐내려고 깃발을 만들지 않는다. 세간의 분란에 귀 기울이지 않는다. 시시비비를 규정하는 입이 없다. 시간 위에 겸허히 앉아 있을 뿐이다.

녹음은 순리존중주의자다. 녹음은 가야할 때를 안다. 찬바람이 조금씩 불어오면 서서히 옷을 갈아입는다. 여름 한철 시퍼렇게 살았노라고 거드름피우지 않는다. 녹음은 알고 있다. 해가 바뀌면 내가 있던 자리에 또 다른 푸른 잎이 무성해질 것을 안다. 그래서, 회한도 아쉬움도 없이 가볍게 손을 흔들며 가을 속으로, 낙엽이 되어 떠난다.

정치도 종교도 나무만큼만 인간을 치유해 줬으면

시대마다 관심이 집중되는 핵심 코드가 있다. 나무도 그렇다. 요즘 뜨는 나무는 편백이다. 낯선 이름 피톤치드 때문이다. 가구 · 침대 · 주걱 · 베개 · 이불 · 방향제 · 입욕제 등등 여기서도 편백, 저기서도 편백이다. 편백나무 씨가 마를까 걱정이다.

피톤치드는 1943년 러시아 태생 미국 세균학자 왁스먼이 처음으로 발표한 용어다. 러시아어로 '식물의'라는 뜻의 'phyton'과 '죽이다'라는 뜻의 'cide'가 합해서 생긴 말이다. Phyton=Plant(식물),

Cide=Killer(살균력) 즉, 피톤치드Phytoncide는 식물이 분비하는 살균력이라는 뜻이다. 왁스먼은 스트렙토마이신의 발견으로 결핵 퇴치에 기여한 공로로 1952년 노벨의학상을 받았다.

모든 식물체는 항균물질이 있다. 한여름 소나무 숲에 들어가면 강렬한 송진 냄새가 난다. 이것이 피톤치드다. 피톤치드란 식물이 주위의 병원균으로부터 자신을 보호하기 위하여 발산하는 천연항균 물질이다. 자기방어 무기인 셈이다.

식물들은 왜 이런 물질을 뿜어내는 것일까?
땅에 뿌리를 내리고 살아가는 수목(식물)들은 이동할 수 없어 주위의 적으로부터 공격이나 자극을 받아도 피할 수 없다. 때문에 식물은 자신을 방어하는 물질을 만들어낸다. 수목들이 주위의 해충이나 미생물로부터 자신을 방어하기 위해 공기 중 또는 땅 속에 발산하는 방향성 항생물질을 총칭하여 피톤치드라 한다.

피톤치드는 모든 나무에서 분비된다. 같은 종에는 영향을 미치지 않지만 다른 종의 식물에게는 성장을 저하하거나 발아를 막는 화학작용을 한다. 피톤치드를 분비하는 이유는 다른 수종이나 초목을 배척하기 위해서다. 다른 식물들의 동일 지역의 서식을 막아 자신이 지역을 선점하기 위한 방어기제요 텃새다. 피톤치드는 편백나무에서 가장 많이 분비된다.

피톤치드란 구체적으로 어떤 작용을 할까? 러시아의 과학자 토킹 박사는 다음과 같이 설명하고 있다.

"식물에는 각각 특유의 발산물질이 있다. 식물은 끊임없이 병원균에게 공격을 받고 있으나 도망갈 수 없다. 조금이라도 약해지면 금방 균의 공격을 받아 곰팡이가 생기고 썩어 버린다. 식물이 살아가기 위해서는 이들 병원균에 대해 저항력을 갖추지 않으면 안 된다. 식물이 병원균에 저항하기 위해 방출 또는 분비하는 물질이 피톤치드다."

피톤치드는 사계절 내내 발산되며 겨울보다 여름에 발산량이 많다. 피톤치드를 풍부하게 내뿜는 시기는 여름부터 초가을이다. 이때 내뿜는 피톤치드의 양은 다른 계절에 비해 5~10배다.

산림욕은 나무가 발산하는 피톤치드를 마시는 건강법이다. 산림욕의 효과는 스트레스 해소 · 거담 · 강장 · 심폐기능 강화 등이다.

옛 조상들도 피톤치드의 효능을 알고 있었던 것 같다. 3,000년 전 고대 이집트에서는 시체를 썩지 않게 보관하기 위해 식물의 향료를 사용했다는 기록이 있다. 방부제가 없던 때였으므로 방부효과가 있는 식물의

각종 나무의 계절에 따른 피톤치드의 방출량

단위 ml/100g

	편백나무	구상나무	삼나무	화백나무	전나무	향나무	소나무	잣나무	측백나무	리기다소나무
여름	5.5	4.8	4	3.3	3.3	2.1	1.7	1.3	1.3	0.8
겨울	5.2	3.9	3.6	3.1	2.9	1.8	1.4	1.6	1	0.7

향료를 사용한 것이다. 피톤
치드는 해충과 미생물에게
는 저항성을 가지지만 인체
에는 유익한 작용을 한다.
그 중에서도 특히 편백나무
에서 추출한 피톤치드는 항
균력과 면역력 증강효과가
과학적으로 증명되었다.

　일본 니혼 의과대학과 삼
림총합연구소 공동연구팀은
도시 직장인을 대상으로 삼
림욕을 하게 한 뒤 암세포를 제거하는 NK세포(자연살해세포)의 활성도가
증가한 것을 확인했다. 국내 연구에서도 삼림욕을 한 후 혈액 내에 NK세
포 수가 증가되었다는 결과가 있다.
　주요 면역세포인 B세포와 T세포는 암세포를 발견해도 즉시 공격할
수가 없다. 그러나 NK세포는 암 특이항원의 인지가 필요 없기 때문에 암
발생 초기에 바로 공격할 수 있는 세포다. 이에 여러 상품들에 피톤치드
의 효능을 이용하려는 움직임이 활발하다.

　독일의 경우, 대체 치료의 수단으로 삼림욕을 오래 전부터 권해 왔다.
우리나라도 조금 늦게 시작되었지만 피톤치드의 효과를 이용하기 위해 산림청은 2017년까지 전국 각지에 18개 "치유의 숲"을 만들 계획이라고 밝혔다. 국립산림과학원은 질병에 대한 숲의 치료효과를 계속 입증하겠다고 했다.

음식물에도 식물의 꽃이나 잎을 이용하기도 한다. 식물의 고유한 피톤치드 향기는 식품을 오랫동안 보관할 수 있도록 해준다. 횟집에 가서 생선회를 주문하면 접시에 각종 채소가 담겨져 나온다. 또 솔잎을 넣고 찌는 송편에서 볼 수 있듯이 요리에 식물의 잎을 활용하는 예가 많다. 이는 음식물에 식물의 고유한 향기를 배게 해서 오랫동안 보관할 수 있도록 한다.

방향제에 피톤치드 성분을 추출해 넣기도 한다. 이와 같이 향기는 인간의 감각기능을 자극하여 각종 작용을 일으키고, 이러한 작용을 이용하여 질병을 치료한다. 피톤치드 효과는 14세기 흑사병(페스트)이 전유럽을 강타했을 때도 입증되었다. 당시 향료원료인 꽃 재배농민들과 향료공장 작업자들은 신기하게도 페스트에 감염되지 않고 집단으로 안전하게 살아남았다.

피톤치드를 팍팍 뿜어내는 덩어리, 편백나무는 요즘 귀한 대접을 받고 있다. 건강한 이는 더욱 건강하려고, 질환을 앓고 있는 이는 신앙 같은 믿음으로 편백나무숲으로 간다. 거기 가서 걷고 눕고 쉰다. 마음의 병이 가장 크다. 그 숲에 담기면 이미 절반은 건강을 찾았다.

치유의 숲을 일군 임종국, 치유의 숲에 잠들다

1년을 생각하면 장사를 하고 10년을 내다보면 나무를 심고 100년을 생각하면 교육에 투자하라는 옛 말씀이 있다. 나무도 100년을 내다보고 심고 가꾸고 보살필 용기와 인내가 필요하다. 장성 편백숲은 장성 치유의 숲, 축령산 휴양림 등으로도 불린다. 이 숲은 임종국이란 불굴의 사나이가 이룩한 유산이다. 숲속에 그를 기리는 공적비가 있다. 숲 속에 수목장으로 그가 잠들어 있다.

임종국 선생 생전 모습(자료사진)

춘원 임종국 선생은 1915년 전북 순창군 복흥면 조동에서 임영규 씨의 장남으로 태어났다. 순창중학교 3년 중퇴 후 농촌 일을 돕다가 25세 때인 1940년 전남 장성군 장재 마을로 이주했다. 양잠과 특용작물을 재배하며 제법 짭짤한 소득을 올려 어렵지 않게 생활했다. 그는 농사일을 단순히 먹고 살기 위한 수단으로만 여기지 않고, 돈도 벌면서 영농하는 방법에 대해 고민했다.

그러던 어느 날, 선생은 우연히 장성군 덕진리의 인촌 김성수 선생 소유 야산에 쭉쭉 뻗어 자라고 있는 삼나무와 편백나무를 보고 '아! 우리 강산에도 이런 나무가 성장할 수 있구나', 확철대오, 한눈에 반해버렸다.

6.25전쟁이 끝난 지 얼마 지나지 않은 1956년, 임종국 선생은 그 해 봄부터 본격적으로 조림을 시작했다. 일단 사재를 털어 자기소유 임야 1ha에 삼나무 5,000주를 시험 조성하여 성공하자, 용기와 자신감을 얻었다. 선생은 장성군 북일면 문암리, 서삼면 모암리, 북하면 월성리 일대 등 100ha를 추가 매입하고 편백나무와 삼나무를 심어나갔다. 먹을거리도 제대로 없던 시절에 대단위 조림사업에 엄청난 투자를 감행했다. 주위 사람들은 그를 조롱하기도 했으나 아랑곳 하지 않았다.

1968년엔 전국에 몰아닥친 극심한 가뭄으로 밭작물뿐만 아니라 그가 조림한 나무들이 전부 말라죽을 위기에 처했다. 하나둘씩 말라비틀어져 갔다. 그는 물지게를 지고 산을 오르내렸다. 그의 어깨는 피투성이였다.

5평 주말농장 돌보기가 아니라 거대한 산과 숲을 향한 고행이었다. 다행히 그의 정성에 감복한 나무들이 무럭무럭 자랐다.

해를 거듭할수록 조림면적도 늘어났다. 그의 조림사업은 1976년까지 계속됐다. 꼬박 21년간 헐벗은 산 570ha에 280만여 그루의 나무를 심어 울창한 숲으로 가꾼 것이다. 1972년 그가 5·16 민족상을 받을 때까지 그의 투자비용은 총 7,370만원으로 평가됐다. 10년 자란 나무 한그루가 1,000원 하던 시절이니 엄청난 투자다.

그의 조림사업은 가뭄·수해·자금 문제 등으로 몇 차례 위기를 맞기도 했으나 우직할 정도의 끈기와 검소한 생활로 잘 넘어갔다. 그러나 마지막 위기를 극복하지 못했다. 그 소유의 산과 임야들은 그가 돈을 끌어다 쓴 사채업자와 채권자들에게 넘어가고 말았다. 이때가 1979년 말이다. 1980년엔 뇌졸중으로 쓰러졌다. 이후 7년간을 투병하다 세상을 하직했다. '한국의 조림왕'은 그렇게 쓸쓸히 갔다.

장남 임지택 씨가 전하는 그의 유언은,

"나무를 더 심어야 한다. 나무를 심는 게 나라 사랑하는 길이다."

조림왕다운 유언이다. 산림청은 지난 2001년 그의 공로를 기려 국립수목원 내 '숲의 명예전당'에 업적을 새겨 헌정했다.

산림청은 지난 2000년 이 편백나무 숲을 '22세기 후손에게 물려줄 아름다운 숲'으로 선정했고, 앞으로 그 가치를 더욱 높일 계획이다. 또한 현재 ha당 200m³ 남짓 되는 산림축적을 산림보존지역에 한해서 ha당

600㎥ 이상으로 육성할 계획이다. 뿐만 아니라 사유림 매수를 통한 경영임지를 현재 258ha에서 534ha로 확대할 계획도 세워놓았다.

편백은 노송나무, 회목檜木이라고도 한다. 겉씨식물인 측백나무과에 속하는 상록비늘잎교목이다. 키는 40m, 지름은 2m에 이른다. 가지가 옆으로 나란히 퍼지며, 수피樹皮는 적갈색이고 세로로 길게 갈라진다. 비늘처럼 생긴 조그만 잎은 2장씩 서로 마주보며 4장씩 모여 달린다. 위쪽과 아래쪽에 달리는 잎은 짧고 끝이 뭉툭하지만 좌우에 달리는 잎은 약간 길다. 아래쪽에는 Y자형의 흰색 무늬가 있다. 타원형의 많은 수꽃과 공처럼 생긴 암꽃은 4월 무렵 한 그루의 가지 끝에서 암꽃과 수꽃이 따로따로 핀다. 공처럼 생긴 구과毬果는 8~10개의 조각(실편)으로 되어 있고, 씨는 조각마다 2~5개씩 달린다. 일본이 원산지이며, 한국에는 1927년경

장성 치유의 숲 발자취 요약

♣ 1956년 편백, 삼나무 조림시작 (조림자 고 임종국 선생)
 −조림기간 : 1956년~1976년(21년)
 −조림면적 : 204ha(전체면적 279ha) 편백 152ha, 삼나무 27ha, 낙엽송 등 기타 25ha
♣ 2000년 제1회 '미래를 위해 보존해야할 아름다운 숲' 으로 선정
♣ 2002년 산림청에서 매수하여 국유림으로 경영관리
♣ 2010년 장성 치유의 숲으로 조성 및 명명
♣ 2011년 장성 치유의 숲 본격적 운영 시작, 산림치유 프로그램 진행
♣ 치유의 숲으로 들어가는 4개 코스 입구(네비게이션으로 찾아가기)
 1. 추암(괴정)마을 − 전남 장성군 서삼면 추암리 664
 2. 대덕(한실)마을 − 전남 장성군 서삼면 대덕리 356
 3. 모암마을 − 전남 장성군 서삼면 모암리 590
 4. 금곡(영화)마을 − 전남 장성군 북일면 문암리 500

에 들어온 것으로 알려져 있다.

꽃말은 '변하지 않는 사랑'이다. 꽃말처럼 피톤치드를 아낌없이 주고 있다. 요란 떠는 정치, 몽롱한 종교, 그것들이 더도 말고 덜도 말고 편백 숲만큼만 편하고 상쾌하게 해줬으면 좋겠다.

03

이루지 못한
하얀 사랑,
나무에 핀 연꽃

최고의 보약은
밥이다

한의사들이 가장 싫어하는 것은? -------〈밥〉
왜? 밥이 보약이니 보약이 안 팔리기 때문이란다.

우스개 소리지만 일리 있다. 태어나서 음식을 씹을 수 있는 능력이 생길 때부터 죽을 때까지 먹는 것이 밥이다. 단일 음식으로 이렇게 질리지 않는 것이 또 무엇이 있겠는가. 맛의 극한을 의미하

◀ 예천 회룡포

는 꿀맛의 꿀은, 두 숟가락 이상 먹지 못한다. 밥은 물과 공기처럼 인간 생존의 영원한 동반자다.

한의학에서는 그 이유를 이렇게 설명한다. 모든 음식과 약은 차거나 뜨겁거나, 따뜻하거나 서늘한 성질이 있다. 쌀은 어디에도 치우치지 않는 중간 성질이다. 우리 몸은 항상성 유지가 중요하다. 쌀은 오래 먹어도 어느 쪽으로 치우치지 않게 하는 중용의 음식이다. 감탄고토甘呑苦吐(달면 삼키고 쓰면 뱉는다)할 일 없는 게 밥이다.

쌀은 우리 몸 내장기관의 근본인 비장脾腸과 위장胃腸을 보호하는 으뜸가는 약이다. 비위장脾胃腸에 좋은 약은 오곡五穀(쌀·보리·조·콩·기장) 이다. 곡식 곡穀자에 벼 화禾가 들어 있고 만물을 움직이는 동력인 기운 기氣에 쌀 미米자가 들어있다.

일부를 제외하고 지구촌은 굶주림으로부터 해방되었다. '밥 좀 주세요'라는 거지의 애잔한 목소리를 아는 이도 드물다. 무엇을 먹느냐, 어떻게 먹느냐가 일상의 고민거리가 되었다. 그러나 배고픔의 상실은 또 다른 문제를 야기했다.

현대인의 질병 대부분은 진정한 배고픔을 모르는 데서부터 비롯된다는 주장이 있다. 왜 그럴까? 배고픔을 모르는 것이 각종 질병을 일으키는 원인일까? 배고픔을 느낄 시간을 주지 않으면 우리 몸속에 있는 지방

이 일할 기회를 잃게 되기 때문이다. 일을 하지 않는 지방은 두려운 존재다. 우리 몸 구석구석에 차곡차곡 쌓이면서 비만을 부르고, 당뇨를 부르고, 고혈압을 부르고, 암을 부른다. 각종 질병을 유발하는 진원지가 된다.

정부가 밥쌀용 벼 재배면적을 2010년 86만 ha에서 2015년 70만ha로 줄인다고 한다. 매년 74만~79만 톤의 과잉 생산을 근거로 한 것이다. 쌀이 모자라고 타 작목 전환과 기후변화로 흉작이 겹치면 어떻게 할지 세심한 고민이 필요하다.

식량 무기화, 한미 FTA, 쌀 직불금제 등 쌀과 연관된 문제가 많다. 우선

밥을 맛 있게 먹자. 밥이 보약이니까. 금방 지은 쌀밥, 윤기 지르르 흐르
는 밥은 반찬이 필요 없다. 김치 한 접시, 막소금만 있어도 꿀맛이다. 먹
거리의 종류가 다양해졌지만 그 중심과 대유적 존재는 역시 밥이다. 먹
고 살기 위해서, 먹는 즐거움(식도락食道樂), 일하기 싫으면 먹지도 말라
등의 관용구의 기저에도 밥이 있다. 은근하게, 오래오래 예찬되어도 좋
을 것이 밥이다. 밥맛 없다, 식욕 없다의 종결은 종생, 죽음이다.

벼 / 이성부

벼는 서로 어우러져

기대고 산다.

햇살 따가워질수록
깊이 익어 스스로를 아끼고
이웃들에게 저를 맡긴다.

서로가 서로의 몸을 묶어
더 튼튼해진 백성들을 보아라.
죄도 없이 죄지어서 더욱 불타는
마음들을 보아라 벼가 춤출 때,
벼는 소리 없이 떠나간다.

벼는 가을 하늘에도
서러운 눈 씻어 맑게 다스릴 줄 알고
바람 한 점에도
제 몸의 노여움을 덮는다.
저의 가슴도 더운 줄을 안다.

벼가 떠나가며 바치는
이 넓디넓은 사랑,
쓰러지고 쓰러지고 다시 일어서서 드리는
이 피 묻은 그리움,
이 넉넉한 힘…….

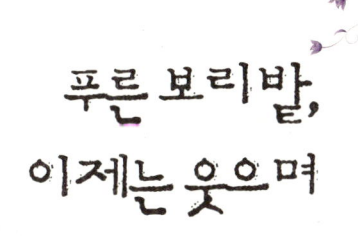
푸른 보리밭, 이제는 웃으며 바라볼 수 있다

슬픈 기억 너머 아련한 보릿고개

보릿고개, 젊은 세대에게는 생소한 추상어다. 역사적 보존(?)을 위해서 보릿고개를 들추어본다. 어느 산, 어느 지역에 있는 고개 이름이 아니다. 묵은 곡식이 떨어지고 보리가 아직 여물지 않아 농촌의 식생활이 가장 어려움을 겪는 때를 이르던 말이다. 춘궁기春窮期 또는 맥령기麥嶺期라고도 한다.

농민들은 가을에 추수한 농작물 가운데 소작

료, 빚, 이자, 세금 등 비용을 떼고 남은 식량으로 가을, 겨울, 초여름 보리 수확 때까지 견뎌야 했다. 봄에서 초여름에 이르는 기간(4~6월)에는 식량이 바닥난다. 보릿고개는 굶주림과 영양실조, 눈물과 죽음을 상징하는 추상명사였다.

1950 · 60년대까지만 해도 보릿고개는 연례행사였다. 먹을 것이 없어서 쑥과 칡뿌리를 캐고 채 여물지도 않은 감자를 캐서 삶아 먹었다. 진달래와 아까시꽃에 밀가루를 묻혀 쪄서 굶주린 배를 채웠다. 힘겹게 그 고개를 넘으면 보리를 수확한다. 꽁보리밥일망정 배불리 먹을 수 있었다. 지옥을 통과한 극락세계였다.

우리에겐 이것이 추억이 되어 넉넉한 웃음으로 옛 얘기를 한다. 그러나 멀리 갈 것도 없이 휴전선 바로 북쪽에는 사시사철 보릿고개가 진행형이다. 1960년대 초 북한의 김일성은 '멀지 않는 장래에 이밥(쌀밥)에 고깃국을 먹고 기와집에서 비단옷을 입는다. 세계에서 제일 행복한 나라가 된다'고 호언했다. 하지만 북한 인민들은 아직도 쌀밥과 고깃국을 먹지 못하고 있다.

현대건설 정주영의 보리

1952년 12월, 수십 대 전투기의 호위를 받으며 김포공항에 비행기가 도착했다. 비행기에서 내린 인물은 제2차 대전의 전쟁 영웅, 차기 미국 대통령으로 당선된 아이젠하워였다. 그는 선거 기간 중 6 · 25전쟁을 조

속히 해결하기 위해 대통령에 당선되면 즉시 한국을 방문하겠다고 공약했고 이를 실천했다. 미국 역사상 대통령 당선인이 미국 본토 밖의 최전선을 시찰한 것은 최초였다.

아이젠하워가 한국에 도착하기 전, 부산 대연동에 있는 유엔군 묘지를 관리하던 미군은 묘지 단장 공사를 위해 여러 건설회사에게 공사 입찰에 응할 것을 요구했다. 묘지 단장 공사는 그렇게 어려운 일이 아니다. 문제는 엄동설한에 파란 잔디를 심는 것이다. 모든 회사는 한 겨울에 파란 잔디를 구하는 것은 불가능하다며 입찰을 포기했다.

그때 현대 건설 정주영 사장은 미군 장교를 찾아가 왜 파란 잔디를 주문하는 거냐고 물었다. 미군 장교의 설명은 이랬다. 아이젠하워 대통령 당선인이 한국에 와서 부산에 있는 유엔군 묘지를 방문할 예정이다. 엄동설한에 황량한 묘지를 대통령 당선인에게 보여주고 싶지 않다. 대통령 당선인에게 예의를 갖추기 위해 묘지를 파란 잔디로 단장해 달라. 황당한 주문이었다.

젊은 정주영 사장은 "묘역에 풀만 파랗게 나 있으면 되냐?"고 물었다. 물론 그러면 된다고 했다. 정주영 사장은 낙동강변 보리밭에서 새파랗게 자라는 보리를 사들였다. 30대의 트럭으로 옮겨 단5일만에 묘역을 녹색 바다로 만들었다. 황량했던 묘지가 파랗게 변했다. 아이크 일행은 묘지를 단장한 푸른 식물이 잔디인지, 보리인지 알지 못한 채 헌화한 후 돌아갔다. 미군측은 대만족하며 Wonderful을 연발했다. 정주영 사장은 공사비를 더 요구하지도 않았는데 당초 입찰 금액의 3배를 받았다. 이후 미8군 공사는 모두 정주영의 것이 되었다.

고창 청보리밭, 골프를 맘껏 즐기고 누리다

시의 정부, 미당 서정주를 낳은 고장, 고창. 선운사가 있고 고창읍성이 있고 세계문화유산인 동양 최대의 고인돌 집단 군락지가 있다. 최근 명소가 하나 더 늘었다. 청보리밭이다. 빈궁한 삶의 표징이었던 보리가 넘실대는 축제의 바다가 되었다. 입장료 없는 보리 바다에 풍요의 추억을 담으러 사람들이 몰려온다.

먹는 농업에서 보는 농업으로! 청보리밭을 일군 학원농장은 전 국무총리 진의종 씨와 부인 이학 여사가 1960년대 초반 고창군 서남부의 미개발 야산 10여만 평을 개척하면서 시작되었다. 1992년 초에 설립자의 장남인 진영호 씨가 귀농하여 정착했다. 보리와 콩을 대량으로 재배하고 카네이션, 장미 등 화훼생산을 병행하면서 관광농업을 시작했다. 2000년 대 들어 늘어나는 농촌 경관 관광 수요에 부응하기 위하여 봄철 경관가 치가 높은 보리 재배를 시작했다. 보리를 베어내고 나면 해바라기와 코 스모스를 심어 초봄부터 늦가을까지 다양한 농업경관을 조성한다. 내방 객이 계속 증가하여 2010년대 들어서는 연간 100만 명이 학원농장을 찾 는다. 2004년 말에 전국 최초로 경관농업특구로 지정되었다.

보리는 10월말~11월초에 파종한다. 겨울철 혹한이 닥치기 전에 싹이 트고 약간 듬성듬성한 잔디밭 수준으로 자란 후 겨울을 맞는다. 한겨울 에는 성장이 멈춘 채 눈 속에서 인고의 시간을 보낸다. 3월초가 되면 다 시 자라기 시작한다. 다시 자라기 직전에 흙이 얼부풀어 뿌리가 흙 위로 노출되거나 흙속에 바람이 들어가 뿌리가 말라 죽는 것을 방지하려고 '보리밟기'를 한다. 예전에는 사람들이 발로 밟았으나 지금은 트랙터에 롤러를 매달아 보리밭을 돌아다니면 롤러의 무게에 의해 보리 뿌리가 흙속에서 안정을 찾는다. 4월 중순부터 이삭이 패고 영글기 시작하며 5 월 중순부터는 갈색으로 익어간다. 5월 하순에는 다 익고 6월초~중순에 익은 보리를 수확한다.

보릿고개, 꽁보리밥, 보리죽 등 지우고 싶은 기억의 초상이 보리였다. 이제는 아니다. 수확해서 변변찮은 소득을 얻는 농업에서 경관농업으로 탈바꿈해 효자가 되었다. 확 트인 녹색의 풍광이 멋진 관광상품이 되었다. 고창 청보리밭 축제가 열리는 봄 한철 20일 동안 50만명의 인파가 몰려온다. 시야가 확 트인 녹색 잔치에 주린 도시인들이다. 입장료 수입은 없지만 지역에 200억 원의 경제파급효과를 가져다준다. 발상의 전환은 이런 것이다.

점심 무렵 도착해서 해질녘까지 청보리밭을 걸었다. '보오리~바알사~이 길로 걸어~가면~' 콧노래가 절로 나온다. '그린'의 대명사를 골프장에서 보리밭으로 바꾸고 싶다. 골프장엔 잔류 농약이 우글거린다. GOLF의 어원은 이렇다는 설이 있다. G : Green, O : Oxigen 혹은 O2, L : Light(Long이 아니고), F : Footing or Friendship. 즉, 푸른 잔디 위에서 좋은 공기를 마시며 따뜻한 햇빛을 맞으며 좋은 친구와 어울리는 놀이라는 의미다. 이런 엉뚱한 설도 있다. Gentleman Only, Lady Forbidden(오직 남자들만, 여성은 금지). 한국여성의 LPGA 위업을 망각한 돌 맞을 설이다.

복잡한 것 잊고 보리밭에서 훨씬 더 풍요로운 골프를 즐길 수 있다. 스코어에 대한 스트레스 없이. 격랑의 세월을 살아온 이들에겐 보리는 여전히 보릿고개와 동의어다. 보리(맥麥)는 보리菩提다. 인고의 시간을 겪은 열매다. 불타정각佛陀正覺의 지혜다. 올바른 깨달음으로 모든 것의 참된 모습을 깨닫는, 부처의 지혜다.

보릿고개 / 김규성

이십 리 길, 학교에 갔다 오니 밥이 없었다.
우리 형제가 먹을 점심을
이웃 집 아이가 몽땅 훔쳐 먹은 것이다.
어머니는
우리에게 한사코 입단속을 이르시고는,
다음 날도 눈에 잘 띄게
부뚜막에 한 그릇의 고봉밥을 담아 놓으셨다.

무화과에도
꽃이 있어요

무화과 / 김지하

돌담 기대 친구 손 붙들고

토한 뒤 눈물 닦고 코 풀고 나서

우러른 잿빛 하늘

무화과 한 그루가 그마저 가려섰다

이봐

내겐 꽃 시절이 없었어

꽃 없이 바로 열매를 맺는 게

그게 무화과 아닌가

어떤가

친구는 손 뽑아 등 다스려주며

이것 봐

열매 속에서 속꽃 피는 게

그게 무화과 아닌가

어떤가

일어나 둘이서 검은 개굴창가 따라

비틀거리며 걷는다

검은 도둑괭이 하나가 날쌔게

개굴창을 가로 지른다

종족보존, 종족번식은 생명 있는 것들의 존재이유, 지상과제 1호다. 인간의 시각에서 보면, 미개할수록 그 본능은 개방적이고 적극적이다. 인간을 제외한 동물은 억제기능, 수치심이 없기 때문에 일정 주기에만 교접할 수 있도록 발정기란 것을 부여했다. 인간의 교접은 종족번식 기능보다 유희기능이 더 크다. 반세기 전만해도 대부분 부부의 성행위는 자식을 낳기 위한 수단에 불과했다. 그 집 아이 수에 약간의 더하기를 하면 그 집 부부의 성행위 수가 나온다. 피곤한 농경사회에서 유희기능이 끼어들기에는 환경이 심히 열악했다. 풍속화에서 보듯 일부 사대부는 유희기능을 만끽했지만 서민들은 그렇지 못했다.

문명화될수록 성적욕구가 활발해진다. 본능을 규제하는 장치가 많을

무화과 열매

수록 본능은 더욱 용감해진다. 동물적 본능에 대한 향수가 치솟고 동물
화를 갈구한다. 온갖 변태와 변칙을 즐긴다. 단지 은밀하게 이루어지고
은폐할 수 있는 장치들이 많을 뿐이다. '인간도 동물이다'라고 시위를 벌
일 법하다. 그리고 인간에겐 '사랑'이란 애매한 추상어가 넘치도록 존재
한다.

  서리가 내리려고 슬슬 동장군이 몸을 풀기 시작하면 식물도 바빠진
다. 정신없이 꽃을 피워댄다. 여름에 폐경기가 끝난 식물은 그저 우울하
다. 겨울과 함께 몸의 장식을 털어야하는 꽃들은 정신이 없다. 크고 아름
다운 꽃을 피우겠다는 이성마저 온 데 간 데 없다. 오직 총력질주로 꽃을
피워댄다. 그래서 대개 볼품없는 꽃들이 수두룩하다. 그 노력이 눈물겹
다. 그러나 꽃을 마구 피워댄들 벌도 나비도 없다. 수정해줄 매파도 없는

데 꽃만 열심히 피워댄다.

운이 좋아 간혹 수정이 이루어져도 그 결실은 초라하다. 서리 내릴 때쯤, 수확이 끝난 후 열리는 개똥참외, 애호박은 초라하기 그지없다. 미처 다 자라기도 전에 동장군의 기세에 눌려 얼어 죽고 만다. 쓸모없는 자손을 위해 어미는 그저 열심히 꽃만 피워댔다. 제 먹을 것은 타고난다고, 자식 많은 집안을 위로했지만 늦게 핀 꽃은 영글어보지도 못하고 고사, 동사하고 만다.

꽃이 없어도, 수정이란 과정이 없어도 만들어지는 열매, 무화과다. 성서에서 존귀한 나무로 여긴다. 그 이유는 예수의 탄생과 관련이 있다. 동정녀 마리아의 몸을 통하여 예수가 탄생했다. 예수는 남녀의 관계에 의해 태어난 것이 아니라, 성령의 초자연적인 덮음에 의해 인간의 모습으로 왔다. 구약성서에는 예수가 동정녀에게서 탄생할 것이라고 예언했다. 〈이사야서〉7장 14절에 "그러므로 주께서 친히 징조로 너희에게 주실 것이라. 보라 처녀가 잉태하여 아들을 낳을 것이요 그 이름을 임마누엘이라 하리라"고 기록되어 있다.

신약성서에도 예수가 동정녀에게서 탄생한다고 밝히고 있다. 〈마태복음〉1장 18절에 "예수 그리스도의 나심은 이러하니라. 그 모친 마리아가 요셉과 정혼하고 동거하기 전에 성령으로 잉태된 것이 나타났더니"라고 기록되어 있다.

동정녀로부터 탄생은 하느님의 전능과 은혜와 창조적 자유를 입증하고, 인간과의 유기적 연결을 나타내며, 다른 한편으로는 인간과의 철저한 단절을 표명한다. 그리고 메시아 격의 천상적 기원과 독특한 신분을 계시한다. 따라서 동정녀로부터 탄생은 하느님의 신비를 믿는 시금석이 된다.

무화과는 3~6m 높이로 자라는 관목으로 햇가지에는 잔털이 있다. 잎은 장상엽으로 3~7열로 갈라져 있고 호생한다. 잎 뒷면은 녹백색으로 뿌연 잔털이 있다. 엽맥은 선명하게 나타나고 가지와 잎은 자르면 흰색의 유액이 흐른다. 꽃은 연홍백색이고 과실은 청록색의 육질로 변태한 것인데 도란형이며 익으면 암자색을 띤다. 원예종에는 황색, 녹색, 갈색 또는 흑색의 것도 있다. 나무줄기는 검은 흑갈색이다. 한국에서는 제주도에서 야생한다. 원산지는 주로 열대 지방이고 소수는 온대 지방에서도 난다. 세계적으로 약 800~2000종이 분포되어 있으며 한국은 제주도와 남해안에서 5종이 난다. 열대 지방에서도 녹음수 또는 가로수로 이용된다. 온대 지방에서는 온실 관엽식물로 이용된다.

꽃이 없지만 열매 맺는 나무, 무화과! 그러나 무화과에도 꽃이 있다. 펙트는 이렇다. 꽃은 식물의 생식 기관으로 꽃잎, 암술, 수술, 꽃받침으로 되어 있다. 이 4가지를 모두 갖추면 갖춘꽃, 어느 하나라도 부족하면 안갖춘꽃으로 분류한다. 무화과는 꽃잎이 없기 때문에 안갖춘꽃이다. 암꽃과 수꽃이 함께 피면 양성화, 따로 피면 단성화인데 무화과는 암꽃과 수꽃이 따로 피는 단성화다. 그렇다면 무화과 꽃은 어디에 있는 것일까? 무화과 꽃은 우리가 아는 꽃모양과 다르다. 무화과 열매라고 부르는 초록색깔 열매가 바로 무화과 꽃이다. 꽃이 필 때 꽃받침과 꽃자루가 길쭉한 주머니처럼 커지면서 수많은 작은 꽃들이 주머니 속으로 들어가 버려 보이지 않는 것이다. 겉으로 보기엔 꽃도 없는데 어느 날 열매가 익는다. 때문에 그만 꽃 없는 과일로 보여진다.

무화과는 성경에 등장할 정도로 오래 전부터 재배한 식물이다. 아담과 이브가 에덴동산에서 쫓겨날 때 벗은 몸을 가린 것이 무화과 나뭇잎이다. 기원전 8세기 페르시아를 통해 중국으로 전래되었고 일제 강점기 때 무화과농장이 우리나라에 생겼다. 현재 국내 총생산의 80%가 전남 영암에서 생산된다. 무화과에 대해 처음 기록한 사람은 연암 박지원이다. 열하일기에 '잎은 동백 같고 열매는 십자 비슷하다. 이름을 물은 즉 무화과라 한다. 열매가 모두 두 개씩 나란히, 꼭지는 잇대어 달리었고, 꽃 없이 열매를 맺기 때문에 그렇게 이름 지은 것이라 한다.'고 기록되어 있다.

꽃도 없다고 이상하게 바라보는 무화과, 꽃말은 다산多産, 풍요한 결실, 열심이다. 꽃도 없다고 수근거림을 받는 무화과, 넓고 갈라진 잎사귀의 용도는 꽃꽂이용이다. 식물의 전성기는 꽃 피는 때다. 저마다 현란한 색깔과 향기로 치장하여 자신의 존재를 뽐내며 벌과 나비를 불러 모은다. 순간의 수정으로 존재의 환희를 만끽하며 2세를 잉태한다. 잉태된 열매를 미련 없이, 공손하게 사람들에게 바친다.

무화과꽃은 수줍음이 많나보다. 수많은 꽃들이 꽃자루 속으로 들어가 열매를 만든다. 달리 보면, 무화과꽃은 음험한 현대인을 닮았나보다. 갈수록 은폐된 밀실을 찾아 욕정의 파티를 즐긴다. 갈수록 교묘하고 변칙적이다. 그러나 그들은 열매를 맺지 않는다. 그저 반란 같은 욕정의 카니발만 있다. 종족번식 본능은 없고 유희본능만 질펀하다.

바알간 속살 속엔 씨도 없는 무화과, 소르르 녹는 달달한 맛이 일품이다. 수줍은 꽃들이 만든 수줍은 열매다. 꽃과 향기로 요란한 호객행위를 하지 않고도 쫄깃한 열매를 만든다. 하나님마저 기특하게 여겨 아담과 이브에게 그 잎사귀로 부끄러운 부분을 가리게 하지 않았을까.

인간의 운명,
인류 역사를 바꾼 사과

사과apple의 꽃말은 유혹, 명성, 성공, 미인이다.
꽃말에 어울리는 이야기들이 있다. 인간의 운명,
인류의 역사를 바꾼 거대담론을 간직한 과일이
사과다.

뉴욕, 스티브 잡스, 비틀즈의 음악세계, 영국 헤
리퍼드셔, 이들의 공통점은? 이들은 모두 사과를
성공의 상징으로 선택했다. 1968년, 비틀즈라는
이름으로 활동하던 리버풀 출신의 4명의 음악가

는 신곡 〈Hey Jude〉를 발표하면서 슈퍼스타가 됐다. 이들의 음반 가운데 붙어있는 라벨label에는 그레니 스미스의 사과가 그려져 있다. 뒷면에는 반으로 자른 사과가 그려져 있다.

아담과 이브의 사과

기독교의 구약성서 〈창세기〉에 나오는 이야기다. 태초의 인간인 아담과 이브가 선악과를 따먹지 말라는 하나님의 금기를 어기고 뱀의 꼬임에 넘어가 그 선악과를 따먹었다. 그로 인해 낙원Eden에서 쫓겨나고 특권을 잃게 된다. 부끄러움을 알게 되고, 출산의 고통을 얻게 되고, 땀 흘려 일해야 생명을 이어나가게 된다. 결국 유한한 생명을 갖게 되고, 원죄설의 근거가 되었다. 선악과가 '사과'라는 명확한 증거는 없지만 다들 사과라고들 한다.

이 원죄, 도덕의 사과는 서양사상을 형성해 온 중요한 사조思潮의 하나인 헤브라이즘과 밀접한 관계를 갖는다. 이로 인해 아담의 사과가 인류의 운명을 바꾼 첫 번째의 사과라고 불려진다.

파리스의 사과

바다의 여신 테티스의 결혼식에 초대 받지 못한 불화의 여신 에리스가 격분하여 신들에게 던진 황금 사과에는 '가장 아름다운 여신에게'라는 글이 쓰여져 있었다. 헤라·아프로디테·아테나, 세 여신은 각각 아름다움을 내세우며 자신이 그 사과의 주인이라고 주장한다. 결국은 트로이의 왕 프리아모스의 아들 파리스(불길한 신탁 때문에 버려져 양치기에 의해 키워진 인물)에게 판결을 부탁한다.

피 끓는 젊은이 파리스는 소아시아의 통치권(헤라)이나 전투에서의 무적의 힘(아테나) 같은 것들보다는 아름다운 신부(아프로디테)를 택하게 되고, 이로 인해 트로이 전쟁이 일어난다. 하지만, 아프로디테가 약속한 아름다운 신부는 이미 스파르타왕 메넬라오스의 아내 헬레나였다. 트로이 전쟁 이후 그리스 헬레니즘이 한 시대를 풍미하게 되고 이로 인해 파리스의 사과가 세계를 바꾼 두 번째 사과가 된다.

윌리엄 텔의 사과

윌리엄 텔은 스위스 사람이라고 전해진다. 오스트리아의 합스 브르크 가가 스위스를 지배 할 때 스위스 사람들은 오늘날처럼 자유롭고 행복했던 것은 아니다. 특히 폭군 총독 게슬러가 다스리던 시절에는 더욱 힘들었다. 어느 날 게슬러는 광장에 긴 장대를 세워 그 꼭대기에 자신의 모자를 걸어 놓고는 마을에 들어오는 사람들은 모두 그 앞에서 절을 하라고 명령했지만, 윌리엄 텔은 그 명을 따르지 않았다.

게슬러는 다른 백성들의 동조와 반란에 대한 두려움으로 윌리엄 텔을 없애야겠다고 생각했다. 게슬러는 윌리암 텔의 어린 아들의 머리 위에 사과를 올려놓고, 단 한 발의 화살만으로 사과를 명중시키라고 명한다. 윌리엄 텔은 화살을 사과에 명중시켰다.

사과를 맞추고 나서 윌리암 텔은 총독을 향하여 말했다. 만약 실수하여 나의 아들이 죽게 되었다면 두번 째 화살은 당신 가슴을 향하여 날아

꽃사과

갔을 것이다. 이 말을 하고 총독에게 체포되었다. 호송 도중에 탈주하여 나중에 총독을 죽였다.

윌리엄 텔의 이야기는 스위스 독립운동의 시발점이 된 중요한 사건 및 전설이다. 이로 인해 명사수의 대명사로 불리는 윌리엄 텔의 혁명, 자유의 사과가 세계를 바꾼 세 번째 사과가 되었다. 로시니의 오페라 '윌리암 텔'은 이 전설을 근거로 작곡되었다.

과학의 사과 – 뉴턴의 사과

1665년 경, 전 유럽 일대에 흑사병이 돌아 대학이 휴교하자, 뉴턴은 울즈소프 고향에 내려와 있었다. 고향집 정원의 나무에서 우연히 사과가 떨어지는 것을 보고, 지구와 사과 사이에 어떠한 힘이 존재한다는 것을 순간적으로 깨달았다. 즉, 지구가 사과를 당기는 힘이 있다는 것을 착안 해 모든 물체 사이에는 보편적으로 작용하는 인력인, 만유인력의 존재에 대해 밝혀냈다.

우연한 발견이라고는 하지만 사과 하나 떨어지는 것을 보고 만유인력 이 존재한다라는 사실을 깨닫기 위해서는 뉴턴의 오랜 노력이 필요했을 것이다. 하나의 사실에 대해 몰두한 결과, 주위에서 나타난 현상으로부 터 힌트를 얻은 것이다. 알렉산더 플레밍이 배양접시에 우연히 섞여 들 어간 곰팡이로부터 페니실린을 발견하게 된 것처럼. 만유인력의 발견은 근대과학을 발전시키는 획기적인 사건이다. 그리하여, 뉴턴의 만유인력 발견에 기여한 과학의 사과가 세계를 바꾼 네 번째 사과가 된다.

희망의 사과–스피노자의 사과

"내일 세상의 종말이 오더라도 나는 오늘 한 그루의 사과나무를 심 겠다."

어떤 절망도 희망을 덮을 수 없다. 철학자의 이 한 마디가 세상은 살만

한 곳이라고 규정한다. 판도라상자에 마지막 남은 것은 희망이다.

사과나무는 가장 널리 재배되는 과수다. 사과는 이과梨果에 속하는데다 익은 씨방과 주위 조직에 살이 많아져 먹을 수 있다. 심는 품종과 생육환경에 따라 크기 · 모양 · 색깔 · 신맛 등이 다양하지만, 보통 모양이 둥글고 지름이 50~100mm이며 붉은색이나 노란색에 가깝다.

사과는 2,000년 전부터 유럽에서 여러 품종들이 알려졌다. 북아메리카로 이민이 밀려들면서 사과도 같이 퍼지기 시작했다. 사과나무는 휴면기간이 길어야 하기 때문에 겨울철이 뚜렷한 남 · 북반구의 위도 30~60℃ 사이에서 잘 자란다. 이보다 더 높은 위도에서는 겨울철 온도가 낮고 생장하는 계절이 짧아서 자라기가 힘들다. 토양은 물이 잘 빠져야 하며 땅이 기름지지 못하면 비료를 주어야 한다. 완만한 고개나 비탈진 언덕이 사과나무가 자라기에 좋은데, 이런 지역에서는 봄철 서리가 내리는 밤에 차갑고 무거운 공기가 계곡 아래로 잘 빠져나가기 때문이다. 늦여름에 익는 사과는 저장하기가 나쁘지만 늦가을에 익는 종류는 1년간 저장할 수 있다.

　사과의 주성분은 탄수화물이고 단백질과 지방이 비교적 적으며, 비타민 C와 무기염류가 풍부하다. 사과의 품종은 수천 가지가 되지만 크게 사과술용·요리용·후식용으로 나뉘는데, 이는 주로 색깔, 크기, 냄새, 반질반질한 정도, 파삭하고 톡 쏘는 맛 등으로 구분하고 있다. 다른 과일에 비해 당분이 많고 신맛이 적으며 타닌이 적게 들어 있는 종류들이 많다. 사과는 날로 먹거나 여러 가지 방법으로 요리해서 먹는다. 파이나 타트 등의 내용물로 많이 쓰이며 사과 파이는 미국에서 대표적인 후식으로 꼽힌다. 유럽에서는 소시지나 돼지고기 요리에 튀긴 사과를 곁들이기도 한다.

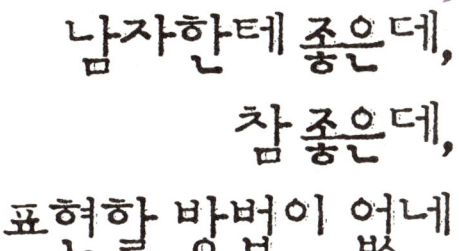

남자한테 좋은데,
참 좋은데,
표현할 방법이 없네

　수더분해 보이는 중년 남자가 TV화면에 나와 광고를 한다. "남자한테 참 좋은데, 정말 좋은데, 직접 말하기도 그렇고, 어떻게 표현할 방법이 없네"라며. 진지하게 얘기하는 통에 덥석 신뢰가 간다. 가장 기억에 남는 광고 중 하나로 손꼽히는 어느 회사의 산수유 식품 광고는 대박을 쳤다. 들으면 들을수록 머릿속에서 맴도는 카피로 소비자들은 선선히 지갑을 열었고 엄청난 매출로 이어졌다. 광고를 통해 시청자의 뇌리에 깊이 남은 주인공은 그 회사 대표다. 푸근하면서도 친근한 이미지, 어눌한 사투리 구사, 호기심 자극 등이 어우러져 성공한 광고다. 광고가 나간 후 여느 연예인 못지않은 인기를 누리고 있다. 그의 파란만장한 성공 스토리까지 알려지면서 대학과 기업체 초청 강사 1순위에 꼽히기도 했다.

산수유는 좋은 약재다. 『동의보감』에 산수유는 "음陰을 왕성하게 하며 신정과 신기를 보하고 성기능을 높이며 음경을 단단하고 크게 한다. 또한 정수精髓를 보해 주고 허리와 무릎을 덥혀 주어 신을 돕는다. 늙은이가 때 없이 오줌 누는 것, 코가 막히는 것, 귀 먹는 것을 낫게 한다"라고 했다. 전형적인 정력 강장제다. 산수유의 학명 중 종소명인 오피키날리스officinalis는 '약용한다' 라는 뜻이다. 어느 한약방에 가도 '산수유'라고 적힌 약서랍이 있을 정도로 중요한 약재다.

산수유는 가을에 수확해서 씨를 발라내고 햇빛에 잘 말려서 보관하는데 과육이 씨에 달라붙어 있어서 쉽게 떨어지지 않는다. 옛적엔 경기도 이천, 여주에서는 마을 처녀들이 입에 열매를 넣고 씨를 발라서 뱉고 과육을 입속에 모으는 방법을 썼다고 한다. 이렇게 처녀들의 입으로 모은 것이 더욱 약효가 좋고 정력을 높인다는 소문도 있었다.

산수유는 봄을 알리는 첨병이다. 계곡엔 아직 희끗희끗 잔설이 남아있지만 양지쪽에 자라는 산수유는 작고 노오란 꽃망울을 터뜨려 겨울의 장막을 걷어낸다. 개나리, 진달래, 벚나무보다 일찍 꽃이 핀다. 여리게 보이는 노란 꽃이 봄을 알리는 신호탄이다. 가끔 엉큼한 생강나무도 같은 시기에 노란 꽃을 피운다. 혼동하기 싶다. 생강나무는 꽃자루가 짧고 조밀하다. 구분이 어려우면 잔가지를 꺾어 비벼 생강냄새가 나면 생강나무다.

교과서에 실렸던 한 편의 시가 산수유를 오래 기억하게 한다.

성탄제聖誕祭 / 김종길

어두운 방 안엔
바알간 숯불이 피고,
외로이 늙으신 할머니가
애처로이 잦아드는 어린 목숨을 지키고 계시었다.

이윽고 눈 속을
아버지가 약을 가지고 돌아오시었다.
아, 아버지가 눈을 헤치고 따오신
그 붉은 산수유 열매―,

나는 한 마리 어린 짐승,
젊은 아버지의 서느런 옷자락에
열로 상기한 볼을 말없이 부비는 것이었다.
이따금 뒷문을 눈이 치고 있었다.

그 날 밤이 어쩌면 성탄제의 밤이었을지도 모른다.
어느 새 나도
그 때의 아버지만큼 나이를 먹었다.
옛 것이라곤 찾아볼 길 없는
성탄제 가까운 도시에는
이제 반가운 그 옛날의 것이 내리는데,

서러운 서른 살, 나의 이마에
불현 듯 아버지의 서느런 옷자락을 느끼는 것은,
눈 속에 따오신 산수유 붉은 알알이
아직도 내 혈액 속에 녹아 흐르는 까닭일까.

　어머니를 기리는 노래는 많으나 깊고 묵직한 아버지의 사랑을 내색한 노래는 드물다. 그래서 이 시가 더욱 아련하다. 전란과 가난, 험한 세월을 관통해 온 우리들의 아버지, 그리고 어느덧 우리도 아버지가 되었다. 바알간 산수유 열매만큼이나 알알한 노래다.

　부모의 권위에 대한 가치 왜곡, 전도가 심각하다. 아버지와 어머니, 대립관계가 아님에도 불구하고 아버지의 존재감은 추락하여 바닥을 헤맨다. 가부장적 과거사회에 대한 대가치고는 혹독하다. 병들고 명퇴한 아비들은 폴란드 망명정부의 지폐 같다. 펄펄했던 권위는 실종되고 눈칫밥을 먹는 아비들이 많다. 중성화된 어머니는 팔뚝이 점점 굵어지고 장성

한 아들딸은 소가 닭 보듯 아비를 대한다. 눈 속을 헤치고 산수유 바알간 알을 구해 자식에게 먹인 적이, 그와 유사한 희생이 분명 있었을 터인데, 가족의 기억 속엔 삭제된 필름이다. 그것이 비록 흑백 필름일망정, 오래된 그리움으로, 사랑으로, 애틋함으로, 반성으로, 복원해야 한다. 그날이 성탄제이든, 석탄일이든, 달력에 붉은 표시가 없는 날이든, 그것이 뭐 중요하랴. 산수유 바알간 알을 보면, 시간이 리플레이로 흐른다.

산수유는 층층나무과에 속하는 낙엽지는 키 작은 나무다. 키는 5~7m 정도 자라며 수피가 비늘조각처럼 벗겨진다. 노란색의 꽃은 잎이 나오기 전인 3~4월에 가지 끝에 20~30송이씩 무리지어 핀다. 열매는 10월에 타원형의 앵두처럼 붉게 익는데 겨울 동안에도 떨어지지 않아서 오랫동안 보기 좋고 새들의 먹이로도 훌륭하다. 산수유는 한때 중국이 원산지로 알려졌으나 1920년대 경기도 광릉 숲에서 산수유 거목 2~3그루가 발견

된 뒤 우리나라도 자생지임이 확인됐다. 전남 구례 산동에는 1000여년
된 산수유 시목이 있다.

산수유는 가을에 잎과 열매가 붉게 물들기 때문에 정원이나 길가에
흔히 심는다. 삼국유사에 보면 도림사道林寺 대나무숲에서 바람이 불면
"임금님 귀는 당나귀 귀"라는 소리가 들려 왕이 대나무를 베어버리고 산
수유나무를 심었다는 기록으로 보아, 오래 전부터 산수유나무를 심어온
것으로 보인다. 양지바른 곳에서 잘 자라며, 추위에도 잘 견딘다. 뿌리가
깊게 내리지만 잔뿌리가 많아 옮겨 심어도 잘 자란다.

옛날에는 산수유나무 몇 그루만 있으면 열매를 수확해서 판돈으로 자
녀를 대학까지 보낼 수가 있어 '대학나무'라고 했다. 30~40년 된 큰 나
무에서는 한 나무에서 열매를 60근 가까이 땄다고 한다. 지금은 워낙 싼
값으로 중국산이 들어오기 때문에 큰 소득이 못되고 있는 실정이다. 지
리산 자락 구례 상위마을, 경북 의성 사곡마을, 경기 이천 백사마을 등은
산수유 집단 서식지다.

3월 초순, 꽃샘추위가 변덕을 부리지만 산수유 노오란 꽃망울이 용맹
스럽게 눈을 틔운다. 3월말~4월 초순이 되면 꽃이 만개한다. 쌀쌀한 기
운이 맴돌지만 그곳에선 산수유축제가 벌어진다. 진달래, 개나리도 저만
치 출발선에서 개화를 준비하고 있다. 첨병의 총성을 듣고 봄이 성큼성
큼 다가오고 있다.

의성 사곡마을 산수유 군락

아버지들이여! 산수유가 좋데요. 남자에게 참 좋데요. 많이 드시고 힘내세요. 처자식 위해 허겁지겁, 헐레벌떡 했던 기억은 모두 버리고 산수유 많이 먹고 힘내세요. 팔뚝 굵은 아내 제압하고, 뻘쯤하게 바라보는 아들딸도 제압하세요. 지금 여기까지 온 건 명퇴한 당신의 허약한 다리 덕분입니다. 지금 비록 쭈글쭈글하지만 한때는 축구선수만큼 탄탄한 허벅지였지요. 눈 덮인 히말라야, 태양을 머리에 인 열사의 땅도 두렵지 않은 당신이었지요.

가족은 적이 아니지요. 적과의 동침이 아니지요. 잠시 서먹해져버린 아군들의 막사幕舍지요. 힘내세요. 아버지!

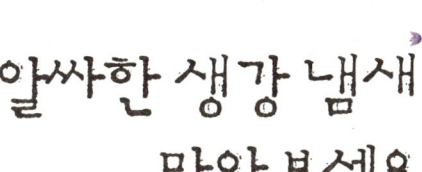

알싸한 생강 냄새
맡아 보세요

"닭 죽은 건 염려 마. 나 안 이를 테니."

그리고 뭣에 떠다밀렸는지 나의 어깨를 짚은 채 그대로 퍽 쓰러진다. 그 바람에 나의 몸뚱이도 겹쳐서 쓰러지며, 한창 피어 퍼드러진 노란 동백꽃 속으로 푹 파묻혀 버렸다.

알싸한, 그리고 향긋한 그 냄새에 나는 땅이 꺼지는 듯이 온 정신이 고만 아찔하였다.

"너 말 마라!"

"그래!"

조금 있더니 요 아래서, "점순아! 점순아! 이년이 바느질을 하다 말구 어딜 갔어?" 하고, 어딜 갔다 온 듯싶은 그 어머니가 역정이 대단히 났다. 점순이가 겁을 잔뜩 집어먹고 꽃 밑을 살금살금 기어서 산 아래로 내려간 다음, 나는 바위를 끼고 엉금엉금 기어서 산 위로 치빼지 않을 수 없었다.

입가에 비시시 웃음을 짓게 하는 강원도 춘천 출신 소설가 김유정의 〈동백꽃〉 끝 부분이다. 동백꽃 핀 봄날 산골 마을을 무대로, 사춘기에 이른 소년과 소녀 사이의 미묘한 사랑의 감정을 그렸다. 점순이는 '나'를 좋아하면서도 오히려 짓궂은 행동으로 괴롭힌다. 그녀의 행동이 우직한 '나'에게는 이해될 수 없는 것으로 진술되지만, 그 이면에는 '나'의 마음 역시 점순이에게 끌리고 있음을 독자들에게 느끼게 해준다. 아이러니의 효과가 한껏 발휘되고 있다.

주인공 나는 소작인의 아들이고, 점순이는 마름의 딸이다. 내가 점순이의 괴롭힘을 참는 것은 점순네 비위를 건드렸다가는 쫓겨날지도 모르기 때문이다. 그러나 이 작품에서 의도하는 것은 그러한 신분간의 대립이나 위화감이 아니다. 닭싸움을 배경으로 사춘기 남녀의 미묘한 감정을 해학적으로 그려냈을 뿐 아니라 구수한 토착어를 사용하여 흙냄새 물씬 나는 향토적 서정을 느끼게 한다. 이러한 사건 뒤에 있는 동백꽃은 자연미와 토속적인 분위기를 조성하는 소재다.

〈동백꽃〉에 나오는 동백꽃은 남쪽 해안에 피는 상록교목의 붉은 동백꽃이 아니라 생강나무의 꽃이다. 강원도 사람들은 생강나무꽃을 동백꽃

혹은 산동백이라고 불러왔다.

〈정선아리랑〉의 '아우라지 뱃사공아 배 좀 건너주게 / 싸릿골 올동박이 다 떨어진다'의 올동박이 바로 생강나무 노란 꽃이나 까만 열매를 의미한다. 대중가요 〈소양강처녀〉의 '동백꽃 피고 지는 계절이 오면 / 돌아와 주신다고 맹세하고 떠나셨죠'에 나오는 동백꽃도 생강나무꽃이다.

김유정은 소설에서, 붉은 동백꽃과 구별하려는 듯이 '노란 동백꽃'이라 표현했다. '알싸한' 그리고 향긋한 그 내음새'라고 꽃 냄새를 절묘하게 그려내고 있다. 생강나무는 줄기를 꺾어 맡아보면 톡 쏘는 생강 냄새가 난다.

봄은 눈으로 오지 않고 향기로 온다. 코가 먼저 봄 냄새를 맡는다. 올동백이 피기 전에 바람에 실어 보내는 향기, 알싸한 생강 향이 넘실거린다. 터질듯 팽팽하게 부푼 꽃망울 어디에서 이런 향기가 번지는지. 산하 계곡에는 아직 잔설이 희끗희끗한데 양지쪽 생강나무는 노란 꽃망울 팡팡 터트리고, 알싸한 향기를 흩뿌린다. 엄동을 물리치는 야무진 봄의 첨병이다.

봄 / 이성부

기다리지 않아도 오고
기다림마저 잃었을 때도
너는 온다.

어디 뻘밭 구석이거나

썩은 물웅덩이 같은 데를

기웃거리다가

한눈 좀 팔고, 싸움도 한 판 하고,

지쳐 나자빠져 있다가

다급한 사연 듣고 달려간 바람이

흔들어 깨우면

눈 부비며 너는 더디게 온다.

더디게 더디게

마침내 올 것이 온다.

너를 보면 눈부셔

일어나 맞이할 수가 없다.

입을 열어 외치지만 소리는 굳어

나는 아무것도 미리 알릴 수가 없다.

가까스로 두 팔을 벌려

껴안아 보는

너, 먼 데서 이기고 돌아온 사람아.

생강나무는 산에 있는 나무 중 가장 먼저 꽃이 핀다. 그리고 사람들에게 산수유로 오해 받기도 한다. 이른 봄에 노란 꽃이 나무 가득히 피는 나무 중에서 산에서 자생하는 나무는 전부 생강나무다. 그리고 밭둑, 화단에 보이는 나무는 99% 산수유다. 생강나무는 우리나라에 자생하는 나무이고 산수유는 열매를 목적으로 중국에서 들여와 심은 원예종이다.

생강나무는 이른 봄 산중에서 노란 꽃이 가장 먼저 개화하여 봄을 알리는 영춘화迎春花다. 말린 가지는 황매목이라 하여 한방에서 약으로 쓴다. 생강나무는 가지를 꺾으면 향긋한 향이 코를 간질인다. 잎을 손으로 비볐다가 냄새를 맡으면 향이 오래도록 가시질 않는다. 그 향이 생강 냄새와 비슷하다고 하여 생강나무라 불리며 잎과 잔가지에서 방향성 향유를 뽑아낸다.

생강이 들어오기 전에 이 나무껍질과 잎을 말려 가루 내어 양념이나 향료로 썼다고 한다. 이른 봄 어린 잎은 따 말렸다가 튀각도 만들고 나물로도 했다. 한 장씩 잎을 따 찹쌀가루에 튀겨내면 맛과 향, 멋을 살려낼 수 있다. 북쪽에서는 꽃을 따 말렸다가 주머니에 넣어 방에 걸어두는 민속이 있다. 추위 속에 꽃피는 강인함이 사기邪氣를 쫓는다고 믿었다. 가을에 잔가지를 잘라 말린 것을 한방에서는 황매목黃梅木이라 하여 건위, 복통, 해열, 거담제로 쓴다. 피부병에 줄기를 삶아 그 물로 씻으면 낫는다고 했다.

생강나무 씨앗으로는 기름을 짠다. 가을에 열매가 완전히 익으면 딱딱한 겉껍질을 깨고 속에 든 과육으로 기름을 짠다. 여인네들의 향기로운 머릿기름이나 화장유로 썼다. 이 기름은 동백기름이라 해서 사대부집 귀부인들이나 고관대작들을 상대하는 이름 난 기생들이 즐겨 사용하는 최고급 머리 기름으로 인기가 높았다. 동백이 자라지 않는 내륙에서 생강나무 기름을 동백기름이라 부르는 것도 이 때문이다.

또 이 기름은 전기가 없던 시절 어둠을 밝히는 등불용 기름으로도 중요한 몫을 했다. 생강나무는 도가道家나 선가仙家에서 귀하게 쓰는 약재다. 도가의 신당이나 사당에 차를 올릴 때 이 나무의 잔가지를 달인 물을 사용하는데 그러면 신령님이 기뻐한다고 한다.

여성의 산후통에 특효약으로 알려져 있으며 오랫동안 디려 마시면 간과 신장과 뼈를 튼튼하게 하고 죽은 피를 없애 몸을 따뜻하게 하는 효능이 있다. 생강나무는 손발이 저리고 시린 여성, 머리에 비듬이 많은 사람, 교통사고 환자, 운동선수, 육체노동이 많은 사람, 스트레스가 많아 항상 자고나면 어깨가 아프고 뻐근함을 호소하는 사람, 관절통으로 고생하는 사람 등이 먹으면 큰 효과를 볼 수 있다. 산속에서 무술을 연마하던 사람들이 뼈와 근육이 상하면 이 나무로 치료한다.

그나저나 생강나무는 참 억울하다. 산수유로 오해받기도 하고, 김유정이 '생강꽃'이라고 소설 제목을 붙였으면 엄청 유명해졌을 텐데.

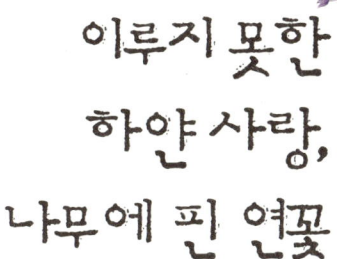

이루지 못한
하얀 사랑,
나무에 핀 연꽃

목련木蓮은 다양한 이름을 가졌다. 나무에 핀 연꽃처럼 크고 탐스런 꽃이라고 목련이라 했다. 옥처럼 깨끗하다고 '옥수', 난초 같은 향기가 있다고 '옥란', 꽃봉오리가 붓끝을 닮았다고 '목필' 등 그이름이 다양하다. 보는 사람의 시각에 따라 그 꽃의 모양도 다르게 보인다. 또 꽃이 피어나는 방향이 모두 북쪽이라 '북향화'라는 이름도 있다. 그래서 임금에 대한 충절을 아는 꽃이라 하여 옛 사람들이 기특하게 여겼다는 기록이 있다.

백목련은 봄소식을 가장 먼저 전한다고 영춘화迎春花라고도 하고 자목련은 봄이 끝나갈 무렵에 핀다고 망춘화亡春花라고도 부른다. 나무 가득 꽃송이가 달리면 마치 옥돌로 된 아름다운 산을 보는 듯하다 하여 망여옥산望如玉山 등 여러 이름이 있다. 북한의 국화이며 함박꽃나무라 부른다.

4월의 노래 / 박목월

목련꽃 그늘 아래서
벨텔의 편지를 읽노라
구름꽃 피는 언덕에서
피리를 부노라
아, 멀리 떠나와
이름 없는 항구에서 배를 타노라
돌아온 사월은
생명의 등불을 밝혀든다
빛나는 꿈의 계절아
눈물어린 무지개 계절아

목련꽃 그늘 아래서
긴 사연의 편지를 쓰노라
클로버 피는 언덕에서

휘파람을 부노라

아, 멀리 떠나와

깊은 산골 나무 아래서 별을 보노라

돌아온 사월은

생명의 등불을 밝혀든다

빛나는 꿈의 계절아
눈물어린 무지개 계절아

날씨에 따라 며칠의 시간차는 있지만 4월 달력을 넘기는 날이면 어김없이 목련이 핀다. 겨우내 얼어있던 감성이 땅김처럼 솔솔 피어올라 이노래를 흥얼거린다. 돌아온 4월은 뭔가 심상치 않은 일이 일어날 것 같은 예감, 마약과 같은 예감을 즐긴다. 예감은 더러 배신하기도 하지만 그래도 코와 눈, 귀에 봄이 흥건하게 다가온다.

4월엔 또 다른 시가 귓전에 맴돈다. 첫 구절이 섬뜩하고 찡하게 다가온다. 낭만에 젖은 감성이 화들짝 깬다.

황무지 / T. S. 엘리어트

4월은 가장 잔인한 달
죽은 땅에서 라일락을 피우며
추억에 욕망을 뒤섞으며
봄비로 잠든 뿌리를 일깨운다.

겨울은 오히려
우리를 따뜻하게 감싸 주었다.
망각의 눈이 대지를 덮고

마른 구근으로 가냘픈 생명을 키웠다.

　새로운 시작은 설레고 불안하다. 그래도 4월은 오고 봄이 무르익는다. 거부할 수 없는 질서다. 짧은 시간, 밤낮으로 함박웃음으로 맞아주는 목련, 몽롱한 향기에 취한다.

　목련은 향기 나는 꽃이 피는 교목이다. 대부분 잎은 홑잎이고 꽃은 긴 원추형 꽃대에 피는데 6개의 꽃덮이 조각으로 이루어졌다. 많은 수술이 나선형으로 달려 있고 1개나 2개 또는 여러 개의 심피心皮로 되어 있다. 많은 종들의 씨는 보통 원추형 열매에서 나오는 가는 줄에 매달려 있다.

　대부분의 종들은 꽃이 양성화이고 가지 끝에 핀다. 진화적 관점에서 볼 때 긴 꽃대, 꽃을 이루는 기관들의 나선형 배열, 목질부의 단순한 물관(물을 운반하는 세포) 등은 이 과가 원시적인 것임을 나타낸다. 한때는 유라시아와 북아메리카에 널리 퍼져 자랐으나, 현재는 미국의 남동부, 멕시코, 중앙 아메리카, 카리브 해 지역, 동아시아, 남동아시아 등에 집중되어 자라고 남반구에는 몇 종만 자란다.

한국에는 3속 18종의 목련과 식물이 자라는데 이중 한국에서 옛날부터 자라던 종류로는 산골짜기에서 자라는 함박꽃나무와 제주도 숲속에 사는 목련이 있다. 튤립나무 · 초령목 · 자목련 · 백목련 · 일본목련 · 태산목 등은 중국 · 일본 · 북아메리카에서 들여와 공원에 심고 있다.

중국에는 자목련과 백목련에 얽힌 이야기가 전한다.

하늘나라에 아름다운 공주가 살고 있었다. 공주의 아름다움과 착하고 상냥한 마음씨에 이끌린 천상의 청년들이 저마다 연정을 품었다. 그러나 공주는 젊은이들을 거들떠보지 않았다.

어느 날 하늘나라 왕이 공주에게,

"공주야, 너는 하늘나라의 젊은이들이 마음에 없느냐? 이제 너도 신랑감을 골라야 할 나이가 되었는데…"

"아바마마, 아직 소녀는 어리옵니다. 그러하오니…"

말은 이렇게 했지만, 사실 공주의 속마음은 다른 곳에 있었다. 공주는 언젠가 북쪽 마을의 바다지기를 본 적이 있었는데 그의 멋진 모습을 잊을 수가 없었다. 듬직한 풍채에 넉넉한 미소를 가진 사내였다. 하지만 바다지기는 이미 결혼을 해서 아내가 있었다. 바람둥이 기질에 난폭하기까지 했다. 그러나 착하고 예쁜 공주는 미남인 그의 외모에만 홀딱 반해 마음속에는 오직 바다지기 뿐이었다.

그러나 바다지기를 다시 만날 수가 없었다.

"안 되겠어. 내가 직접 찾아 나서야지."

어느 날 밤 공주는 몰래 궁궐을 빠져 나와 바다지기가 사는 곳으로 길을 떠났다. 참으로 멀었다. 그러나 공주는 물어물어 찾아갔다.

"아니! 이럴 수가! 그가 벌써 결혼한 몸이었다니……."

그 곳에 도착해서야 공주는 바다지기가 결혼해서 아내가 있다는 사실을 알았다. 공주의 실망은 너무 컸다. 안타까운 심정을 억누르지 못해 바다에 몸을 던지고 말았다.

바다지기는 뒤늦게야 그 사실을 알았다. 비록 품성이 반듯하지 못한 바다지기였으나 공주의 사랑에 감동하여 시체를 거두어다가 잘 묻어 주었다. 무슨 이유에서인지 바다지기는 그 날부터 기운이 없어 보였고 말도 하지 않고 웃지도 않았다. 아내는 그런 남편이 걱정되어 왜 그러냐고 자꾸 물어보았으나, 그는 그런 아내가 귀찮았다. 결국 아내에게 잠자는 약을 과하여 먹여 아내를 죽이고 말았다.

바다지기는 홀로 살면서 더욱 말이 없어졌다. 하늘나라의 왕은 나중에야 딸의 소식을 전해 들었다. 그래서 바다지기를 사모해 죽은 공주와 바다지기의 아내를 꽃으로 태어나게 했다. 공주의 넋은 하얀 백목련白木蓮으로, 바다지기 아내의 넋은 자줏빛 자목련紫木蓮이 되었다고 한다.

유부남을 짝사랑하다 죽은 공주의 넋이 '백목련', 그 유부남이 살해한 아내의 넋이 '자목련'이다. 그래서 백목련의 꽃말은 '이루지 못할 사랑', 자목련은 '못다 이룬 사랑'이다.

옥수수밭은
일대 관병식입니다

옥수수밭은 일대 관병식觀兵式입니다. 바람이 불면 갑주甲冑 부딪치는 소리가 우수수 납니다. 카마인carmine 꼭구마가 뒤로 휘면서 너울거립니다. 팔봉산에서 총소리가 들렸습니다. 장엄한 예포소리가 분명합니다. 그러나 그것은 내 곁에서 소조小鳥의 간을 떨어뜨린 공기총 소리였습니다. 그러면 옥수수밭에서 백, 황, 흑, 회, 또 백 가지 각색의 개가 퍽 여러 마리 열을 지어서 걸어 나옵니다. 센수알한 계절의 흥분이 이 코삭크cossack 관병식을 한층 더 화려하게 합니다.

만 27세에 요절한 천재시인 이상李箱의 수필 〈산촌여정山村餘情〉은 그의 모든 작품 중 최고의 명문이다. 이상의 시, 소설, 그리고 수필의 모든 역량을 통합해 놓은 글이다. 그의 글 솜씨를 총체적으로 보여주는 전시장이다. 글의 양식만이 아니라 글의 내용에 있어서도 도시적인 체험과 전원의 자연체험이 통합적으로 담겨있다. 그래서 '도시와 자연, 근대와 전통'을 이종 배양시킨 포스트모던적인 감각의 총화다. 외국어가 섞여 있어도 거부감이 없다. 화려하면서 단아하고 명쾌한 필치가 놀랍다. 이 글은 1935년 여름 한 달간 평안남도 성천에서 머물렀던 경험을 담고 있다.

옥수수밭은 전국 어디서나 볼 수 있다. 특히 강원도 지역은 옥수수를 많이 재배한다. 이 지역을 지나다보면 넓게 펼쳐진 옥수수밭을 쉽게 볼 수 있다. 차창을 열고 느린 속도로 달리며 그들이 펼치는 관병식을 즐기는 재미가 쏠쏠하다. 사병 출신인 주제에 장군이나 된 듯 수만 명 병사를 사열하는 기분은 한껏 흥분된다. 옥수수밭을 관병식이라 은유한 재치를, 삶은 옥수수 씹듯이 곱씹으며 스쳐 지나간다.

옥수수(문화어: 강냉이)는 벼과에 속하는 한해살이 식물이다. 남아메리카가 원산지다. 높이는 2m, 꽃은 암꽃과 수꽃으로 나누어 있다. 열매는 10월에 익는다. 강냉이 · 강내미 · 옥시기라 불리고 있으며 중국에서는

옥촉서玉蜀黍 · 포미包米 · 포곡苞穀 · 진주미珍珠米 · 옥미玉米 등으로 불려
왔으나 최근에는 옥미(유미로 발음)를 많이 사용하고 있다. 벼 · 밀과 함
께 세계 3대 화곡류禾穀類 식량작물이다.

강냉이는 '옥수수'의 사투리로, 또 문화어로 쓰이며 '강남에서 온 것'
이라는 뜻으로 '강남이'라는 말이 바뀐 것이다. 옥수수는 '구슬같이 노란
수수'라는 뜻에서 온 말이다.

옥수수는 곡물 중 학벌이 가장 높다. 바로 '대학찰옥수수'가 있기 때
문이다. 우리나라 옥수수 중 최고의 당도를 자랑하는 것이 충북 괴산의
대학찰옥수수다. 원래 이름은 장연 대학찰옥수수 또는 장연면의 연자를
따 연농1호라고 했다. 대학찰옥수수는 충남대 최봉호 교수팀이 개발해
괴산군 장연면 주민들에게 나누어 준 것으로 대학 교수님들이 만든 옥
수수라 하여 기존 옥수수와 차별해 불렀던 것이 인연이 되어 현재 대학
찰옥수수라는 명칭을 얻게 되었다.

괴산군 장연면 방곡리는 대학찰옥수수의 첫 시배지이고 최봉호 박사
의 고향이다. 장연면 대학찰옥수수가 그 고유의 맛을 간직할 수 있는 이
유는 타옥수수의 재배가 없고 모든 농가에서 대학찰옥수수만을 재배하
기 때문이다.

대학을 졸업한 옥수수는 내친 김에 박사학위까지 받았다. '옥수수 박

사 김순권!' 때문이다. 넬슨 만델라가 남아프리카공화국 5천만 인구에게 자유를 주었다면 김순권은 아프리카 5억 인구에게 생명을 주었다. 17년 간 아프리카에 살면서 아프리카인들의 배고픔을 해결하기 위해 노력했던 김 박사. 그래서 그에게 주어진 명예추장의 이름도 '배불리 먹이는 사람'이다. 한마디로 그의 삶 반쪽은 아프리카를 위한 것이었다. 아프리카의 기근을 해결한 김순권에게 감시의 선물로 딸을 내놓는 추장이 있을 정도였다. 아프리카의 영웅이 된 그는 2번이나 명예추장으로 추대 받았다. 또, 노벨상 후보에 5번이나 올랐다.

1995년 아프리카에서 돌아와 모교인 경북대학교에 재직하며 '국제 옥수수재단'과 함께 활발하게 대북 지원사업을 펼치고 있다. 수시로 북한의 옥수수밭을 찾아가서 식량난을 해결할 수 있는 슈퍼 옥수수 개발에 박차를 가하고 있다. 북한 땅에서 풍성하게 영글어 가고 있는 옥수수 속에서 통일의 꿈을 본다.

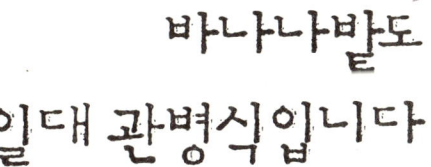

바나나밭도
일대 관병식입니다

바나나밭도 일대 관병식입니다. 바람이 불면 빨래판만한 잎사귀 부딪치는 소리가 부산합니다. 너울거릴 깃털은 없습니다. 작렬하는 남국의 햇살이 총알처럼 쏟아집니다. 짓푸른 잎들의 생장을 촉진하는 장엄한 예포가 분명합니다. 그러나 그것은 이방인의 눈을 부시게 하는 따가운 화살입니다. 그러면 바나나밭에서는 꽃잎이 벌어지고 바나나 열매 다발이 주렁주렁 열리기 시작합니다. 무섭게 커가는 남국의 열매에 울컥울컥 흥분됩니다.

이상의 명문을 흉내 내어 짝퉁 문장을 만들어보았는데, 영 아니올시다네요. 바나나는 열대 과일의 대표주자다. 수입이 원활하지 않던 시절에는 귀한 대접을 받았으나 요즘은 그렇지 않다. 귀하든 흔하든 바나나는 괜찮은 이국산 과일이다. 적당한 당도와 말랑한 육질, 허기를 채울만한 굵고 길죽한 크기다. 다이어트 식품으로 각광받아 집집마다 식탁 바구니를 채우고 있다.

시집 못간 노처녀가 있었다. 별반 매력을 갖추지 못해 혼담이 들어오지 않았다. 나름 멋을 부리고 번화가에 나가봐도 소득이 없다. 성에 대한 욕구도 꾸역꾸역 차오르지만 해소할 방법이 없다. 몰래 포르노를 보면서 욕구를 달래보지만 갈증만 난다. 에라~ 이렇게 살아 뭘 하나. 그녀는 자살을 결심했다. 아파트 옥상에 올라가 치마를 뒤집어쓰고 뛰어내렸다. 순식간에 아래로 떨어졌다. 아~여기가 극락인가? 지옥인가? 주변을 더듬거려보니 굵고 길죽한 것들이 마구 잡힌다. 그녀는 즐거운 비명을 질렀다. '에구! 이렇게 한꺼번에 들이대면 어떻게 해요! 제발, 한 사람씩요!'

그녀가 떨어진 곳은 마침 아래를 지나가던 바나나를 가득 실은 트럭 위였다.

'원숭이 엉덩이는 빨개. 빨가면 사과, 사과는 맛있어, 맛있으면 바나나, 바나나는 길어, 길면 기차, 기차는 빨라, 빠르면 비행기, 비행기는 높

아, 높으면 백두산, 백두우산 벋어내려 반도삼천리 ……' 이 구전동요를
기억한다면 당신의 삶은 엄청 넉넉하고 유족하다. 험준한 역사의 능선을
몇 개 넘고 여기까지 왔으니까. 여자애들은 고무줄 놀이, 사내 녀석들은
자치기, 남녀가 어울려서는 숨바꼭질이 놀이의 백미였다. 바나나 맛은
고사하고 본 적도 없는 것들이 바나나 운운하며 주술처럼 동요를 불러
재꼈다. 세월이 흘러 그 주술이 효험을 발휘한 걸까. 지금은 바나나를 트
럭으로 싣고 다니며 팔고 있다. 큰 부담 없이 큼직한 바나나 한 송이 덥
석 살 수 있다.

　　바나나의 출현, 그것의 보편화는 문화충격이었다. 기껏해야 탄저병 걸
린 사과가 과일의 전부인 줄 알았는데 어느 날 노랗게, 길죽하게, 미끈한

바나나가 우리 곁에 다가왔다. 껍질을 죽죽 벗기면 말랑말랑하고 달달한 과육이 풍성하다. 성큼성큼 베어 먹으면 요기도 된다.

　도대체 어떤 나무에서, 어떻게 열리는지 궁금해서 열대지방을 여행하면서 바나나 농장에 무조건 들어갔다. 바나나나무는 옥수수와는 비교가 되지 않을 킹사이즈다. 몸통을 가릴 정도 크기의 잎사귀가 무성하다. 손바닥보다 큰 붉은 꽃이 피면 빽빽하니 벌집 같은 열매가 맺힌다. 바나나다. 생산량이 어마어마하다. 그런 것이 불과 십수 년 전까지 이 땅에서는 추상이었다. 그냥, 맛있는 건 바나나였다. 격세지감을 느낀다. 교역의 힘이 딴 세상을 알게 했다. 이제 바나나는 그저그런 과일 중 하나일 뿐이다.

　바나나는 열대 아시아가 원산지다. 상록 여러해살이풀로 높이가 3~10m이다. 땅속 깊이 들어가 지지작용을 하는 뿌리와, 땅 밑 30cm까지 들어가 옆으로 퍼지고 뿌리털이 달려 흡수작용을 하는 뿌리가 있다.
　줄기는 잎집이 서로 어긋나게 싸서 생긴 헛줄기다. 헛줄기는 원기둥 모양이고 윗부분에 잎이 사방으로 달린다. 잎은 긴 타원 모양이고 길이가 2.5m, 폭이 60cm이며, 굵은 가운데 맥이 있다. 잎사귀 밑 부분에서 나온 꽃줄기는 자라면서 밑으로 처지고, 그 끝에 짙은 자주색의 포가 있다.
　꽃은 7~8월에 황색을 띤 흰색으로 피고, 각 포 겨드랑이에 2단으로 병렬하며, 포가 꽃 전체를 감싼다. 꽃줄기의 밑 부분에는 암꽃, 끝 부분에는 수꽃, 중간 부분에는 양성화가 달린다. 수술은 5개, 암술은 1개다. 씨방은 하위下位이며, 3실로 갈라지고, 밑씨의 수가 많다. 종자가 있는 품종과 없는 품종이 있다.

열매는 계단 모양으로 달린다. 날 것을 그대로 먹는 품종common banana은 길이가 6~20cm, 지름이 3.5~5cm이다. 요리용 바나나plantain banana는 길이가 30cm, 지름이 7cm이다. 열매의 색깔은 잿빛을 띤 흰색·노란색·귤색 등이 있고, 향기와 단맛 등에도 변화가 많다. 종자는 짙은 갈색이고, 편평한 둥근 모양이며, 지름이 5mm이다.

궁했던 시절에 대한 보상심리인가. 나는 우유 중에서 바나나우유를 가장 좋아한다. 마름모꼴 용기에 담긴 노란 액체가 영양 덩어리처럼 느껴진다. 순금을 풀어 희석시켜 놓은 것 같다.

쉿, 비밀 아닌 비밀! 프로야구 선수들의 락커에도 바나나우유가 가득하다. 경기 중에도 바나나우유를 벌컥벌컥 마신다. 세 살 먹은 아이나 향수에 젖은 노인도 아닌데? 왜 이렇게 바나나우유를 마실까?

프로야구 선수들이 먹는 음식

① 죽이나, 누룽지, 된장국 등 소화 흡수가 잘되고 따뜻한 음식.

② 장내에 가스를 유발시키는 섬유소가 많은 우엉, 고구마, 대파 같은 음식은 피한다.

③ 시합 30분에서 1시간 전에는 비타민C나, 수용성비타민 복합제를 먹어 신경계나 세포를 활성시킨다.

④ 최소한 1-2시간의 공복이 있어야만, 두뇌의 활동이 활발해진다.

⑤ 시합이 하루 중 2회가 있을 경우에는, 1회 시합 직후에, 쵸코렛이나 사탕, 바나나 등 당분이 함유된 음식과 과일쥬스 등 비타민을 복용하고, 식사 때는 탄수화물 위주의 식사를 하여 피로와 글리코겐 회복을 한다.

⑥ 저녁식사는 칼로리를 충분히 섭취한다. 먹고 싶은 음식을 많이 먹고 식사 후에는 복합비타민제를 복용한다.

⑦ 특히, 투수는 칼로리 소모가 많으므로, 시합 2일전부터 고탄수화물 식사(스파게티, 팬케익, 피자, 핫도그, 통감자버터구이 등)를 한다.

바나나우유를 먹는 이유는 경기에서 최고의 컨디션을 만들기 위해서다. 프로야구 선수만 프로인가. 누구든 인생의 링 위에서 처절한 프로다. 비록 연봉이 보잘 것 없어도 삶의 그라운드에서 눈물겨운 프로다. 바나나 많이 먹자.

아낌없이
물을 주는 나무

경칩 전후면 고로쇠물 채취가 한창이다. 정맥에 주사바늘 꽂듯이 고로쇠나무의 둥치에 바늘을 꽂아 한 방울 한 방울 채취하여 모은다. 겨우내 생장을 위해 축적했던 고로쇠나무의 자양을 인간이 빼앗아 마신다. 건강에 좋다고 인기다. 진짜다, 가짜다, 소동도 분분하다. 살아있는 곰의 쓸개에 호스를 꽂아 쓸개즙도 빼내는 판이니 나무의 수액

◀ 코코넛(야자) 나무

을 빼내는 것쯤은 별일 아니다. 그러나 찜찜하다.

고로쇠는 고로실나무 · 오각풍 · 수색수 · 색목이라고도 한다. 고로쇠는 해발 500~1000m 고지대에서 자생하는 단풍나무과의 활엽수로 한국, 일본, 만주, 미국, 캐나다에 천연적으로 분포하는 수종이다. 우리나라의 경우 지리산, 백운산, 조계산, 입암산 그리고 강원도 일대에서 자생하고 있으며 해발 100m~1800m사이에서 발견되고 있다. 그리고, 남부지방의 어느 산천이나 해발 3백m 이상이면 성장이 가능하다.

고로쇠나무는 높이 20m까지 자라며 4~5월에 연한 황록색의 꽃을 피우며, 결실은 9~10월에 맺으며 주로 실생(實生 : 씨에서 싹이 나와 자람)에 의해 번식한다. 나무껍질은 회색이고 여러 갈래로 갈라지며 잔가지에 털이 없다. 잎은 마주나고 둥글며 대부분 손바닥처럼 5갈래로 갈라진다. 잎 끝이 뾰족하고 톱니는 없다. 긴 잎자루가 있으며 뒷면 맥위에 가는 털이 난다. 목재는 치밀하고 단단하여 잘 갈라지지 않는다. 고로쇠나무는 지리산 골짜기마다 널리 분포되어 있다.

▶ 고로쇠 나무

고로쇠라는 이름은 뼈에 이롭다는 뜻의 한자어 골리수骨利樹에서 유래했다. 한방에서는 나무에 상처를 내어 흘러내린 즙을 풍당楓糖이라 하여 위장병·폐병·신경통·관절염 환자들에게 약수로 마시게 하는데, 즙에는 당류糖類 성분이 들어 있다.

고로쇠 약수는 나무가 밤사이에 흡수했던 물을, 낮에 날이 풀리면서 흘러내는 것을 뽑아 낸 것이다. 봄만 되면 어김없이 수액이 나오는데 우수, 곡우를 전후해 날씨가 맑고 바람이 불지 않을 때 많은 수액이 나오지만 비가 오고 눈이 오거나 강풍이 불며 날씨가 좋지 않으면 수액 양도 적은 게 특징이다. 밤 기온 영하 3~4도, 낮 기온 영상 10도로 일교차가 15도 정도면 가장 많이 나온다.

고로쇠액의 효능은 이렇다.
1. 숙취제거에 탁월한 효과가 있다.
2. 내장기관의 노폐물 제거와 신진대사의 촉진 성분.
3. 비뇨, 변비, 류머티스, 관절염, 위장병, 신경통, 피부미용에 효험이 크다.
4. 신장병, 이뇨작용에 특효가 있다.
5. 산후통에 효험이 있으며 이 수액을 마시고 한증(사우나, 찜질)을 하면 노폐물이 빠져나와 성인병 예방에 좋다.
6. 성인이 하루에 20ℓ 까지 마셔도 배앓이를 하지 않는다.

고로쇠 약수는 나무의 1m 정도 높이에 채취용 드릴로 1~3cm 깊이의 구멍을 뚫고 호스를 꽂아 흘러내리는 수액을 통에 받는다. 수액은 해마다 봄 경칩 전후인 2월 말~3월 중순에 채취하며, 바닷바람이 닿지 않는 지리산 기슭의 것을 최고품으로 친다. 잎은 지혈제로, 뿌리와 뿌리껍질은 관절통과 골절 치료에 쓴다.

동남아 열대지방을 여행하다보면 가게마다 코코넛 열매를 수북하니 쌓아놓고 판다. 위협적인 칼로 능숙하게 껍질을 툭툭 잘라 빨대를 꽂아준다. 복수박덩이만한 코코넛 열매 안에 시원한 액체가 가득하다. 한 사람이 마시기엔 과할 정도로 수액이 많다. 값도 싸다. 성장 중인 나무의 영양을 빼앗는 것도 아니니 찜찜한 기분도 안 든다.

코코넛coconut은 코코스야자의 열매다. 코코스야자는 말레이제도 원산으로 열대와 아열대지방에 퍼졌으며, 열대지방의 중요한 경제식물로 용도가 다양하다. 코코넛은 연한 녹색의 열대과일로서 즙이 많아 음료로 마신다. 열매 안쪽의 젤리처럼 생긴 과육은 단맛과 고소한 맛이 나 그대로 먹거나 기름을 짠다. 다 익으면 갈색이 되고 과육도 단단해진다. 맨바깥은 섬세하고 얇은 섬유층이고 안쪽은 두께 2~5cm의 촘촘한 섬유층을 이룬다. 열대와 아열대 지방에 널리 자라며 태국을 비롯한 동남아시아의 농장에서 대규모로 재배한다. 1년에 4회 정도 수확하는데, 나무 1그루당 50~60개의 열매가 달린다.

덜 익은 과즙에는 약간의 인과 철이 들어 있다. 젤리 상태의 과육에는 지방 1~6%와 인이 많이 들어 있다. 잘 익은 것에는 지방 26%, 단백질 4g, 인 100mg 이상, 철 2.5mg이 들어 있다. 코코넛의 지방은 식물성이면서도 90% 정도가 포화지방산이므로 동물성 지방과 마찬가지로 섭취에 유의해야 한다.

흔들어 보았을 때 찰랑거리는 소리가 나는 것이 좋다. 보통 날로 먹거나 주스를 만들어 마신다. 단단해진 과육을 깎아서 말린 코프라copra는 과자 재료나 술안주에 좋고 코코아크림은 아이스크림과 디저트 요리의 재료로 쓴다. 기름은 각종 요리의 소스 재료와 식용유로 쓰고 비누·화장품 등을 만드는 데 쓴다. 열매를 감싸고 있는 섬유층은 카펫이나 산업용 로프, 차량 시트 등을 만드는 데 쓰며 단단한 껍데기는 생활용품이나 공예품 재료가 된다.

아낌없이 주는 나무, 자신과 혈액과 같은 수액을 주는 고로쇠, 머리통만한 열매에 수액을 가득 만들어주는 코코넛. 그저 고맙다.

04

유리하다고 교만하지 말고 불리하다고 비굴하지 마라

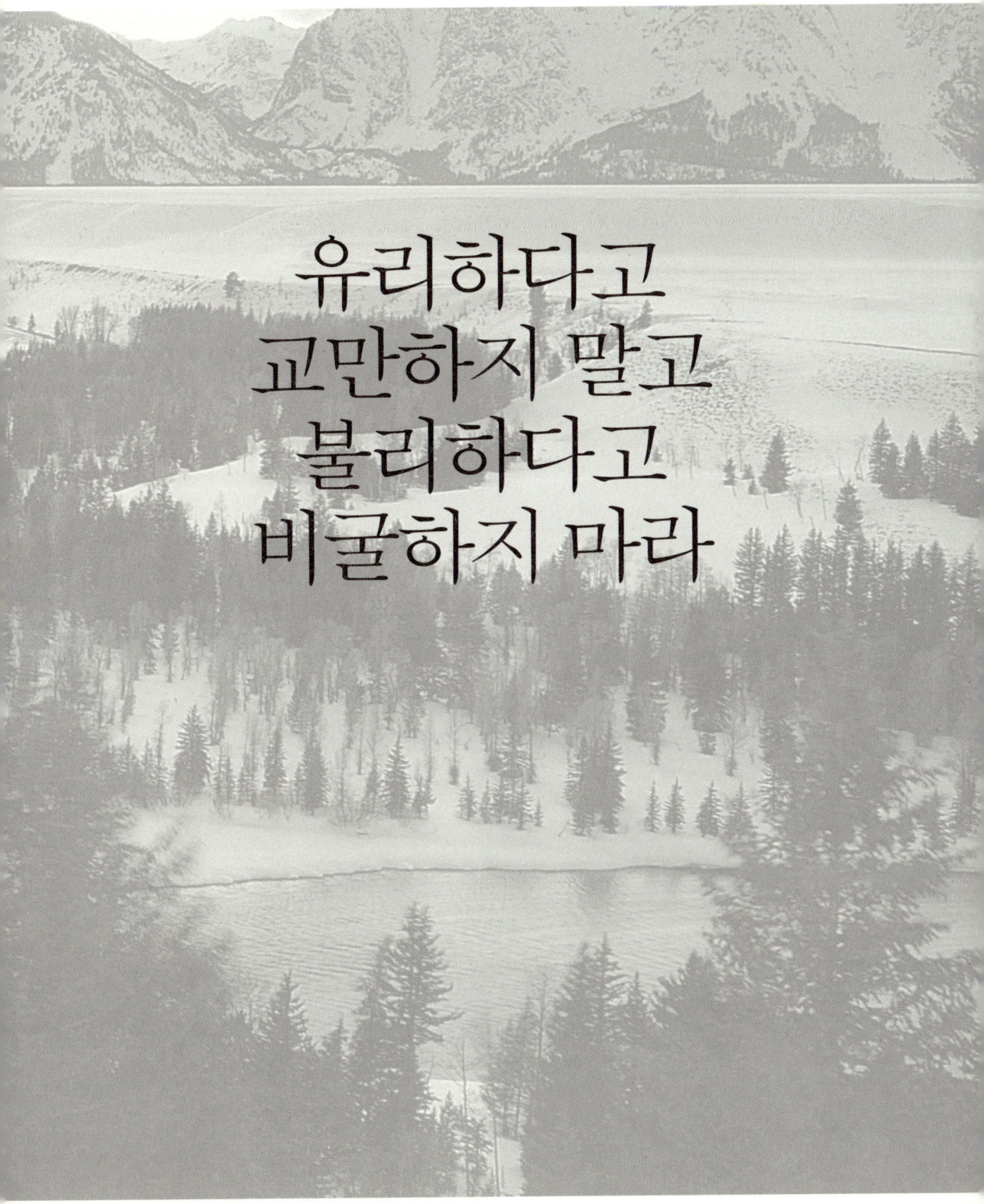

유리하다고 교만하지 말고 불리하다고 비굴하지 말라

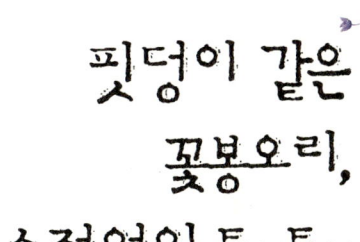

핏덩이 같은
꽃봉오리,
속절없이 툭~툭

동백아가씨

헤일 수 없이 수많은 밤을
내 가슴 도려내는 아픔에 겨워
얼마나 울었던가 동백아가씨
그리움에 지쳐서 울다 지쳐서
꽃잎은 빨갛게 멍이 들었소

동백꽃잎에 새겨진 사연

말 못할 그 사연을 가슴에 안고
오늘도 기다리는 동백아가씨
가신 님은 그 언제 그 어느 날에
외로운 동백꽃 찾아오려나

〈동백아가씨〉는 1964년 이미자가 부른 트로트 곡이다. 발표 당시 기록적인 인기와 함께 오랫동안 금지곡으로 묶여 있었기 때문에 더욱 유명해졌다. 백영호 작곡, 한산도 작사다. 1964년 제작된 엄앵란, 신성일 주연의 동명 영화의 주제곡으로 만들어졌다. 당시 이미자는 〈열아홉 순정〉으로 이름을 알린 신인 가수였는데, 이 노래로 한국을 대표하는 가수가 되어 '엘레지의 여왕'이라 불린다.

영화 〈동백아가씨〉는 서울에서 내려온 대학생과 인연을 맺은 순정파 섬처녀가 버림받고 술집에서 일하게 된다는 신파적 내용이다. '동백아가씨'라는 제목은 여주인공이 일하는 곳이 '동백빠'여서 그렇게 붙였다. 여인의 한과 애상을 잘 표현한 이 노래는 대한민국 역사상 처음으로 100만 장이 넘는 음반 판매량을 기록했으나, 노래가 일본풍이라는 문제 제기로 금지곡이 되었다.

반공주의 시대였기에 '꽃잎은 빨갛게 멍이 들었소'의 빨갛다는 가사가 문제되었다는 설도 있다. 그러나 이 노래를 부른 이미자는 후에 경쟁 음반회사의 입김 때문에 일어난 일이었다고 회고했다. 금지곡으로 지정되어 있던 동안에도 입에서 입으로 널리 불린 노래였다. 1987년 6월 항쟁 이후 해금되어 20여 년 만에 다시 공개적으로 들을 수 있게 됐다.

동백나무는 겨울꽃일까? 봄을 알리는 봄꽃일까? 이름에 겨울 동冬자가 붙었으니 겨울일 듯하기도 하고 이른 봄소식을 알리니 봄일 듯도 싶다. 그러나 남쪽의 섬 지방, 동백나무의 고장에 가보면 동백은 겨울꽃임을 알 수 있다. 동백나무는 상록성 활엽수다. 크게 자라면 7m정도, 더 크게 자라면 최고 18m까지 자란 나무도 있다. 잎새는 사시사철 윤기로 반질거리며 가장자리에는 잔 톱니가 있어 물결치는 듯 보인다. 꽃은 가지 끝이나 엽액에 꽃자루 없이 달린다. 다섯 장의 꽃잎은 간혹 일곱 장이 되기도 하고 서로 겹쳐져 아래 부분에 붙어 있다.

짙푸른 잎새에 붉은 꽃잎 그리고 샛노란 수술이 만들어 내는 색의 조화는 아무도 흉내낼 수 없는 동백나무의 아름다움이다. 오래된 나무의 회갈색으로 매끈거리는 수피와 동백꽃은 완벽한 아름다움을 선보인다.

동백나무의 꽃은 자라는 곳에 따라 11월에 이미 꽃망울을 달고 있는 곳도 있고 그 해를 넘겨 3월 혹은 4월에 꽃이 피기도 한다. 동백나무 열매는 보기도 좋다. 녹색의 작은 방울 같던 열매가 갈색으로 익으면서 세 갈래로 벌어지고 그 속에서 잣보다는 조금 큰 종자가 드러난다.

동백꽃이 지는 모습은 선연하고 섬뜩하고 숙연하다. 꽃잎 하나 상하지 않은 그 붉은 꽃 덩어리가 그대로 툭툭 떨어진다. 활짝 피고, 시들고, 흔들려 떨어지는 과정을 생략한다. 시린 공기 속에 피었다가 시린 땅 위로 툭, 투욱툭, 떨어진다. 이 모습을 두고 극적인 아름다움, 순열한 이별을 이야기하곤 한다. 하지만 조선시대 사대부나 일본 사무라이 계급에서는 이를 불길하게 여겼다. 꽃이 떨어지는 모습이 마치 사람 목이 단칼에 떨어지는 것과 같다. 그래서 집안 정원에는 동백을 심지 않는다.

동백나무는 특이하게 조매화다. 조매화란 수분을 하는데 있어 벌과 나비가 아닌 새의 힘을 빌리는 꽃을 말한다. 우리나라에서는 동백나무가 유일한 조매화다. 동백나무의 꿀을 먹고 사는 새, 이름도 동박새이다. 동백꽃에 꿀이 많기는 하지만 곤충이 활동하기에 너무 이른 계절에 꽃이 핀다. 그래서 녹색, 황금색, 흰색 깃털이 아름다운 작은 동박새가 그 임무를 맡는다.

동백나무 씨에서 나는 동백기름은 유명하다. 늦가을 열매가 벌어지면 아낙들은 댕댕이덩굴을 엮어 만든 바구니를 끼고 씨를 주우러 간다. 동백기름은 맑은 노란색이다. 색깔이 변하지 않고 굳지도 않고 휘발되지도 않는다.

동백기름은 식용으로도 쓰고 정밀한 기계에 칠하면 좋고 전기가 없던 시절엔 호롱불을 켜는 데 쓰기도 했지만 부인네들 머리기름으로 최고다. 동백기름을 바르면 그 모양새가 단정하고 고울 뿐 아니라 냄새도 나지 않고 마르지도 않으며 때도 끼지 않아 머리 단장에 필수품이다.

동백나무 꽃은 약으로도 쓴다. 생약명이 산다화다. 꽃이 피기 전에 채취하여 불이나 볕에 말려 쓴다. 지혈작용을 하고 소종에 효과 있고 멍든 피를 풀거나 장염으로 인한 하혈, 월경과다, 산후출혈이 멎지 않을 때 물에 달이거나 가루로 빻아 쓴다. 그 밖에 화상, 타박상에 가루를 기름에 개어 바른다. 잎을 태운 재는 자색을 내는 유약으로 쓴다. 번식은 종자로 파종한다. 땅이 깊고 비옥하며 양지바른 곳을 좋아한다.

순정이 고갈된 시대, 순정이 조소받는 시대다. 순정이란 시대착오적, 구시대유물이라고 침 뱉듯이 해버린다. 동백아가씨를 신파의 징표라고 시큰둥하게 덮어버리기엔 아쉬움이 있다. 사랑과 야망, 사랑과 배신, 거기에는 순정이 깔려 있다. 디지털, 사이버공간이 넘쳐나지만 갈망하는

것은 순정이다.

순정의 유효기간은 얼마나 될까? 열정과 감동, 흥분과 격정이 있어야 순정이 발동된다. 타산 없는 충성심이 있어야 순정이 끓는다. 사랑에 목마름이 있어야 순정이 출렁거린다. 끓고 출렁거리는 시간이 점점 짧아진다. 설렘이 없는 시대, 박제된 플라스틱 사랑, 규격화된 제품 같은 표준화된 만남과 이별의 시대다. 동백빠, 동백아가씨의 눈물이 고결하게 느껴진다. 순정 그윽한 눈물이었을 테니까.

1970년대 초 어느 늦가을 오후. 미당 서정주는 선운사 근처를 지나간다. 아버지 장례식을 치르고 서울로 돌아가기 전이다. 선운사 버스 정류장에 우산도 없이 홀로 서서 추적추적 내리는 가을비를 맞는다. 때마침

선운사 동구 너머 주막집이 눈에 들어온다. 뜨끈한 방에 들어가 묵은 김
치접시 앞에 두고 막걸리를 마신다. 40대 중반의 주막집 여인은 육자배
기 한 소절 불러달라는 나그네의 요청에 못이기는 척 나직이, 구성지게
소리를 한다.

　이듬해 미당은 이곳을 다시 찾았다. 주막은 사라졌다. 막걸리집 여자
도 사라졌다. "술 팔고 창도 곧잘하던 그 여자는 스산한 신세를 아편에
의탁하다가 아랫동네 감나무 밑에서 죽었다"고 마을사람들이 전한다.
미당은 읊었다. 참혹한 상실감에 서럽게 노래했다.

선운사 고랑으로
선운사 동백꽃을 보러 갔더니
동백꽃은 아직 일러 피지 않았고
막걸리 집 여자의 육자배기 가락에
작년 것만 상기도 남았습니다.
그것도 목이 쉬어 남았습니다.
－ 서정주, 〈선운사 동구〉

　발갛게 핀 동백꽃, 순정처럼 댕강댕강, 목 잘리듯 떨어진다. 떨어지는
것은 아름답다. 노쇠해서 떨어지는 것이 아니라 발갛게 청춘인 채로 툭
툭 떨어진다. 장렬하고 뭉클하다. 인생도 저랬으면.

찔레꽃은
붉지 않다

잘못된 노랫말이 고착화된 몇몇 사례가 있다. '동구밖 과수원길 아카시아꽃이 활짝 폈네', '송아지 송아지 얼룩송아지', '나의 살던 고향은 꽃피는 산골' 등등. 아카시아꽃은 아까시꽃이 바른 표기다. 얼룩송아지는 수입산 젖소의 새끼다. 누렁송아지라고 하는 게 맞다. 나의 고향이란 표기는 맞지만 나의 살던 고향은 어법에 맞지 않다. '내가 살던 고향은'이라고 해야 맞다. 운율을 위한 의도인지 무지 때문인지는 모르겠다. 다음 가요도 마찬가지다.

찔레꽃 / 백난아 노래, 김영일 작사, 김교성 작곡

찔레꽃 붉게 피는 남쪽나라 내 고향

언덕 위에 초가삼간 그립습니다

자주고름 입에 물고 눈물 젖어

이별가를 불러주던 못잊을 사람아

붉은 찔레꽃은 없다. 찔레꽃은 흰색이다. 바닷가에서 붉게 피는 해당화와 혼동해서 '찔레꽃 붉게 피는'이라고 한 것 같다. 하얀 찔레꽃이라고 바르게 표현한 노랫말도 있다.

찔레꽃 / 이연실 노래, 이태선 작사, 박태준 작곡

엄마 일 가는 길에 하얀 찔레꽃

찔레꽃 하얀 잎은 맛도 좋지

배고픈 날 가만히 따 먹었다오

엄마 엄마 부르며 따 먹었다오

'내가 그의 이름을 불러 주기 전에는 / 그는 다만 하나의 몸짓에 지나지 않았다. / 내가 그의 이름을 불러 주었을 때, / 그는 나에게로 와서 / 꽃이 되었다.'

-김춘수의 〈꽃〉 중에서

그랬다. 찔레꽃에 절절한 의미를 담아 절절하게 우리 가슴에 던진 이는 장사익이다. 지천으로 흔한 찔레꽃이 애절함의 대명사가 되었다. 그의 삶이 곡진하게 녹아있는 노래 때문이다. 장사익은 1949년 충남 홍성 광천읍 출생으로 45세에 늦깎이로 데뷔했다. 데뷔 전까지는 25년여간 보험회사 직원, 외판원, 카센터 직원 등 약 15개의 직업을 전전했다.

어렸을 적 웅변으로 목을 틔었던 것이 힘이 되었다. 주로 행사 후 뒷풀이에서 노래를 부르다가 실력을 인정받아 피아니스트 임동창에 의해 등 떠밀려 본격적으로 노래를 하게 되었고, 1995년에 1집 〈하늘 가는 길〉을 발매하며 데뷔했다.

그를 가수라고 하지 않고 소리꾼이라고 한다. 전문 국악인도 아니고 정통 가요를 부르는 가수도 아니기 때문이다. 그의 노래는 장르가 없고, 정해진 박자도 없다. 그저 마음 저 밑에서 끓어오르는 대로 소리를 내지를 뿐이다. 입으로 부르는 노래가 아니라 애간장을 적셔 내뱉는 절규다. 사람들은 그의 노래를 듣고 저것은 내 이야기라고 느끼며 눈물을 흘리기도 한다. 그래서 팬들이 많고, 공연 때마다 매진이다.

그를 위해서 작사, 작곡을 해 주는 이는 없다. 마음에 드는 시에 본인이 음을 갖다 붙여 자작곡을 만든다. 그래서 작곡이라는 표현 대신에 '엮는다'라고 한다. 그렇게 만든 노래가 7집까지 나왔다. 또 특이한 것은 과거에 다른 가수들이 불렀던 노래를 리메이크해서 부르면 장사익표 노래가 된다.

그의 대표작 '찔레꽃'은 이렇게 만들어졌다고 한다. 어느 날 우연히 화단 앞을 지나 가다가 어디선가 은은한 꽃냄새가 나서 자세히 보니 야단스레 붉은 장미꽃 뒤에 초라하게 피어 있는 하얀 찔레꽃이었다. 당시 그는 인생의 밑바닥에 있었다. 화려한 장미꽃에 가려 잘 보이지 않는 그 찔레꽃을 보고 자신과 처지가 닮았음을 발견하고 눈물을 흘리며 만들었다고 한다.

찔레꽃 / 장사익 노래, 작사, 작곡

하얀 꽃 찔레꽃 순박한 꽃 찔레꽃
별처럼 슬픈 찔레꽃 달처럼 서러운 찔레꽃

찔레꽃 향기는 너무 슬퍼요
그래서 울었지 목 놓아 울었지

찔레꽃 향기는 너무 슬퍼요
그래서 울었지 밤 새워 울었지

찔레꽃은 붉지 않다. 그러나 장사익의 노래 '찔레꽃'에는 붉은 피가 흥건하다. 흡사 귀촉도의 울음소리처럼. 절규라는 단어가 어울리는 곡성이다.

　　찔레나무는 장미과蔷薇科에 속하는 낙엽관목이다. 키는 2m 정도 자란
다. 줄기와 어린가지에 잔털이 많고 갈고리 같은 가시가 달려 있지만 없
는 경우도 있다. 잎은 5~9장의 잔잎으로 이루어진 겹잎으로, 잔잎은 길
이가 2~8cm 정도이며 가장자리에는 톱니들이 있다. 잎자루 밑에 턱잎
(탁엽托葉)이 있고, 턱잎가장자리에는 빗살 같은 톱니가 있으며, 턱잎의
아래쪽은 잎자루와 합쳐져 있다. 흰색 또는 연분홍색의 꽃은 5월경 가지
끝에 원추圓錐꽃차례를 이루며 무리져 피는데, 꽃자루에는 잔털이 있다.

꽃받침잎·꽃잎은 모두 5장이며, 수술은 많다. 열매는 9월경 붉은색으로 둥그렇게 익는다.

한국에서는 산과 들에 피는 장미라는 뜻으로 들장미 또는 야장미野薔薇라고도 한다. 가지를 많이 만들며 가지가 활처럼 굽어지는 성질이 있어 울타리로도 많이 심고 있다. 양지가 바르면 어떤 토양에서노 살 사라며, 추위에도 잘 견딘다. 뿌리가 얕게 내리지만 길고 거칠기 때문에 옮겨심을 때는 주의해야 한다. 봄에 새싹과 꽃잎을 날것으로 먹기도 하며, 가을에 열매를 따서 햇볕에 말린 것을 영실營實이라고 하여 준하제·이뇨제로 쓴다.

유리하다고 교만하지 말고 불리하다고 비굴하지 말라

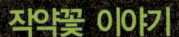

한번쯤 저렇게 화려하고 싶다

    누군들 꽃이 되고 싶지 않으랴. 누군들 별이 되고 싶지 않으랴. 허나, 야속한 세상은 극소수에게만 꽃이 되는 걸 허용한다. 하늘은 무한정 넓지만, 무수한 별들이 별빛을 무더기로 쏟아 뿌리지만, 이 땅의 스타는 극소수다. 서러운 다수는 꽃에게 박수를, 별에게 환호를 지르는 것으로 만족해야 한다.

    누구나 우렁찬 울음 터뜨리고 태어났다. 천상

천하 유아독존으로 태어났다. 천재라고, 신동이라고, 장군감이라고, 미스 코리아라고, 무성한 립서비스에 취하며 자랐다. 건강하게만 자라라는 격려가 진심인 줄 알고 팔다리 튼튼하게 무럭무럭 자랐다. 부모의 기쁨과 자랑에 보답하려고 애도 썼다. 지옥이 당연한 것인 줄 알고 지옥도 통과했다. 입시지옥, 입사지옥, 결혼지옥을 무사히 통과했다. 그러면 꽃이 되는 줄, 별이 되는 줄 알았는데.

화끈하게 화려한 작약꽃밭 앞에 섰다. 인간의 손으로는 그려낼 수 없는 색채다. 대지와 태양이 만들어낸 화려의 극치다. 전략과 고민 없이 시절이 만들어낸 작품이다. 붉은 꽃은 붉은 대로, 흰 꽃은 흰 대로 절대치의 색채를 내뿜는다. 바라보는 이를 위해 내뿜는 절대 웃음이다. 번뇌의 잔주름 하나 없는 절대 얼굴이다. 비 맞아 살포시 낯을 가린 모습마저 우아미를 뿜는다. 집중 조명은 없는 것이 더 낫다. 음향도 불필요하다.

넋 놓고 꽃을 바라보다 결국 시선은 자아에게로 돌아온다. 무념무상은 잠시, 욕망의 찌꺼기가 용두레질 친다. 뜨겁게 치열해본 적도 없이 화려한 꽃이 되고픈 비겁한 욕정이 끓는다. 작약꽃은 화려함을 자랑하지 않는다. 화려를 자랑하려 분주한 홍보를 하지 않는다. 시간과 계절이 가져다주는 화려함인데 어쩔소냐.

작은 성과를 뽐내려 우리는 얼마나 분주했던가. 공들여 얼굴을 위장하고 팔다리 근육을 단련한다. 남보다 조금만 낫다싶으면 우쭐해한다.

의례적인 박수인데도 그것에 곧잘 취해버린다. 익을수록 머리를 숙인다
는 진리를 알면서도 실천하지 못한다. 덜 여문 지식, 어설프게 웃자란 실
력, 단단한 체력이 아닌 멀쑥한 체격에 자만한다. 자만심은 교만이다. 교
만은 남에게 해를 끼치기 십상이다.

누군들 꽃이, 별이 되고 싶지 않으랴. 그 욕망에는 이기심이 자욱하다.
이타와 배려보다는 이기의 독한 에너지가 흥건하다. 결국 그것을 다스리
지 못해 좌절하고 절망한다. 좌절과 절망은 세상을 향한 분노로 변형된
다. 남의 탓, 조상 탓, 사회 탓, 국가 탓, 어느새 탓 제조기가 되어버린다.
그래도 돌아오는 것은 아무 것도 없다. 세상은 무심하게 잘도 굴러간다.

    사랑도 그렇다. 사랑도 이기적이다. 주고받는 거래다. 완전한 사랑, 아낌없이 주는 사랑, 쉽지 않다. 부모의 자식 사랑도 그렇다. 의무감과 기대치를 담은 사랑이다. 자신의 못갖춘마디를 부디 채워주길 바라는 음모가 있는 사랑이다. 그리고 그 음모는 일부만 성공하고 다수는 실패한다.

    할아버지, 할머니의 사랑에는 음모가 없다. 일반적인 사랑의 방정식이 붕괴된 절대 사랑이다. 그들에게 손자, 손녀는 영원한 꽃이요 별이다. 한 세대라는 여과지를 통과한 절대 사랑이다. 야심과 과잉기대는 여과지에서 말끔히 걸러졌다. 중후한 노신사가 포대기로 손자를 엎고 아파트 단지를 거닌다. 어색한 풍경임에도 노신사는 챙피해 하지 않는다. 어설픈 동요를 읊조리며 거닌다. 젊은 부모는 아기를 유모차에 태워 휴대폰 들여다보며 거닌다. 사랑의 밀도와 수준이 다르다.

붉은 꽃, 흰 꽃이 편하고 질펀하게 핀 작약꽃밭에서 펼쳐본 명상이다. 삶의 초라함을 털지 못한 옹색한 사색이다. 초여름 짧은 한달여간 작약꽃은 소리 없는 파안대소를 보이다가 꽃시절을 조용히 접는다. 이제 열매를 위한 시간이다. 화려했던 꽃잎을 조용히 떨구고 열매의 성장을 위한 시간 위에 놓인다. 꽃시절이 오래가지 못함을 서운해하지 않고 그 자리에서 또 다른 시간을 보낸다.

작약은 홍약紅藥, 적약赤藥, 백약白藥, 작약화芍藥花라고도 한다. 작약과芍藥科에 속하는 다년생초다. 키는 50~80cm이고 뿌리는 방추형이다. 뿌리에서 나는 잎은 1~2번 날개같이 갈라지며, 윗부분은 3개로 갈라진다. 잎의 표면은 짙은 녹색이며, 흰색이나 빨간색 또는 여러 가지 혼합된 색의 꽃은 5~6월에 원줄기 끝에서 1개가 핀다. 사람들의 시선을 한몸에 받는 시기다.

꽃받침은 녹색으로 5장이다. 꽃잎은 길이가 5cm 정도로 10장이다. 꽃밥은 많고 노란색이다. 밑씨 3~5개가 암술머리를 뒤로 젖히고 모여난다. 열매는 골돌蓇葖(익으면 껍질이 벌어져서 씨가 퍼지는 열매의 하나. 갈라진 여러 개의 씨방으로 된 열매로 작약, 바곳 따위의 열매가 이에 속한다.)로 8월에 익는데 중심 쪽이 세로로 터진다. 중국이 원산지로 관상용 또는 약초로 재배된다. 토양이 깊고 배수가 잘 되며 약간 그늘진 곳에서 잘 자란다. 번식은 씨 또는 포기나누기로 한다. 뿌리를 진통제 · 해열제 · 이뇨제로 쓴다.

신록이 평정한
세상에
눈부신 꽃등을 펼치네

    산하가 온통 짙푸른 계절에 불쑥 나타난 붉은 꽃덩어리. 뙤약볕 아래서 고군분투하는 붉은 꽃, 배롱나무꽃. 폭염 속을 빛내는 팡파레. 눈이 부시게 푸르른 날, 당혹으로 다가오는 목백일홍꽃. 매끈한 줄기를 손끝으로 살살 간질이면 가지 끝과 꽃술이 까륵까륵 웃으며 간지럼 타는 간지럼나무. 천지가 녹음으로 뒤덮은 7, 8월, 담양 명옥헌에는 배롱나무 꽃잔치가 한창이다. 비밀의 화원에서 벌어지는 잔치가 황홀하고 어리둥절하다.

근사한 자기만의 정원을 갖는 것이 도시인의 로망이다. 취향대로 나무를 심고 연못을 파고 꽃을 심고 싶다. 적당한 위치에 단아한 정자를 짓고 싶다. 정자에 앉아 직접 꾸민 정원을 바라보면 세상 그 무엇도 부럽지 않다. 왕국의 제왕이 되고 싶다. 자연을 거스르지 않는 왕국에서 자연의 일부가 되고 싶다. 그러나 로망은 허전한 로망으로 끝난다.

명옥헌 마루에 앉아 잠시 타국에서 온 왕이 된다. 누리면 되는 것이지 소유할 필요는 없다. 입장료 없는 별천지에서 잠깐 영화를 누린다. 주변엔 온통 진수성찬이다. 붉은 배롱나무꽃이 만발했다. 아우성 없는 환호여서 더욱 고맙다. 넋 나간 듯이 조화를 흔드는 북녘땅의 환호와는 차원이 다르다. 요염하나 품위 넘치는 교태다.

명옥헌은 조선 중기 명곡明谷 오희도가 자연을 벗 삼아 살던 곳이다. 그의 아들 오이정이 선친의 뒤를 이어 이곳에 은둔하면서 경관 좋은 도장곡에 정자를 짓고, 앞뒤로 연못을 파서 주변에 적송, 배롱나무를 심어 가꾼 정원이다. 시냇물이 흘러 연못을 채우고 다시 그 물이 아래의 연못으로 흘러간다. 물 흐르는 소리가 옥이 부딪히는 것 같다고 하여 연못 앞에 세워진 정자 이름을 명옥헌鳴玉軒이라고 지었다. 주위의 산수 경관이 연못에 비치는 모습을 명옥헌에서 내려다보며 경관을 즐길 수 있도록 조성했다. 자연과 조화를 이룬 정원이다. 전통원림으로 자연경관이 뛰어난 경승지다.

배롱나무는 부처꽃과에 속하는 낙엽교목이다. 키가 5m 정도 자란다.

어린 가지는 네모져 있으며, 수피樹皮는 홍자색을 띠고 매끄럽다. 잎은 마주나고 잎가장자리가 밋밋하며 잎자루가 없다. 붉은색의 꽃이 7~9월에 원추圓錐 꽃차례를 이루어 핀다. 흰꽃이 피는 흰배롱나무도 있다. 꽃의 지름은 3cm 정도이고 꽃잎은 6장이다. 수술은 많으나 가장자리의 6개는 다른 것에 비해 길며, 암술은 1개이다.

붉은빛을 띠는 수피 때문에 나무백일홍木百日紅, 백일홍나무 또는 자미紫薇라고도 한다. 이밖에 백양수(간지럼나무), 원숭이가 떨어지는 나무라고도 부른다. 이는 나무줄기가 매끈해 사람이 가지를 만지면 나무가 간지럼을 타고, 원숭이도 오르기 어려울 정도로 매끄러운 나무라는 것이다. 국화과에 속하는 초백일홍草百日紅인 백일홍과는 전혀 다른 식물이다. 배롱나무는 여름 내내 꽃을 피운다. 화무십일홍花無十日紅이라지만, 배롱나무 꽃은 열흘이 아니라 100일을 간다. 한번 핀 꽃송이가 100일 동안 계속 피어 있는 것이 아니라 꽃들이 연이어 수차례 피어난다.

오래된 종택 사당이나 서원, 정자, 그리고 고찰 등에서 배롱나무 고목을 볼 수 있다. 그런 곳에는 왜 배롱나무를 심었을까. 해마다 껍질을 벗으며 매끈하고 깨끗한 모습을 보여주는 나무의 특징과 관련이 있다. 선비의 거처인 종택이나 서원, 정자에 심은 뜻은 배롱나무처럼 깨끗하고 청렴한 성품을 닮으라는 것이다. 사찰에 심는 것은 출가 수행자들이 해마다 껍질을 벗는 배롱나무처럼 세속의 욕망을 떨쳐버리라는 의미다.

전남 담양군 고서면 산덕리 513, 명옥헌

배롱나무꽃에는 가슴 아픈 전설이 있다. 옛날 어느 어촌에 머리가 셋 달린 이무기가 살고 있었다. 이무기는 해마다 마을에 내려와 처녀를 한 사람씩 잡아갔다. 한번은 제물로 바쳐질 처녀를 연모하던 이웃 마을 청년이 처녀를 대신하겠다고 나섰다. 청년은 처녀의 옷을 입고 제단에 앉아 이무기가 나타나기를 기다려 이무기의 목을 베었는데, 두 개만 벤 상태에서 이무기가 도망쳐 버렸다. 처녀는 이 청년을 평생 반려지로 모시겠다고 했으나, 그는 이무기의 나머지 목 하나를 베어야 한다며 배를 타고 이무기를 찾아 나섰다. 청년은 떠나기 전 "내가 이무기 목을 베면 배에 하얀 깃발을 걸 것이고, 실패하면 붉은 기를 걸 것이오"라고 말했다.

처녀는 매일 기도하며 청년이 무사히 돌아오기를 기다렸다. 드디어 100일이 되던 날 청년의 배가 돌아오는 모습이 멀리 보였다. 하지만 깃발이 붉은 색임을 확인하고 처녀는 자결하고 말았다. 그런데 그 깃발은 이무기가 죽으면서 피를 내뿜어 붉게 물든 것이었다. 청년은 가슴을 치며 처녀를 묻어주었는데, 그 무덤에서 난 나무에 붉은 꽃이 100일 동안 피었다.

이런 이야기도 있다. 평생 바람을 피우던 미운 남편이 죽자 아내가 남편의 묘 옆에 배롱나무를 심었다. 배롱나무꽃은 향기가 없고 더운 여름에 백일 동안 질리게 피는 까닭에 바람둥이 남편이 죽어서는 향기 없는 여자와 한여름 뙤약볕 아래서 백일 동안 괴로움을 당해보라는 뜻이란다. 옛어르신들은 나무줄기가 매끄럽기 때문에 여인의 나신을 연상시킨다는 이유로 대갓집 안채에는 배롱나무를 심지 않았다. 디딜방아가 남녀 교접을 연상시킨다 하여 집안에 들이지 않고 골목어귀에 두었던 이유와 같다.

목백일홍이라는 한자 이름보다는 배롱나무라는 우리 식 이름이 참 예 쁘다. 혀가 절로 돌돌 말린다. 그 어원은 '백일홍'에서 찾을 수 있다. 백일 홍에서 배기롱–배이롱–배롱으로 이어져 배롱나무란 이름을 갖게 된 것 으로 유추된다.

담양은 오래된 건축물의 보고다. 건물마다 이름이 다르고 그 용도가 다르다. 이름에 따른 성격을 살펴본다.

전殿 : 임금이나 부처, 공자 등 신적인 존재들만이 기거하는 최상의 건 물이다. 경복궁의 근정전, 사찰의 대웅전, 향교의 대성전 등.

각閣 : 전에 모셔질 대상보다 한 급 아래의 존재들을 위한 건물이다. 평범한 사람들의 집에는 각의 호칭을 붙일 수 없다. 사찰의 산신각, 칠성 각 등.

사祠, 묘廟 : 선현과 선조를 위한 집으로 살아있는 사람의 집에는 쓸 수 없다. 현충사, 충장사, 문묘 등.

당堂 : 살아있는 일반인들의 집으로 주로 상류계층 집들의 명칭이었 다. 소쇄원의 제월당, 희정당(창덕궁), 양화당(창경궁), 명륜당 등.

루樓 : 2층으로 구성되어 아래층이 떠 있는 전망용 건물을 의미한다. 경회루, 광한루 등.

정亭 : 자연을 감상하기 위한 건물 가운데 1층으로 구성된 작은 건물을 지칭한다. 송강정, 식영정, 면앙정 등.

대臺 : 기단을 주변보다 높게 쌓아 올린 곳에 앉힌 건물, 또는 건물이 없어도 그렇게 만들어진 지형을 지칭한다. 강릉의 경포대, 소쇄원의 대봉대 등.

정사精舍 : 선생과 학생들이 모여 강학하는 방 또는 건물을 의미한다. 기원정사, 풍암정사 등.

재齋 : 공부하는 방 또는 건물로 먹고 잘 수 있는 곳. 향교의 동재와 서재, 죽림재 등.

헌軒 : 경관을 감상하고 심신을 수양하는 방으로 보통 사랑채에 많이 붙이는 명칭이다. 오죽헌, 명옥헌 등.

원림園林 : 소쇄원과 독수정, 명옥헌을 원림園林이라고 한다. 이는 울타리 안에 조경이 이뤄진 것은 원림園林, 울타리가 없거나 규모가 큰 것을 원림苑林이라고 구분한다.

꽃이 필 때는 잎이 없고, 잎이 있을 때는 꽃이 없구나

    세상에서 가장 아름다운 병은? 아름다운 병도 있나? 상사병이다. 세상에서 가장 큰 죄는? 살인? 강도? 국가전복? 아니다. 들킨 죄다. 들키지 않으면 죄와 벌은 없다. 상사병은 들키지 않는 아름다운 병이다.

    내가 너에게, 네가 나에게, 들키지 않고 절절하게, 혼수상태가 되도록 앓는다. 앓는 나는, 너는 쓰리고 저리지만 바라보는 3자는 시큰둥하고 덤덤하다. 낯설은 풍경의 극치가 상사병이다.

내가 너에게, 네가 나에게 들켜버리면 상사병이 아니다. 스토커, 편집증이다. 초고속, 광속의 시대에 내 마음이, 네 신열이 전달되지 않는 기막힌 원시성. 지구를 향한 태양의 일방적인 발사, 끝없이 빛을 발사해도 지구는 자기궤도만 돈다. 아름다운 열정이다. 식을 줄 모르는 열병이다. 상사병은 아름답다.

상사병을 앓아보지 않은 인생은 맛이 없다. 발효와 숙성을 모르는 겉절이다. 삶은, 삭이고, 달이고, 절이고, 익어가는 것이다. 푸성귀는 원숙이 아니다. 쓰리고 앓아야 진주가 되고 된장이 되고 김치가 된다. 더러는 사리가 된다. 고된 시간을 견뎌야 깊은 맛이 난다. 인스턴트 사랑, 거래의 섹스, 단답형의 관계, 간편하나 허탈하다. 소유하는 것만이 사랑인가. 꿈쩍도 않는 바위를 향해 애간장 화살로 끊임없이 쏘아대는 무모함이 차라리 아름답다. 상사병은 아름답다.

상사화는 수선화과에 속하는 다년생초다. 키는 60cm 정도 자라며 비늘줄기는 지름 4~5cm, 길이 30cm이다. 너비 2.5cm 정도인 잎이 비늘줄기에 모여나지만 여름에 꽃이 나오기 전에 말라 죽는다. 홍자색의 꽃은 8월에 비늘줄기에서 나온 꽃자루 위에 4~8송이씩 무리지어 핀다. 꽃은 길이 약 8cm, 꽃 덮이조각은 6장, 수술 6개, 암술 1개로 이루어져 있다. 일본이 원산지이나 한국을 비롯한 전세계의 정원이나 화분에 심고 있다.

양지바르고 배수가 잘되는 토양에서 잘 자란다. 꽃이 필 때는 잎이 없고, 잎이 달려 있을 때에는 꽃이 없어 꽃과 잎이 서로 그리워한다는 의미로 상사화라는 이름이 붙었다. 아~, 화엽불상견花葉不相見!

상사화와 비슷한 식물로 백양꽃은 전라남도 백양산, 흰상사화는 제주도를 비롯한 남쪽 지방의 바닷가, 개상사화는 남쪽 섬에서 자라고 있으며, 석산은 절에서 흔히 볼 수 있다.

상사화는 나팔꽃과 같이 몇 안 되는, 남자가 죽어 환생한 꽃이다. 옛날 어느 마을에 부부가 살았다. 금슬은 좋은데 아이가 없었다. 간절히 기도한 끝에 딸이 태어났다. 외동딸은 부모님에 대한 효성은 말할 것도 없거

유리하다고 교만하지 말고 불리하다고 비굴하지 말라

니와 예쁘고 품행이 아름다워 마을에 소문이 자자했다.

그러나 아버지가 병이 들어 죽었다. 딸은 아버지의 극락왕생을 빌며 백일 동안 탑돌이를 했다. 그 광경을 지켜보는 사람이 있었다. 큰스님을 시봉하는 스님이었다. 누가 볼세라, 마음을 들킬세라, 안절부절, 가슴이 두 근반 세 근반, 긴장과 고통의 시간이었다. 애절한 가운데 말 한마디 못하고 어느 덧 백일이 지났다.

불공을 마치고 처녀가 집으로 돌아가던 날, 스님은 절 뒤 언덕에서 하염없이 그리워하다 그날부터 시름시름 앓다가 운명을 달리 했다. 그 다음해 그 언덕에 한 송이 분홍꽃이 곱게 피었다.

잎이 먼저 나고 잎이 스러져야 꽃대가 쑥 올라와 연보라 꽃송이를 피운다. 세속의 여인을 흠모했지만 말 한마디 못한 그 스님의 애절함이 현현한 것이라고. 그래서 꽃말이 '이룰 수 없는 사랑'이다.

상사화 / 이해인

아직도 한 번도 당신을 직접 뵙진 못했군요.
기다림이 얼마나 가슴 아픈 일인가를
기다려보지 못한 이들은 잘 모릅니다.
좋아하면서도 만나지 못하고 서로 어긋나는
안타까움을 어긋나보지 않은 이들은 잘 모릅니다.
날마다 그리움으로 길어진 꽃술
내 분홍빛 애틋한 사랑은 언제까지 홀로여야 할까요?

오랜 세월 침묵 속에서

나는 당신에게 말하는 법을 배웠고

어둠 속에서 위로 없이도 신뢰하는 법을 익혀왔습니다.

죽어서라도 꼭 당신을 만나야지요.

사랑은 죽음보다 강함을

오늘은 어제보다 더욱 믿으니까요.

의학계에선 상사병을 현존하는 인류 역사상 최악의 병으로 규정한다. 현재 의술로는 치료할 수 없다. 혹자는 감기, 죽음과 함께 인류의 의학이 아무리 발전해도 극복할 수 없는 것으로 꼽는다. 감염원은 '사랑 바이러스'라고. 사람에서 사람에게 전파된다.

상사병은 인류의 탄생과 함께 진화하고 있는 유전인자다. '연병', '화풍병', '회심병' 등으로도 불린다. 짝사랑이나 이루지 못한 사랑으로 오는 '상사증相思症'과 별거나 사별 및 독거 등의 성적 만족을 못하여 오는 '사니증思尼症'으로 나눈다.

상사병의 원인은 그리움과 사랑이다. 그리움도 심드렁한 그리움이 아니라 애간장이 타들어가는 그리움이다. 속이 숯검정처럼 타는 그리움이다. 이루지 못한 사랑을 가슴에 품고 사는 탓에 갖가지 형태의 신체 증상이 나타난다. 심각한 정신적 장애를 일으키는 경우도 있다. 절망적인 상황으로 몰고 가 탈진에 이르게 한다.

이렇게 모진 병을 어이 아름다운 병이라 하는가. 열정, 응축된 에너지, 가공할 집중력, 상대를 해치지 않는 인내, 그것이 아름답기 때문이다. 그리고 깊고 어두운 그 터널을 빠져나오면 그 에너지가, 그 추억이, 또 다른 것으로 치환되고 승화될 것을 믿기 때문이다.

사랑의 열병, 그것도 메아리 없는 상사의 열병을 앓아보지 않은 자가 문학을, 예술을, 종교를, 정치를 잘 할 수 있을까. 플라스틱 사랑, 인스턴트 사랑, 매춘과 매매춘의 관계가 어지러운 시절이라 상사병이 아름답다. 요즘도 그 병을 앓는 이가 있다면 천연기념물이다. 그래서 귀하고 아름답다. 부디 막막한 터널을 통과하여 새로운 창조의 길로 달려가길. 폭염과 폭풍 같았던 그 열정이면 무엇을 못 이루랴.

애기똥풀도
모르는 것들이
시를 쓴다고

애기똥풀 / 안도현

나 서른다섯 될 때까지
애기똥풀 모르고 살았지요
해마다 어김없이 봄날 돌아올 때마다
그들은 내 얼굴 쳐다보았을 텐데요

코딱지 같은 어여쁜 꽃
다닥다닥 달고 있는 애기똥풀

얼마나 서운했을까요

애기똥풀도 모르는 것이 저기 걸어간다고
저런 것들이 인간의 마을에서 시를 쓴다고.

시인의 감수성, 통찰력, 시의 힘, 시를 통해 참회록을 읽는다. 우리는 얼마나 비루한 정신에 함몰되어 살고 있는가. 흔한 것, 하찮은 것을 매정하게 무시하고 강한 것, 부유한 것들에게는 과하게 비굴하다. 이익의 부스러기를 얻으려 머리 조아린다. 자신의 생존을 위해 무례를 범하지 않고 자신의 존재를 휘날리려 깃발 흔들지 않아도, 5월이 되면 애기똥풀은 앙증맞은 노란 꽃을 피운다.

서른 다섯이 될 때까지 모르는 것이 어디 애기똥풀 뿐이랴. 스포트라이트를 받고 현란한 파티에 초대 받는 것에만 관심 있었다. 산야를 장식하는 들꽃, 들풀에겐 이름도 있고 존재의 이유도 있다. 그러나 이름 없는 꽃들, 이름 없는 풀들이라고 매도한다. 세상에 이름 없는 것이 어디 있으랴. 내가 그를 몰랐을 뿐이다. 무지와 무식의 소치이지 이름 없는 것은 없다. 흔하고 하찮다고 무시했을 뿐이다. 50이 되어도 70이 되어도 모르는 것 투성이다. 관 뚜껑 덮일 때까지 모르는 것 투성이다. 근근이 겸허와 반성을 발견했다면 그나마 다행이다. 연약하고 흔하디흔한 작은 풀, 애기똥풀에게서 잠언을 배운다.

　같은 시인의 다음 시 역시 숙연하게 한다. 스산한 밤거리에서 홀로 늦
가을비를 맞은 것처럼 처연하다. 현역은 빛나나 은퇴한 퇴역은 초라하
다. 현역은 동물이고 퇴역은 식물, 고물, 폐기물이다. 현역 시절의 업적
은 금방 잊혀진다. 현역 시절 노고는 이내 사라진다. 부유물 같은 퇴역은
거추장스런 쓰레기가 된다. 젊음은 훈장이고 늙음은 죄인이다. 연탄재는

그것을 극명하게 보여주는 상징물이다. 그것을 발로 차는 세상인심을 질타하는 충격적 은유다. 세상 누구에게 한 번도 뜨거워 본적 없는 인사가 퇴역에게 잔혹한 수모를 가한다.

너에게 묻는다 / 안도현

연탄재 함부로 차지마라
너는 누구에게
한번이라도 뜨거운 사람이었느냐!

자신의 몸뚱아리를
다 태우며 뜨근뜨근한
아랫목을 만들던
저 연탄재를
누가 함부로 발로 찰 수 있는가?

자신의 목숨을 다 버리고
이제 하얀 껍데기만 남아 있는
저 연탄재를
누가 함부로 발길질 할 수 있는가?

검은 몸으로 태어나 장렬하게 몸을 불태운다. 3천도의 열을 발산하며 1회용 목숨을 불태운다. 검은 몸이 불타지만 검은 연기를 뿜어내지 않는다. 몸속에 박힌 독한 일탄화탄소를 발산하며 서서히 화력이 강해진다. 연탄은 그 불이 가장 강한 화력을 내기까지 산소와 일산화탄소가 싸운다. 일산화탄소가 빠져 나갈수록 연탄의 화력은 엄청난 온도를 만들어 낸다. 내 안에 나쁜 것들을 뿜아내어 뜨거운 불을 만든다. 화력의 공기구멍을 막지 않으면 깨끗한 백색의 재가 되어 생을 마감한다. 검은 연탄이 자신을 던져 하얗게 재로 변해 버리듯이 더 이상 줄 것이 없을 정도로 우리의 몸을 불사를 수만 있다면, 행복한 인생이 될 것이다. 연탄재는 버려지기만 하는 것이 아니라 눈 내린 아침 출근길을 안전하게 인도하는 안내자 역할까지 했다. 자신의 유해를 부서뜨려 누군가의 발걸음을 가볍게 만들어 주었다.

여름 산하, 산책로에서 만난 애기똥풀은 스승이다. 다른 수목에 가려 주목을 받지 못하는 작고 노오란 꽃. 생후 두 달 된 애기 웃음 같은 꽃. 아직 이빨도 나지 않은 입에서 자르르 뿜어내는 애기 웃음소리 같은 꽃. 하찮음을 무시했던 지난날을 반성하며 힘을 얻는다. 어느 작가가 쓴 작품 구절을 생각하며 혼자 웃는다. 힘을 얻는다. "너의 젊음이 너의 노력으로 얻은 상이 아니듯, 내 늙음도 내 잘못으로 받은 벌이 아니다."

애기똥풀은 양귀비과에 속하는 2년생초다. 키는 50cm 정도이며 줄기나 가지에 상처를 내면 노란색의 즙이 나온다. 잎은 어긋나지만 날개

깃처럼 갈라져 있으며, 갈라진 조각 가장자리에는 조그만 톱니들이 있다. 노란색의 꽃은 5~8월에 가지 끝에서 산형傘形꽃차례를 이루며 핀다. 꽃잎은 4장이지만 꽃받침잎은 2장이며, 수술은 많고 암술은 1개이다. 열매는 콩꼬투리처럼 익는다. 습기 있고 양지바른 길가나 밭가에서 흔히 자라며, 줄기를 자르면 나오는 노란색의 즙이 애기똥과 비슷하다고 하여 애기똥풀이라고 부른다.

가을에 줄기와 잎을 그늘에 말린 것을 백굴채白屈菜라고 하여 여름철 벌레 물린 데 사용한다. 또한 습진에 바로 딴 잎을 붙이면 효과가 있다. 이 식물의 노란색 즙에는 사람에게 해로운 알칼로이드 들어 있어 식용할 수 없다.

유리하다고 교만하지 말고 불리하다고 비굴하지 말라

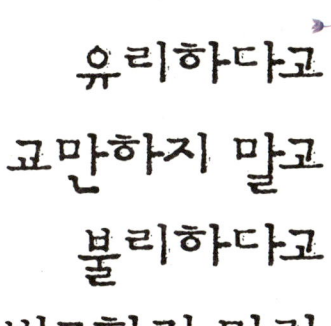

유리하다고
교만하지 말고
불리하다고
비굴하지 말라

길은 지금 긴 산허리에 걸려 있다. 밤중을 지난
무렵인지 죽은 듯이 고요한 속에서 짐승 같은 달의
숨소리가 손에 잡힐 듯이 들리며, 콩포기와 옥수수
잎새가 한층 달에 푸르게 젖었다. 산허리는 온통
메밀밭이어서 피기 시작한 꽃이 소금을 뿌린 듯이
흐뭇한 달빛에 숨이 막힐 지경이다.
-이효석, 〈메밀꽃 필 무렵〉 중에서

문학의 힘, 불멸성을 본다. 메밀꽃에게서. 깔끔한

단편소설 하나가 작은 봉평마을을 생기 넘치게 하고 있다. 이효석기념관을 찾는 이들의 발길이 끊이지 않는다. 효석문화제가 열릴 때면 봉평은 물레방앗간으로 가는 허생원의 심장처럼 후끈 달아오른다. 주변에 잔뜩 심은 메밀꽃도 흥분을 감추지 않는다. 다른 어떤 하얀 꽃보다 자부심이 넘친다. 사람들의 갈채에 어지럽게 흔들린다. 문학의 힘, 영속성 때문이다.

개망초도 여름 들판에 허옇게 펼쳐진다. 그러나 문학의 힘을 등에 업지 못한 개망초는 개털이다. 기념관도 없고 축제도 없다. 그래도 개망초는 씩씩하게 자란다. 한적한 들판에 소금을 뿌린 듯 질펀하게 하얗다. 개망초望草. 이 풀이 밭에 퍼지면 그해 농사를 망친다. 농민에게는 증오의 대상, 타도의 대상이지만 나그네에게는 계절의 정취에 젖게 한다. 일제 강점이 시작된 1910년경에 유독 많이 피어서 '망할 놈의 풀'이라며 지팡이로 후려치고 뽑았다. 나라 잃은 설움의 분풀이 대상이었다. 그때부터 이름이 '개망초'가 되었다는 설이 있다.

어떤 이에게는 푸근한 정취가 되고 어떤 이에게는 해가 되는 대상이 한 포기의 풀에만 해당되랴. 가치와 판단의 양면성이 우리를 당혹케 한다. 잠시 망설이며 생각에 잠긴다. 모든 사물은 부처나 천사일 수도 있고, 악마나 마귀일 수도 있다. 그것은 본래 사물이 내포하고 있는 양면성에 의한 것일 수도 있고 자신의 생각 나름일 수도 있다. 그러기에 좋아한다고 너무 가까이 하거나 싫어한다고 외면해 버리는 등 단정적으로 생각하거나 행동하는 것은 독선에 빠질 수 있다.

유리하다고 교만하지 말고 불리하다고 비굴하지 말라. 자기가 아는 대로 진실만을 말하라. 주고받는 말은 듣는 이에게 기쁨을 주어라. 무엇을 들었다고 쉽게 행동하지 말고 그것이 사실인지 깊이 생각하여 이치가 명확할 때 과감히 행동하라. 지나치게 인색하지 말고 성내거나 미워하지 말라. 이기심을 채우고자 정의를 등지지 말고 원망을 원망으로 갚지 말라. 위험에 직면하여 두려워 말고 이익을 위해 남을 모함하지 말라. 객기를 부

려 만용하지 말고 허약하여 비겁하지 말라.

사나우면 남들이 꺼려하고 나약하면 남이 업신여긴다. 사나움과 나약함을 버려 지혜롭게 중도를 지켜라. 태산 같은 자부심을 갖고 누운 풀처럼 자기를 낮추어라. 역경을 참고 형편이 잘 풀릴 때를 조심하라. 재물을 오물처럼 보고 분노를 잘 다스려라. 때와 처지를 살필 줄 알고 부귀와 쇠망이 교차함을 알라.

– 〈잡보장경〉 중에서

어떤 마을에서 당나귀가 빈 우물에 빠졌다. 당나귀의 주인은 슬프게 울부짖는 당나귀를 구해 낼 방법이 없었다. 당나귀가 늙었고 이제 쓸모가 없었다. 우물도 메우려 했던 터라 주인은 마을 사람들에게 도움을 청해 우물을 메우기 시작했다. 그러자 우물 속의 당나귀는 더욱 슬프게 울부짖었다.

그러나 잠시 후 당나귀는 잠잠해졌다. 사람들이 우물 속을 들여다보니 당나귀는 위에서 떨어지는 흙더미를 몸으로 털어 바닥에 떨어트리고, 발밑에 쌓이는 흙을 밟으며 점점 높이 올라오고 있었다. 결국 당나귀는 자기를 묻으려는 흙을 이용해서 무사히 우물에서 빠져 나올 수 있었다. 자기를 매장시키기 위하여 던지는 비방과 중상과 모함에 해당되는 흙들이 오히려 자신을 성장시키고 살릴 수 있는 밑거름이 될 수가 있다.

시어머니가 솥에 쌀을 안치고 며느리에게 불을 때라고 했다. 갓 시집 온 며느리는 밥 짓는 경험이 없어 밥물이 넘치는 줄도 모르고 계속 불을 때다가 밥이 타고 말았다.

놀란 며느리가 전전긍긍하고 있자 시어머니는 "내가 물을 너무 적게 부어서 그렇게 됐구다"며 며느리를 위로했고, 시아버지는 "내가 부엌에 땔감을 너무 많이 들여놓아서 그랬구나." 라고 했다. 신랑은 "제기 너무 물을 적게 길어 와서 그렇게 됐어요." 라고 했다.

길 건너에는 다른 집이 있었다. 그 집에도 새 며느리에게 불을 때라고 했고 역시 밥이 타고 말았다. 화가 난 시어머니가 욕설을 퍼붓고 구박을 하자 며느리는 일부러 그랬느냐며 대들었고, 시아버지는 어디서 말대꾸 냐며 호통을 쳤으며, 이를 지켜보던 신랑이 손찌검을 하자 새댁은 죽여라 죽여라며 대들었다.

분노의 입술을 가진 사람은 잔인한 마음을 가진 사람이고, 부정적인 입술을 가진 사람은 두려운 마음을 가진 사람이고, 지옥을 항상 말하는 사람은 그 마음에 지옥을 가진 사람이다.

미국의 문화인류학자인 루스 베네딕트는 일본의 패망을 앞둔 1944년 미국 정부로부터 일본과의 심리전에 대비하기 위해 일본인의 행동 패턴을 연구해달라는 위촉을 받았다. 3년간의 연구 끝에 나온 보고서가 1946년에 출판된 『국화와 칼』이다. 나오자마자 인기를 끌며 일본에 대한 새로운 이해와 시각을 제공했다. 일본인들조차 감탄할 정도였다. 지금까지 일본 연구서의 고전으로 자리 잡고 있다. 더욱 놀라운 것은 저자가 한 번도 일본을 방문해 본 적이 없다는 사실이다.

국화는 일본 황실을 상징한다. 일본인들은 나라꽃인 벚꽃보다도 국화를 좋아한다. 그 이유는 가을에 홀로 피고, 깨끗하고 청결하고 조용하고 엄숙하고 고귀하다고 여기기 때문이다. '국화와 칼'이라는 제목이 의미하는 바는 그렇게 예의바르고 강하고 겸손하고 고개를 수그리고 있는 일본 사람들 속에 무서운 칼이 숨겨져 있다는 것이다. 이 책을 통해 일본 사람들의 이중적인 성격을 드러낸다. 일본인들 스스로도 자신들의 이중성을 인정한다.

패전국이 된 일본은 정부부터 국민에 이르기까지 일본에 진주한 미군을 환대했다. 저항과 적대감을 예상했던 미군은 놀랐다. 한 기자는 "아침에는 소총을 겨누면서 비행장에 착륙했지만 점심 때는 총을 내려놓았고, 저녁 때는 물건을 사러 외출할 정도였다"고 썼다.

"서구인은 일본인이 아무런 정신적 갈등 없이 하나의 행동에서 그와 대립되는 다른 행동으로 전환할 수 있다는 사실을 이해하지 못한다. 우리의 경험 안에서는 그처럼 극단적인 일이 발생할 가능성이 없다. 그런데 일본인의 생활에는 이런 모순 - 우리에게는 모순이라고 할 수 밖에 없다 - 이것이 그들의 인생관 속에 깊이 뿌리를 내리고 있다."고 저자는 말한다.

서구인은 인생을 선과 악이 싸우는 무대로 보는데 일본인은 그렇지 않다. 그들은 생활을 어느 한 세계와 다른 세계, 어느 한 가지 행동방침과 다른 행동방침이라는 양자의 요구를 신중하게 비교 고찰할 필요가 있는 한 편의 연극으로 본다. 그리고 각각의 세계나 행동방침은 모두 그 자체로는 선이라는 것이다.

여름 들판을 허옇게 수놓는 개망초, 흔하디흔하고 귀티조차 없어 꽃 대접도 못 받는 개망초꽃. 섬세하고 인심 좋은 시인들이 개망초꽃을 노래했지만 탄력을 받지 못하고 있다. 문학의 힘이 개망초에 이르기에는 아직 힘이 딸린다. 삶의 이중성을 생각해본다. 그래도 개망초의 꽃말은 '화해'이다. 아이들은 개망초꽃을 보고 계란후라이 같다라고 한다.

개망초는 국화과의 두해살이풀이다. 망국초, 왜풀, 개망풀이라고도 한다. 북아메리카 원산의 귀화식물이다. 주로 밭이나 들, 길가에서 자란다. 높이는 30~100센티미터이고 전체에 굵은 털이 있으며 가지를 많이 친다. 뿌리에서 나는 잎은 꽃이 필 때 시들고 긴 잎자루가 있으며 난형이고 톱니가 있다. 줄기잎은 어긋나고 밑의 것은 난형 또는 난상 피침형으로 길이 4~15센티미터, 나비 1.5~3센티미터이다. 잎 양면에 털이 있고 드문드문 톱니가 있으며 잎자루에는 날개가 있다. 8-9월에 백색 또는 연자줏빛 꽃이 두상꽃차례를 이루고 가지 끝과 줄기 끝에 산방상으로 붙는다. 어린 잎은 식용하고, 한방에서 감기 · 학질 · 전염성감염 · 위염 · 장염 · 설사 등에 사용한다.

272 유리하다고 교만하지 말고 불리하다고 비굴하지 말라

하나의 목표로
하나만 생각하고
하나만 바라보자

'이 몸뚱이 끌고 다니는 이 놈이 무엇인가?', '이 것이 무엇인가?' 하는 말을 경상도 사투리로 '이 뭣고'라고 한다. 표준말로 '이것이 무엇인가?' 라 고 쓰면 일곱 자다. 경상도 사투리로는 석 자다. 참선의 화두로 사용하고 있다. '이뭣고?' 알 수 없 는 생각뿐이어야 한다. 치열한 집중이 필요하다. 번다한 사념의 너풀들을 면도하듯이 말끔히 없애 야 다가갈 수 있는 경지, 그것을 위해 몸을 숨긴 선객들은 꼿꼿이 앉아 참선을 한다.

해바라기는 해만 바라본다고 해서 이름이 해바라기다. 그 때문에 나쁜 비유로 쓰이기도 한다. 줏대 없이 양지만 쫓아다는 기회주의 정치인이나 지식인을 가리켜 '해바라기 정치인', '해바라기 지식인'이라고 업신여겨 부른다. 일편단심으로 태양을 향하는 해바라기로서는 서운한 일이다. 비아냥거리며 의미달기 좋아하는 인간 머리의 산물이다.

'해바라기'! 소피아 로렌이 출연한 감동적인 영화다. 마르첼로 마스트로얀니와 함께 열연한 '사랑'과 '이별'을 주제로 한 아름답고 슬픈 멜로영화다.

영화 '해바라기'는 이탈리아의 거장 비토리오 데시카 감독이 1970년도에 만든 역작이다. 우크라이나의 넓고 광활한 해바라기밭의 광경이 인상적이다. 평생을 오직 한 남자만을 바라보며 살아온 여인의 순애보가 소피아 로렌의 뛰어난 연기로 걸작으로 탄생했다. 1970년에 만들어진 영화이지만 우리나라에는 80년도에 개봉되었다. 그 이유는 구소련에서 촬영한 영화라서 당시 수입이 금지되었기 때문이다.

선택과 집중, 우리 시대 가장 요구되는 덕목이다. 한 우물을 파라, 우공이산愚公移山, 우공이 산을 옮긴다. 산류천석山溜穿石, 산에서 흐르는 물이 바위를 뚫는다. 사석위호射石爲虎, 돌을 호랑이인 줄 알고 쏘았더니 돌에 화살이 꽂혔다. 사기에 나오는 말이다.

어느 날 이광이 명산冥山으로 사냥하러 갔다가 풀숲에 호랑이가 자고 있는 것을 보고 급히 화살을 쏘았는데 호랑이가 꼼짝도 하지 않았다. 이상해서 가까이 가보니 그가 맞힌 것은 호랑이처럼 생긴 바위였다. 이번에도 박히는지 보기 위해 다시 화살을 쏘았으나 화살이 튕겨져 나왔다. 정신을 집중하고 쏜 화살과 그렇지 않은 화살의 차이였다. 어떤 일이든 끊임없이 노력하면 반드시 이루어진다. 무쇠공이도 바늘이 된다.

살아오면서 어떤 일에, 얼마나 집중했던가. 학문에, 돈 벌기에, 사랑에, 봉사에, 민주화에, 수행에, 자신 있게 대답할 항목이 없다. 참 시시하게, 우왕좌왕하며, 비틀거리며, 한눈팔며 살았다. 뜨거운 태양을 정면으로 마주하고도 눈부셔하지 않는 해바라기처럼 살지 못했다.

"I knew if stayed around long enough, something like this would happen." 는 조지 버나드 쇼의 묘지명이다. "우물쭈물 하다가 내 이럴 줄 알았지." 라는 번역으로 많이 알려져 있다. 평소 시니컬하게 말하는 쇼였기 때문에, 많은 사람들이 "목적 없이 어영부영하다가 기여한 것도 없이 빨리 죽는다"라는 의미로 해석하지만, 사실은 그렇지 않다.

쇼는 1950년, 94세에 생을 마감했다. 당시 94세는 기네스북에 오를 정도의 긴 수명이었다. 그는 유명한 독설가, 극작가, 소설가다. 1925년 노벨문학상을 수상했고, 1938년 아카데미 각본상을 수상했다. 죽기 직전 쇼가 한 말의 뜻은 다음과 같다.

"충분하다고 할 만큼 (세상에) 오래 머물다 보면, 결국 이런 일을 당해

죽게 될 줄 알고 있었어." 이런 번역도 있다. "나는 알았지. 무덤 근처에서 머물 만큼 머물다 보면 이런 일이 일어날 것을." 그의 삶은 치열했다. 선택과 집중으로 일관했다.

법정스님의 삶과 수행의 일관성, 치열함을 누가 부정할 수 있으랴. 종교계의 불온한 소문이 들릴 때마다 더욱 그리워진다. 형형한 눈빛과 카랑카랑한 음성을 회고하면 소름이 돋고 몸이 움찔거려진다. 구질구질함을 떨쳐버린 유언 역시 사자후로, 빛처럼 내리 쏟아지고 있다.

육신을 버린 후에는 훨훨 날아서 가고 싶은 곳이 있다. 어린 왕자가 사는 별나라 같은 곳이다. 의자의 위치만 옮겨 놓으면 하루에도 해지는 광경을 몇 번이고 볼 수 있다는 아주 조그만 별나라. 가장 중요한 것은 마음으로 봐야 한다는 것을 안 왕자는 지금쯤 장미와 사이좋게 지내고 있을까.
–법정스님 유언 중

해바라기 연가 / 이해인

내 생애가 한 번 뿐이듯
나의 사랑도
하나입니다.

나의 임금이여

폭포처럼 쏟아져 오는 그리움에

목메어

죽을 것만 같은 열병을 앓습니다.

당신 아닌 누구도

치유할 수 없는

내 불치의 병은

사랑

이 가슴 안에서

올올이 뽑은 고운 실로

당신의 비단 옷을 짜겠습니다.

빛나는 얼굴 눈부시어

고개 숙이면

속으로 타서 익는 까만 꽃씨

당신께 바치는 나의 언어들

이미 하나인 우리가

더욱 하나가 될 날을

확인하고 싶습니다.

나의 임금이여

드릴 것은 상처뿐이어도

어둠에 숨지지 않고

섬겨 살기 원이옵니다.

　　해바라기 그림을 여러 점 남긴 화가 반 고흐는 "해바라기를 오래 바라
보고 있으면 태양과 생명에 대한 찬가를 부르고 있는 것 같다"라고 해바
라기 예찬론을 펼쳤다. '영원한 사랑'과 '기다림' 등의 꽃말을 지닌 해바
라기는 노란색의 둥근 꽃이 흡사 작열하는 태양과 닮았다. 태양을 닮은
꽃이 태양과 정면승부하듯 태양을 직시한다. 장엄한 집중이다. 눈 부셔
도 눈 가리지 않고 어설픈 선글라스를 마련하지 않는다. 구차한 변명으

로 몸을 감싸지 않는다.

　해바라기는 국화과에 속하는 1년생초다. 중앙 아메리카가 원산지이고 한국 전역에 널리 심고 있다. 키는 2~3m에 달하며 전체에 가늘고 억센 털이 있고 줄기는 곧게 선다. 큰 난형卵形의 잎은 길이가 10~30cm로서 어긋나는데 톱니가 있고 잎자루가 길다. 꽃은 8~9월경 한 방향을 향해 두상頭狀꽃차례를 이루는데 큰 것은 지름이 25cm에 이른다.

　꽃은 황색의 꽃잎이 길게 밖을 향해 뻗은 설상화舌狀花(혀꽃부리로 된 꽃)와, 암술과 수술이 있으며 중앙 부위에 밀집되어 있는 암자색 또는 갈색의 통상화筒狀花(꽃잎이 서로 붙어 대롱같이 생기고 끝만 조금 갈라진 꽃)로 이루어져 있다. 열매는 2개의 능선이 있는 둥근 난형으로 길이가 1cm 내외이고 검은 줄무늬가 있다.

　해바라기의 어원은 '꽃이 해를 향해 핀다'라는 뜻의 중국어 향일규向日葵에서 유래되었다. 영어 이름 'sunflower'는 희랍어 'helios태양'와 'anthos꽃'의 합성어인 헬리안투스Helianthus를 번역한 것이다.

　이 꽃은 페루의 국화國花이자 미국 캔자스 주의 주화州花이다. 해바라기는 씨에 20~30%의 종자유가 포함되어 있어 이를 식용 · 비누원료 · 도료원료 등으로 사용한다. 또한 한방에서 구풍제 · 해열제로 쓰인다.

　해바라기가 군단병력 열병식처럼 늘어선 벌판, 수행자들이 일념으로 합장한 대중결사 같다.

05

낙엽,
내 가는 곳을
묻지 말라

선운사 동구를 지키는
푸른 머리 노옹

선운사 / 송창식 노래, 작사, 작곡

선운사에 가신 적이 있나요
바람 불어 설운 날에 말이예요
동백꽃을 보신 적이 있나요
눈물처럼 후두둑 지는 꽃 말이예요
나를 두고 가시려는 님아

◀ 고창 삼인리 송악(천연기념물 제367호)

선운사 동백꽃 숲으로 와요

〈후략〉

　미당 서정주의 시 '선운사 동구'와 더불어 선운사 홍보대사 역할을 톡톡히 하고 있는 노래다. 고찰 선운사보다 동백꽃과 선운사 입구(동구)가 더 유명하다는 느낌이다. 미당의 시비와 함께 선운사 동구를 지키고 있는 명물이 있다. '송악'이다. 이름만으로는 그게 뭔지 모르겠다. 소나무 종류인가? 수 백 년 동안 선운사 입구를 지키고 있는 늙은이다. 노병은 죽지 않는다. 다만 관심에서 벗어나 있을 뿐이다.

　선운산 도립공원 입구, 도립공원 매표소, 주변 관리비라는 명목으로 돈을 받는다. 주차비라고 하지 않고. 명목이 중요한 세상이니, 그게 그건데. 주차장에서 선운사 입구 쪽으로 가다보면 수직의 바위 절벽이 있다. 그 아래로 작은 계곡이 흐른다. 계곡 옆 절벽에 수고 15m, 굵기 60cm의 송악이 줄기를 부채살처럼 펼쳐 바위를 감싸며 기어오르고 있다. 느리고 집요하게 벼랑을 오르고 있다. 세월을 무시하고 1인분의 삶에 치열하고 엄숙하다. 낯선 이름 송악! 사전을 뒤지면 옛 고려의 서울, 개성이 먼저 눈에 띈다.

　이끼 덮인 암벽에 여러 갈래로 뻗친 송악의 덩굴 줄기가 밀착되어 있다. 영양분이 있을 것 같지 않은 암벽에 붙어 삶을 이어가고 있다. 모진 세파를 겪은 할아버지가 앙상한 손가락을 펼친 것 같다. 깊게 패인 주름

살과 툭 불거진 혈관을 연상시킨
다. 지나온 무정세월을 말해준다.

송악열매

　매끈한 윤기와 통통한 살이 대
세인 시대에 오래 묵은 주름과 불
거진 혈관이 오히려 외경스럽다.
풍진 세월을 견뎌낸 장엄한 늙음
이다. 늙음을 감추려고 안달하는
시대에, 시간을 거스르지 않고 있
는 그대로의 늙음을 보여주는 정
직한 모습이다. 바로 앞에선 상사
화 대여섯 송이가 철없는 어린애 마냥 송악을 쳐다보고 있다. 소풍 온 유
치원생 같다. 노소동락인가. 손 대기 조심스런 어린 상사화와 노구의 송
악이 공존하고 있다. 송악은 상사화를 내려다보며 이렇게 독백하는 것
같다.

　"너의 젊음이 너의 노력으로 얻은 상이 아니듯, 내 늙음도 내 잘못으로
받은 벌이 아니다." 라고.

—박범신 〈은교〉 중에서

　자식들의 살가운 효도가 끝나고 쌈짓돈마저 고갈된 노인은 암벽이 유
일한 기댈 언덕이다. 그래도 요양원보단 낫다. 천수를 거부하지 않고 침

묵의 시간을 보낸다. 화려했던 젊은 날이 없었지만 명예를 더럽히지 않으려 풍우에도 늠름하다. 추한 늙은이가 아니라 아름다운 노인으로 기억되려 한다. 지난 날 겪은 애환을 알아달라고 애걸하지 않는다. 너희가 수백 년 질곡의 역사를 아느냐고 닦달하지 않는다. 나무로 태어나 '천연기념물'이란 훈장보다 더한 영예가 어디 있으랴.

송악은 상록수다. 상록수는 위대하다. 여름철 푸름은 상식이다. 겨울의 푸름은 외경이다. 상록수는 대개 침엽수다. 겨울에도 푸른 활엽 덩굴식물은 기적이다. 송악은 기적을 유유히 보여주고 있다.

송악은 두릅나무과에 속하는 상록 덩굴식물이다. 가지에서 공기뿌리가 나와 암석이나 다른 나무에 붙어 자란다. 잎은 두터운 가죽질로 어긋나는데 윤기나는 짙은 녹색이며 가장자리는 밋밋하다. 10월경에 녹황색의 작은 꽃들이 몇 개씩 모여 산형傘形꽃차례를 이루며 핀다.

열매는 둥글고 이듬해 5월경에 검게 익는다. 영어 이름으로는 재퍼니스 아이비Japanese Ivy다. 그러나 아이비라고 불리는 또 다른 식물인 담쟁이덩굴과는 전혀 다르다. 남부지방에서는 소가 즐겨 뜯어먹어 소밥이라고도 한다. 잎과 줄기는 지혈작용과 경련을 멈추게 하는 작용이 있어 한방에서 사용한다. 엉겨 붙는 물체에 따라 독특한 모양을 만들 수 있어 관상수로도 이용된다. 봄에 꺾꽂이를 하거나 5월에 씨를 채취하여 번식시킨다.

고창 삼인리 송악은 내륙에 자생하는 송악 중에서 가장 큰 나무다. 송악은 본래 따뜻한 지역에서만 자라는 덩굴식물이다. 남부지방의 섬이나 해안지역 숲 속에서 주로 자라며, 동해는 울릉도까지, 서해는 인천 앞 바다의 섬에 퍼져 있다. 내륙에서는 이곳이 송악이 자랄 수 있는 가장 북쪽이다. 이 나무 밑에 있으면 머리가 좋아진다는 속설이 있다.

선운사를 참배하러 분주하게 드나드는 방문객들. 미당과 송창식을 기억하는 것만으로도 가상하다. 혹여 눈길 줄 여유가 있다면 수 백 년 묵은 늙은이의 주름진 손마디, 눈으로나마 슬쩍 쓰다듬고 가소. 입시철 임박해서 선운사 부처님께 애걸복걸 비는 이들이여. 미리 여유롭게 시간 잡아서 수험생 아들딸과 함께 선운사 부처님께 빌고, 내려오는 길에 송악 아래서 잠시 참선하소. 아이의 머리가 총명해질 것이니. 이 집 손자, 저 집 손자 가리지 않고 팔정도八正道(정견正見, 정어正語, 정업正業, 정명正命, 정념正念, 정정正定, 정사유正思惟, 정정진正精進)의 지혜를 내릴 것이니.

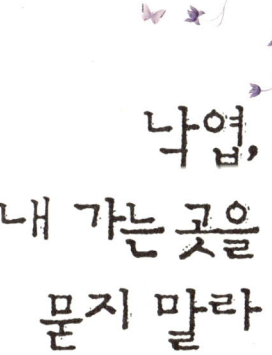

낙엽,
내 가는 곳을
묻지 말라

　가을이 되면 나뭇잎들은 마지막 함성처럼, 최후의 축제를 벌인다. 현란한 색깔로 단풍이 든다. 장렬한 죽음을 앞둔 병사처럼 열렬하고, 미혼의 딱지를 떼고 혼례를 치르는 신부처럼 한껏 화려하다. 꽃다발보다 더 눈부신 단풍의 시간을 보내고 나면 서서히 갈 길을 간다. 만장 나부끼며 꽃상여가 지나간다. 소리 없는 아우성을 지르며 꽃다발이 떨어진다.

새순 돋을 때는 옹기종기 함께 태어났지만 물기 마른 잎사귀가 되면 순서 없이 각자 사라져간다. 태어남은 예고가 있지만 사라짐은 예고가 없다. 바람이 불면 우수수 무더기로 떨어진다. 바람에 날려가고 떨어져 발길에 밟히지만 회한이 없다.

어디로 가느냐고 묻지 말라. 내 가는 곳을 묻지 말라. 구수한 냄새 풍기며 불태워지든, 바스라져 먼지가 되든 후회하지 않을란다. 초록으로 빛나던 시절, 울긋불긋 화려했던 단풍의 시절을 자랑하지 않을란다. 푸르고 붉었던 한철의 영화를 조용히 반납하고 낙엽이라고 뭉뚱그려진 이름에 만족하며 적멸로 향한다.

뿌리치듯 내친 나뭇가지를 야속하게 생각하지 않는다. 봄여름 내내 햇빛을 받아 나무에게 자양을 제공한 노력을 기억하지 않는다. 생색내지 않는다. 한 시절 한몸이 되어 함께 즐기며 살았던 시간에 감사한다. 내가 주었던 무엇, 내가 받았던 무엇을 기억하지 않는다.

습기 마른 잎이 떨어져 낙엽 되는 것, 그것은 순리의 표상이다. 무의미한 연명을 위해 발버둥치지 않는다. 원치 않는 도중하차가 아니다. 떠밀려 떠나는 명퇴도 아니다. 즐거웠던 소풍의 시간 끝내고 조용한 귀가일 뿐이다. 가는 곳이 어디냐고 묻지 말라.

태어날 때는 저마다 이름이 있었다. 느티나무 잎, 은행나무 잎, 갈참나무 잎, 그렇게 불리었다. 가지에서 떨어진 지금, 우리의 이름은 공평하게 낙엽이다. 출신과 경력 따위는 이제 무용지물이다. 떨어져 뒹구는 낙엽, 그것이 우리에겐 최고의 헌사다. 뒤돌아보지 않고 빛났던 시간을 그리워하지 않는 우리는, 낙엽에 만족하는 낙엽일 뿐이다. 바람 부는 대로 함께 휩쓸리다가 소리 소문 없이 사라지는 낙엽일 뿐이다.

떨어진 꽃잎에는 애잔한 눈빛을 보내지만 떨어진 낙엽에는 무덤덤하다. 당연한 이치와 순리다. 사람은 날마다 순리를 거역하려고 안간힘을 쓴다. 순리에 따라 순조롭게 순응하는 낙엽을 보고 지혜를 얻지 못한다. 떠나야 할 때를 알지 못하고, 떠나는 방법을 모른다. 자꾸만 길어지는 수명이 두렵고 두렵다. 수명에는 정년도 없고 순리도 없다. 결국 퇴행과 질병으로 살아온 이력에 먹칠, 똥칠을 하다가 주변의 존경과 사랑과 인내가 고갈되고 만다. 정해진 시간표대로 생몰이 이루어지는 낙엽이 부럽고 부럽다.

내 무덤에 묘비명을 새기지 말라. 아예 내 무덤도 만들지 말라. 지수화풍地水火風은 내 친구, 그들의 은혜가 깊고도 크다. 다음 세대를 위해 나는 흔적 남기지 않는다. 그들은 다음 세대를 위해 또다시 진력盡力할 것이다. 생각해보면, 나는 그들에게 준 것이 없다. 받기만 했다. 그들의 노고로 파릇한 새순 시절, 윤기 자르르한 신록의 시절을 한껏 즐기고 누렸다.

그들이 베푼 은혜에 보답하는 길은 아름다운 나의 소멸이다. 세상 어지럽히지 않고 흔적 남기지 않는 소멸이다. 깨끗한 적멸을 모르는 인간들의 행태는 참혹하다. 이름이 뭐 길래, 명성이 뭐 길래 무수히 뿌려댄 명함은 쓰레기통으로 가고 솜털만한 이익과 유리함으로 위해 비굴과 염치를 마구 섞어 허둥거렸지. 약자에겐 거만했고 강자에겐 웃음을 팔았지. 남의 가슴에는 쇠몽둥이를 휘둘려 치면서 내 살갗에는 바늘만한 상채기에도 분노했지. 아름다운 소멸을 배우려하지 않고 지금이 영원인 줄 알고 영원하라고 외쳤지.

약간의 도리를 한다면 내 몸이 썩어 거름이 되는 것이다. 미약한 자양이 대지를 기름지게 한다면 평생 누렸던 영화를 갚는 길이 되리라. 비록 거대한 쾌척이 아닐지라도 대지에 힘이 되고 물이 맑아지고 빛이 윤기를 더하고 바람에 신명이 실리게 된다면, 소멸은 기쁨이 되리라.

무엇을 남기고자 하는 것은 부질없다. 끝도 없는 우주에 당신이 왔다간 흔적이 있을까. 두려움은 욕심 때문이다. 팔랑팔랑 날아서, 이승의 즐거운 소풍 끝내고 사라지는 낙엽, 그대 가는 곳을 묻지 않으련다.

낙엽시초 / 황금찬

꽃잎으로 쌓아올린 절정에서
지금 함부로 부서져가는 '너'
낙엽이여,

창백한 창 앞으로

허물어진 보람의 행렬이 가는 소리
가없는 공허로 발지국을 매우며
최후의 기수들의 기폭이 간다

이기고 돌아가는 것이 아니다
그러기에 저 찢어진 깃발들,
다신 언약을 말자
기울어지는 황혼에,
내일 만나는 것은 내가 아니다

고궁에 국화가 피는데
뜰 위에 서 있는 '나'
이별을 생각하지 말자
그리고 문을 닫으라
낙엽,
다시는 내 가는 곳을 묻지 말라

경마장은 추억 속으로, 서울에도 숲이 있다

상전벽해桑田碧海, 뽕나무밭이 변하여 푸른 바다가 된다. 세상일의 변천이 심함을 비유적으로 이르는 말이다. 서울숲이 그렇다. 뚝섬에서 말굽소리, 마권을 손에 쥐고 마른 기침 해대는 사람들의 아우성, 비명은 완전히 사라졌다.

서울은 참 억울하다. '그런데서 어떻게 사나?', '정신없이 복잡하고 공기 나쁘고.', '난 하루도 못 견디겠드라.', '볼일만 후딱 보고 후딱 내려온다.'

'서울은 사람 살 데가 못되드라.' 고향 친구들에게서 듣는 말이다. 맞는 말이다. 생존을 위해 불가피하게 선택한 공간이 서울이다. 삭막함과 복잡함, 불안과 불편, 열악한 삶의 질 감수, 어처구니없는 집값, 눈만 뜨면 필요한 돈, 서울은 카오스(혼돈)다.

한편, 위의 비난은 틀린 말이다. 서울은 코스모스(질서)다. 복잡함 속에 질서가 있다. 태조 이성계가 심사숙고해서 정한 도읍이다. 고층빌딩과 먼지와 매연만 있는 곳이 아니다. 서울에도 숲이 있다. 별천지 같은 숲속에서 별난 여유를 즐길 수 있다. 서울의 허파, 서울숲이 그중 하나다.

뚝섬은 서울특별시 성동구 성수동 일대에 있었던, 한강에 홍수가 날 때마다 지대가 낮아 물길이 생겨 생겼던 일시적인 섬이다. 현재는 1980년대 초 한강종합개발사업에 의해 한강을 직강화直江化하면서 남쪽의 많은 부분이 잘려 나갔다.

뚝섬의 옛 이름은 둑섬·뚝도·독도·살곶이벌 등이다. 조선 태조 때부터 임금의 사냥터이자, 군사들을 사열하던 곳이었다. 살곶이벌이란 이름은 태조 이성계의 다섯 번째 아들 태종 이방원이 임금의 자리에 오른 후 생겨난 이름이다. 태조가 왕자의 난을 일으켜 왕위를 차지한 태종을 미워하며 함흥으로 떠난 때부터다. 태종은 자신이 조선 건국에 혁혁한 공을 세웠음에도 보상이 없었다. 정도전 등이 신권정치를 주장하며 왕권을 위협하자 이방원은 정도전 등 공신들과 자신의 형제 여러 명 죽이고 왕위에 올랐다. 이에 태조가 노발대발하여 부자의 정을 끊고 고향인

함흥으로 떠났다. 그러자 태종은 수차례 사신(함흥차사)을 보내어 태조를 모셔오려 했지만 사신이 오는 족족 태조는 그들을 죽였다. 가서는 돌아오지 않는 이름, 함흥차사다.

"떠난 사신들이 하나같이 돌아올 줄 모르니 어찌하면 좋겠는가?"

"신, 박순 다녀오겠사옵니다."

박순은 태조와 가까운 사이였다. 위화도 회군 당시 이성계와 생사고락을 함께 한 오랜 친구다. 박순은 태조와 즐거이 얘기를 나눴다. 그때, 박순이 데리고 간 어린 망아지의 울음소리가 들리자 태조는 깜짝 놀랐다.

"이게 무슨 소린가?"

"제가 타고 온 말의 새끼입니다. 동물도 어미를 따르는데 하물며 사람인들 오죽하겠습니까?"

간곡한 설득에 태조의 마음이 움직이는 듯했으나 결국 박순도 죽임을 당했다. 그 후 무학대사와 함께 태조는 서울로 돌아왔다. 궁에서 한참 떨어진 뚝섬까지 태종이 마중을 나왔다. 분을 참지 못한 태조는 활을 꺼내 태종을 향해 쏘았다. 태종이 몸을 피하자 화살은 뒤에 있던 나무에 꽂혔다. 화살이 꽂혔던 곳이라고 일대를 살곶이벌이라 불렀다고 한다.

또 다른 설로는 이곳이 태조 때부터 임금의 사냥 장소여서 임금이 나오면 그 상징인 독기纛旗를 꽂았으므로 이곳을 '독도纛島'라고 불렀다. 이것이 변해 '뚝섬' 혹은 '뚝도'라 부르게 되었다 한다. 또한 이곳에서 군사들이 활솜씨를 겨루고 무예를 연마하고 왕이 직접 사열하던 곳이므로 '살곶이벌'이라 부르게 되었다는 이야기도 있다. 이처럼 모두 독기纛旗와 화살에 얽혀 있는 얘기들이어서 화살과 관련이 많은 곳이다.

뚝섬은 옛날부터 말과 인연이 깊었다. 조선 초부터 말을 먹이는 목장이 있었고 임금이 직접 사냥을 했던 곳이며 군사들의 무예훈련을 사열하던 성덕정聖德亭이란 정자도 있었다. 1922년에 조선경마구락부가 발족됐고 1945년 광복과 더불어 한국마사회로 이름을 바꿨다. 한국마사회에서는 조선경마구락부가 경마장 이전 목적으로 매입했던 뚝섬에 경마장 공사를 시작했다. 휴전협정이 맺어진 다음날인 1953년 7월 28일이다.

한국마사회는 보유한 모든 자산을 팔아 1954년 5월 8일 뚝섬경마장의 문을 열었다. 비록 채소밭 속의 보잘 것 없는 경마장이었지만 전쟁으로 중단된 경마가 3년 11개월만에 명맥을 잇게 되었다. 하지만 어렵게 시작한 경마는 그야말로 초보 수준이었다. 말馬도 지금처럼 미끈하게 생긴 경주마가 아니고 조랑말이었다. 충분한 마필 자원을 확보하지 못했던 마사회는 광주, 목포 등에서 몽골계 재래종마를 모아 명맥을 이었다. 경주로는 모래와 초지가 섞였고 경주로 가운데 채소밭도 있었다. 또 관람대는 미제 드럼통을 이어 붙인 허름한 모습이었다. 토털리제이터(배당률 계산기)가 없어 경주 20분전에 베팅을 마감하고 수십 명의 직원들이 주판으로 배당률을 산출했다.

1968년에는 경마장 가운데 골프장이 들어섰다. 고 박정희 대통령이
채소밭으로 쓰이던 경주로 가운데를 골프장으로 개발하라고 하자 전혀
연관이 없는 골프와 경마가 동거를 했다. 35년 간 서울시민의 애환을 간
직하던 뚝섬경마장은 1989년 과천경마장 개장과 더불어 막을 내린다.
골프장도 1994년 문을 닫고 2005년에 서울시가 대규모 생태공원인 서울
숲을 조성했다.

느린 걸음으로 서울숲을 거닐며 가족단위 소풍객, 연인들, 단체 탐방객들을 본다. 모두 밝은 표정이다. 숲의 품속에 들어오면 모두 동안童顏이 된다. 번잡한 일상의 번뇌를 잊는다. 나는 엉뚱하게 사라진 경마장 풍경을 떠올려 본다. 경마는 국가가 공인한 도박이다. 도박 예찬론자도 있다. 역설이지만 그들은 이렇게 말한다.

우리는 모두 도박을 한다. 종교도 천국과 지옥에 대한 도박을 감행한다. 최상위 고급 공무원부터 최하위층까지 모두 도박을 한다. 자기 규모에 맞게 도박을 한다. 도박이 없는 인생은 죽은 인생이요, 도박이 없는 나라는 희망이 없는 나라다.

도박은 모험이며 도전이며 짜릿함이다. 도박은 사람을 가학자로 만들고, 철학자로 만들고, 성자로 만든다. 도박은 꿈과 희망을 주는 아편이다. 종교도 죄와 사망의 길에서 죄사함과 영원히 사는 것에 대한 도박을 감행한다. 대통령도 당선 이전에 대권에 대한 도박을 감행했고, 국회의원도 그 신분 이전에 당선에 대한 도박을 감행했다. 사업가도 성공 이전에 비전에 대한 도박을 감행한다. 교수도 그 신분 이전에 미래에 대한 도박을 감행한 결과다. 도박 심리가 없는 사람은 발전할 수 없으며 도태한다. 도박 하다가 망하기도 하고, 한방에 일어서기도 한다. 도박 없이는 천국과 극락에 갈 수 없다. 도박 없이 대통령 될 수 없고, 도박 없이 국회의원 될 수 없고, 학문에 대한 도박 없이는 교수도 될 수 없다. 역설과 냉소가 자욱한 지론이지만 일리는 있다.

도박도 오락의 하나다. 수많은 오락 가운데서 왜 사람들은 폐해가 많은 도박에 끌리게 될까? 도박은 다른 오락보다도 손쉽게 그리고 강하게 사람들이 오락에서 구하고 있는 우월감과 해방감을 만족시킬 수가 있다. 오락은 인간의 본능적 욕구다. 사람들이 잠재적으로 오락에서 찾고 있는 심리적 욕구는 우월감과 해방감이다. 도박은 술로 치면 위스키와 같다. 도박은 다른 오락과 달라서 사람들의 사행심射倖心을 만족시켜 준다. 사행심은 요행을 기대하는 심리를 말한다. 사행심을 현실에서 채우는 찬스를 주는 오락은 도박 이외에는 없다.

도박은 일시적인 중독증상을 일으키기 쉽다. 어떤 오락이라도 열심히 하면 마치 중독환자와 같이 틈만 있으면 그 놀이에 열중하게 된다. 도박은 열중하면 일시적으로 이성이 마비되고 정당한 판단이 어렵다. 도박은 불안과 초조에 대한 반항이라고도 한다. 인간의 생활이 무엇인가 저항할 수 없는 원인에 의해서 급히 변동하거나 착실한 인생의 계획이 무시되면 사회적 불안과 더불어 도박이 유행한다. 불안에 의한 초조감이 일어나면 그 고뇌를 어떻게 해서든지 일시적으로 풀어보려고 도박에 뛰어든다. 2차대전 후 도박은 세계적 경향이었다. 경마에 덧붙여서 경륜競輪·경정競艇·오토레이스 등이 공인되고 슬롯머신, 마작 등이 크게 유행하고 복권이 날개 돋친 듯 팔리는 등 도박의 전성시대였다. 전후의 허탈과 혼란에 대한 반동이고, 전쟁이 낳은 슬픈 현상이었다. 공인된 도박이 점차로 서민들에게 가까워지는 경향이 있는 것은 그 사람들의 생활환경 때문이다. 지식인이나 상류층 사람들이 비교적 도박에 열중하지 않는 것은 그들의 일상생활 가운데서 우월감이나 해방감을 만족할 수 있는 기

회가 많기 때문이다. 일상생활 가운데서 도박을 맛보고 있기 때문이다. 현대인의 일상생활은 더욱 기계화하고 단순화 되고 있다. 개성이 없는 일상생활의 빈 곳을 사람들은 도박에서 찾으려 한다.

당초 골프장, 승마장 등이 있던 뚝섬 일대를 주거업무 지역으로 개발할 경우 약 4조원에 달하는 개발이익이 예상되었으나 서울 시민들의 웰빙공간을 영국 하이드파크Hyde Park, 뉴욕 센트럴파크Central Park에 버금

면적 : 1,156,498㎡ (약 35만평),

5개 테마공원 : 문화예술공원(220,000㎡), 자연생태숲(165,000㎡), 자연체험학습원(85,000㎡), 습지생태원(70,000㎡),

한강수변공원(66,000㎡) **주요시설** : 야외무대(4,000㎡), 서울숲광장(6,900㎡), 환경놀이터(3,000㎡), 자전거도로, 산책로, 이벤트마당, 곤충식물원 등이 있다.

주요식물 : 소나무, 섬잣나무, 계수나무 외 95종 415,795주

식물원 : 선인장 등 231종 7,755본

초화(풀 종류의 화초) : 개미취, 구절초, 갈대 외 8종 3,250본이 있다.

가도록 마련하고자 공원을 조성했다. 사업비 2천4백억원을 투자하여 '자연과 함께 숨 쉬는 생명의 숲', '시민과 함께 만드는 참여의 숲', '누구나함께 즐기는 기쁨의 숲'이란 슬로건을 걸고 서울숲을 조성했다. 2005년 6월 18일 개원했다.

문화와 예술이 가득한 숲, 서울숲은 여러분의 정원입니다. 서울숲은 여러분의 건강입니다. 서울숲은 여러분의 가족입니다. 서울시민의 포근한 안식처가 되어주는 서울숲으로 오세요.

그 섬에,
그 숲에
무엇이 있을까?

　남이섬은 섬이다. 남이섬은 숲이다. 남이섬은 섬이 아니었다. 남이섬에는 숲이 없었다. 지금은 은행나무, 메타세콰이어, 자작나무, 단풍나무 등이 무성하게 우거진 유료 숲이다. 비싼 입장료 내고 해마다 수백만 명이 찾는다.

　남이南怡섬은 강원도 춘천시 남산면 방하리에 있는 섬이다. 1939년 전까지는 홍수 때 산봉우리가 물에 떠오르는 구릉지, 모래사장이었다. 평상

306 낙엽, 내 가는 곳을 묻지 말라

시에는 육지였다가 홍수가 나면 섬으로 변하던 불모의 땅 남이섬. 1944년 청평댐이 완공되자 북한강 강물이 차서 섬으로 정착되었다. 선착장은 경기도 가평, 섬은 강원도 춘천 소속이다. 둘레 5km, 면적 43만 평방미터.

1468년, 28세의 나이에 모함으로 처형된 남이장군의 이름을 따서 섬 이름을 만들었다. 남이섬에 남이장군 묘가 있다. 홍살문 등 그럴듯한 봉분이 있다. 그러나 거기에 남이장군의 시신은 없다. 남이장군이 묻혔다는 전설의 돌무더기에 흙을 덮어 가묘를 만들었다. 붕어빵에 붕어가 없고 칼국수에 칼이 없듯이 남이섬의 남이장군 묘는 허묘다.

1965년 한국 최초의 출판사 '을유문화사'를 설립하고 한국은행 총재를 역임한 민병도 선생(1916~2006)이 토지를 매입, 모래뿐인 땅에 다양한 수종의 육림을 시작했다. 1966년 경춘관광개발주식회사를 설립, 종합휴양지로 조성하고 2000년 4월 주식회사 남이섬으로 상호를 변경하여 관리해오고 있다.

2001년부터 '문화예술 자연생태의 청정정원'으로 재창업을 선언하고 환경과 문화예술관련 콘텐츠 확장에 집중했다. 환경 분야에서는 환경운동연합 및 YMCA, YWCA등의 시민단체와 함께 재활용운동, 환경감시, 환경순화적 개발사업 등을 진행하고 있다. 문화 분야에서는 유니세프, 유네스코, IBBY 등의 국제기구 및 저변의 작가군과 더불어 순수미술에서

종합예술축제에 이르기까지 다양한 분야에 지속적인 후원사업을 진행하고 있다.

1960~90년대에는 최인호의 〈겨울나그네〉 촬영지 및 강변가요제 개최지로 알려져 행락객들의 유원지로 인식되어 왔으나, 2002년 KBS드라마 〈겨울연가〉의 성공으로 대만, 일본, 중국, 동남아를 비롯한 아시아권 관광객이 급증하면서 문화관광지로 탈바꿈했다. 최근에는 북미, 유럽, 중동관광객의 발걸음도 잦아지고 국내 거주 외국인들이 가장 찾고 싶어 하는 청정환경의 국제적 관광휴양지로 각광받고 있다.

2006년 3월 1일, 한국 속의 동화적인 상상나라, 창의적인 동화나라로 가꾸자는 뜻에서 국가형태를 표방하는 특수관광지 '나미나라공화국'으로 독립을 선언했다. 정치적 독립선언이라면 큰일날 반란이다. 동화적 상상으로 독립국을 선언했기에 역모죄로 처벌하지 않는다. 독자적인 국기와 애국가, 화폐, 여권, 우표가 있고 나시족 동파문자를 쓰며 국민에게는 시민증서를 수여한다. 상상속의 동화나라는 자연과 사람이 서로 아끼고 사랑하며 함께 숨 쉬는 나라를 만들고자 법 없이도 살아갈 수 있는 무법천지법을 따르고 있다. 2012년 한 해 동안 외국인 60만 명을 포함하여, 총 260만 명의 관광객이 방문했다.

남이南怡 장군(1441-1468년)은 조선조 세조 때 무신으로 태종의 넷째 딸 정선공주의 아들로 무술에 출중했다. 좌의정 권람의 사위다. 17세에 무과에 급제했다. 1467년(세조13년) 이시애의 반란을 토벌하고 여진족을 정벌하여 1등 공신이 되어 27세에 병조판서로 승진, 세조의 총애를 받았다. 1468년 세조가 죽자 유자광의 모함으로 한강변 새남터에서 능지처참 당했다. 남이의 외가 쪽 남양 홍씨들이 야밤에 시신을 거두어 암매장했다. 처형되기 전 남이는 남이섬에서 잠시 유배생활을 했다. 그것이 남이섬이 된 유래다.

남이장군의 묘는 경기도 화성군 비봉면 남전2리 산145번지에 있다. 후손들이 1971년 충북 음성에 있던 부인의 묘를 이장해 쌍분으로 조성하고 비석을 세우고 묘역을 단장했다. (경기도 기념물 제13호)

위인들을 말할 때 흔히 높은 산의 정기로 태어났다거나 용꿈을 꾸고 태어났다고 한다. 반면에 멸망한 나라의 왕이나 역모에 연루된 사람들의 출생에 대해서는 다르게 표현한다. 흉측스러운 벌레의 정기를 안고 태어났다느니, 역신이나 요괴의 자식으로 태어났다는 등으로 매도한다.

남이의 출생은 지네 전설과 연관된 설화가 있다. 경기도 이천시 장호원읍에 있는 백족산에 '굴바위'라 하는 바위동굴이 있다. 옛날 그 바위동굴에 백 개의 발을 가진 천년 묵은 지네가 살았다고 하여 산 이름을 '백족산白足山'이라 부르게 되었다. 백족산 아랫마을 사람들은 매년 한 차례씩 굴바위 앞에서 제사를 지냈다. 제사도 그냥 지내는 게 아니라, 아리따운 처녀를 바치는 인신공희의 끔찍한 풍습이었다.

마을을 대표하는 노인들이 제물로 바칠 처녀를 선택하고 죽을 쑤어 담은 커다란 항아리와 과일을 차려놓고 제사를 지냈다. 그런 다음 겁에 질려 울부짖는 처녀를 남겨둔 채 산을 내려왔다. 이튿날 사람들이 굴바위 앞으로 가보면 처녀는 빈껍데기만 남은 시체가 되었다. 해마다 제삿날이 가까워오면 마을의 처녀들과 그 부모들은 마음을 졸이며 애를 태웠다.

어느 해, 음죽현(지금의 경기도 장호원읍, 율면, 충청북도 감곡면, 생극면, 금왕읍 일대) 마을에 새 원님이 부임해 왔다. 원님은 마을을 순행하다가 통곡소리를 들었다.

"대체 왜 저토록 슬피 우느냐?"

마을의 노인 한 사람이 그 내막을 알려주었다.

"이 마을에서는 일 년에 한 차례씩 처녀를 제물로 하여 제사를 지내는데, 이번에 저 집 처녀가 제물로 뽑혔습니다."

"살아있는 사람을 제물로 바치다니 참으로 해괴하구나!"

모종의 결심을 한 원님은 영을 내렸다.

"여봐라! 멀쩡한 처녀를 제물로 바치는 일을 절대 용납할 수 없다. 저 집 처녀를 그냥 집에 있도록 하라."

"안됩니다, 사또. 지금까지 한 번도 제물을 거른 일이 없습니다. 이번에 그 일을 중단하면 우리 마을에 큰 재앙이 내릴 것입니다."

"그런 일은 염려하지 마라. 내가 대신 제물로 갈 것이다."

수행하던 사람들이 깜짝 놀랐다. 사람들이 만류했지만 원님은 고집을

꺾지 않았다.

　제삿날이 되었다. 원님은 새색시 옷으로 갈아입고 마을 사람들에게
에워싸여 굴바위로 올라갔다. 제사가 끝나자 사람들은 원님을 남겨둔 채
황급히 산을 내려갔다.

　"내일 아침에는 사또의 장례를 치르겠군."

　"사또께서 왜 스스로 제물이 되었는지 모를 일이야, 쯧쯧!"

원님은 혼자 굴바위 앞에 남아 몸을 웅크리고는 무엇인가 나타나기를 기다렸다. 잠시 후 '쏴아'하는 바람소리가 들렸다. 굴바위 안에서 뽀얀 안개가 흘러나오더니 사방을 감쌌다. 비릿한 냄새가 코를 찌르는가 싶었는데, 거대한 괴물이 안개 속에서 나타났다. 괴물은 제물로 차려진 커다란 죽 항아리를 순식간에 비우고는 처녀로 변장한 원님을 덮쳤다.

원님은 옷자락 속에 숨겨둔 장검을 뽑아 덮쳐오는 괴물을 힘껏 찔렀다. 칼에 맞은 괴물이 비명을 지르며 무섭게 날뛰자 원님은 계속 칼을 휘둘렀다. 이윽고 주변을 감쌌던 안개가 서서히 걷혔다.

거대한 지네 한 마리가 몸이 몇 개 토막으로 잘린 채 죽어 있었다. 해마다 마을 처녀 한 명씩을 잡아먹은 괴물은 천 년 묵은 지네였다. 그런데 죽은 지네의 몸뚱이에서 새파란 기운이 뻗쳐올랐다. 그 기운은 곧장 청미천 건너에 있는 개미실(음성군 감곡면 영산리)로 날아가 어느 집으로 들어갔다.

그 집은 남씨南氏의 집이었다. 남씨 부인이 그 날부터 태기가 있더니 열 달 후에 사내아이를 낳았다. 아이는 자라면서 남달리 영민하고 비범했다. 그가 바로 남이장군이다. 26세 때에 병조판서에 올랐으나 28세 때 유자광의 모함으로 역모의 주모자로 몰렸다. 유자광은 남이장군이 지은 시를 고쳐서 예종에게 역모의 증거물로 제시했다.

白頭山石磨刀盡 / 백두산의 돌은 칼을 갈아 다 없애고
豆滿江水飮馬無 / 두만강의 물은 말먹이 물로 다 없애리.

男兒二十未平國 / 사나이 스무 살에 나라를 평안케 하지 못하면

後世誰稱大丈夫 / 훗날 그 누가 대장부라 일컬으리오.

이것은 남이장군이 여진족을 토벌한 후 두만강변에서 읊은 시다. 사내대장부의 기개를 읊은 시인데, 유자광은 '미평국未平國'을 '미득국未得國'으로 고쳐서 역모를 꾸몄다

남이장군 묘

고 주장했다. '나라를 평안케 하지 못하면'이 '나라를 얻지 못하면'으로 둔갑시켰다. 결국 남이장군은 처형당했다. 훗날 유자광도 탄핵으로 훈작을 빼앗기고 관동으로 유배되었으며, 이어 경상도의 변군邊郡으로 이배移配되어 눈이 먼 뒤 귀양지에서 죽었다.

남이섬에 남이장군이 없지만 그를 생각하는 계기는 된다. 인공으로 조성된 반듯반듯한 숲이지만 거닐만하다. 그런데, 입장료가 좀 비싼 느낌이다. 자연과 숲을 돈 내고 누리는데 익숙하지 않아서 그렇겠지만, 그래도 비싼 느낌이 지워지지 않는다. 주먹구구로 입장료 수입을 계산해보니 괜히 배가 아프다.

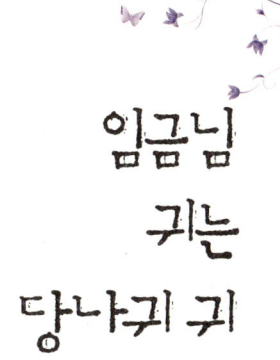

임금님
귀는
당나귀 귀

    한 도시의 이미지를 바꾸는데 걸리는 시간은? 50년은 족히 걸린다. 울산과 울산을 가로지르는 태화강이 그 증거다. 1960년대 울산이 국가산업 도시로 급성장하면서 무분별한 개발과 인구유입으로 태화강은 죽음의 강으로 변했다. 울산의 젖줄인 태화강은 오폐수의 하수구로 전락했다. 동식물이 서식할 수 없고, 강의 자정 능력이 정지되어 악취가 진동하는 하천이 되었다. 이에 울산시는 1995년 이후 태화강을 살리기 위해 하수처리장

건설 및 하천정화사업 등 기초수질개선 및 생태복원에 온힘을 집중했다.

그 결과 수질이 2~4급수에서 1~2급수로 회복되었다. 연어가 돌아오고 수달이 서식한다. 전국최대 철새도래지라는 명성까지 얻어 아름답고 생기 넘치는 강으로 변화했다. 지금은 자연생태복원사업 일환으로 대나무숲 생태복원, 자연형 호안조성, 실개천, 습지를 조성했으며, 대나무생태원, 자연학습원, 대나무 숲 자전거 도로, 수변무대 및 관찰데크 등이 조성되어 있다.

울산광역시 남구 무거동에서 중구 태화동에 걸쳐 태화강을 따라 대나무 숲이 펼쳐져 있다. '태화강 십리대숲'이다. 태화강변을 따라 약 4.3km에 걸쳐 대나무 군락을 이루고 있다. 대나무밭이 십리에 걸쳐 펼쳐져 있다고 해서 '십리대밭'이라고도 부른다. 폭 20~30m, 전체면적은 약 29만 m²이다. 우리나라와 일본, 중국의 대나무 63종을 한눈에 볼 수 있는 대나무 생태원이 조성되어 있다.

일제시대에 큰 홍수로 인해 태화강변의 전답들이 소실되어 백사장으로 변했을 때, 한 일본인이 헐값에 백사장을 사들여 대밭을 조성했다. 그 후 주민들이 다투어 대나무를 심음으로써 오늘에 이르게 되었다. 한때 주택지로 개발될 뻔했으나 시민들의 반대로 대숲을 보존할 수 있었다. 그 후 간벌작업과 친환경 호안 조성작업, 산책로 조성작업을 벌여 현재는 울산을 대표하는 생태공원이 되었다.

이젠 누구도 '공해도시 울산'이라고 하지 않는다. 한국의 국민소득은 2만불 정도지만 울산지역은 4만불이다. 소득과 소비가 활발한 도시다. 친환경도시 울산이다. '산업화-민주화-환경화'를 이룬 도시, 울산이다.

『삼국유사』'권2 경문대왕조'에 '임금님 귀는 당나귀 귀', 〈여이驢耳설화〉가 실려 있다. 경문왕은 왕이 되고 난 뒤 갑자기 귀가 길어져서 당나귀 귀처럼 되었다. 이 사실을 아는 사람은 왕의 두건을 만드는 복두장頭匠 한 사람뿐이었다. 왕의 엄명으로 그는 이것을 아무에게도 말하지 못했다. 죽을 때가 되어 도림사道林寺 대나무숲에 들어가 '임금의 귀는 당나귀 귀다'고 외쳤다. 그 뒤 바람이 불 때마다 대나무가 서로 부딪치며 그런 소리가 났다. 그러자 왕은 대나무를 베고 그 자리에 산수유를 심게 했다. 그 뒤로는 '임금의 귀는 길다'는 소리가 났다고 한다. 언론의 자유를 풍자하는 설화다.

대나무는 자라면서 속을 비운다. 살과 근육, 지식과 재산, 명예와 욕심으로 속을 차곡차곡 채우는 것이 동식물이 살아가는 방식인데 대나무는 그렇지 않다. '실속을 채운다'란 말이 대나무에겐 무색하다. 짧은 죽순 시절엔 아삭아삭한 속살이 있지만 이내 속을 텅텅 비우면서 키가 커진다.

'실속을 챙겨라, 속이 알찬 인간이 되어라, 빈깡통이 요란하다, 겉만 번지르르한 놈니 되지말라'. 이런 말을 들으면 대나무는 어떻게 생각할까. 삶의 방식이란 다양하다. 속이 텅텅 비어있을망정 대나무는 섧지 않다. 오히려 꼿꼿한 자세로 하늘을 향해 거침없이 치솟는다. 저마다 음흉한 계략을 꾸밀 때도 오직 당당하고 올곧다. 번잡한 잔가지를 만들지 않는다.

곧다고해서 경직되어 있지 않다. 휠 줄 안다. 오직 곧기만 한다면 쓸모가 적다. 땔감으로도 마뜩찮다. 강직强直과 유연柔軟을 갖추고 있으니 그 성품이 가상하다. 직直은 분명 미덕이다. 꼬이고 비틀리는 것을 마다하지 않아야 살아남는다. 인내는 쓰나 열매는 달다는 교훈을 새기며 야합과 비굴을 감내한다. 그러나 오직 곧음만을 신앙처럼 여기면 곤란하다. 홀로 고고할 수는 있으나 복잡한 세상 법칙에는 너그러움이 필요하다.

'단심가'(정몽주)의 가치가 우뚝하지만 '하여가'(이방원)의 가치 또한 유용하다. 병자호란 당시 파멸이 뻔히 보이지만 척화를 주장하는 칼칼한 목소리와 더불어 휘어져 미래를 도모한 주화파의 목소리엔 눈물이 흥건하다. 항복문서를 찢는 손, 허리 굽혀 그것을 주워 다시 꿰어 맞추는 손, 우리에겐 모두 소중한 조상이다.

직선으로 곧은 대나무이지만 휠 줄 알기에 유용한 도구가 된다. 곧음의 반대 즉 굽음曲은 왜곡歪曲, 곡해曲解, 곡학曲學 등 부정적 의미로 많이 쓰인다. 그러나 장엄한 하모니를 이루는 오케스트라의 원천은 작곡作曲이다. 직선은 아무리 달려도 평행선을 이룰 뿐 만나지 못한다. 굽음은 결

국 원圓을 만들 수 있다. 원융무애圓融无涯의 경지에 이를 수 있는 것은 곡曲의 미덕 때문이다. 굽음을 통해 직선이 만드는 최고의 미학이 원圓이다. 동그라미는 비굴과 변절의 조합이 아니다. 굽음을 통해 만드는 완성품이다. 그래서 일까. 만다라의 기본 구도는 사각형과 원이다. 직선과 곡선의 조화를 통해 최고의 미학과 가치를 창출한다.

대나무bamboo는 벼과Poaceae 대나무아과-亞科Bambusoideae에 속하는

상록성 목본인 키큰 풀의 총칭이다. 식물학 문헌에는 75속屬에 1,000여 종種이 넘게 기재되어 있다. 아열대 및 열대에서 온대지방까지 널리 퍼져 있으며 특히 아시아 남동부, 인도양과 태평양 제도에 그 수와 종류가 가장 많다. 속이 빈 목본성의 탄소질 줄기는 두꺼운 뿌리줄기에서 가지가 무리져 나와 자란 것이다. 줄기는 종종 빽빽하게 덤불을 이루어 다른 식물들이 침범하지 못하게 하다 줄기의 길이는 보통 10~15m 정도이나 큰 것은 40m가 넘는다. 무성한 잎은 납작하고 길쭉하다. 대부분 몇 년 동안 영양생장을 한 다음 꽃을 피워 번식한다.

대나무는 건축재, 가정용품, 낚싯대, 식물 지지대 등으로 쓰이며, 관상용으로 심거나 땅을 굳히는 데도 이용된다. 몇몇 대나무의 어린 순은 채소로 요리하여 먹는다. 우리나라에는 왕대속Phyllostachys, 조릿대속Sasa 및 해장죽속Arundinaria의 3속 15종의 대나무가 자라고 있는데, 특히 키가 10m 이상 자라는 왕대속 식물만을 대나무라고 부르기도 한다.

대나무는 겨울에도 푸른 잎을 지니고 있으며 속이 비어 있으나 곧게 자라기 때문에 옛날부터 지조와 절개를 상징하는 식물로 여겨왔다. '대쪽같다'라는 말은 부정과 불의에 타협하지 않고 지조를 굳게 지킨다는 것을 뜻한다.

대나무는 소나무와 함께 묶어 송죽松竹으로 흔히 부른다. 또한 대나무는 사군자(매화, 난초, 국화, 대나무)와 십장생十長生 중 하나로 귀한 대접을 받고 있다. 십장생이란 세상에서 가장 오래 산다는 열 가지(해·달·물·돌·산·구름·거북·학·소나무·대나무)를 말한다.

우리나라에서도 옛날부터 대나무를 심어온 것으로 알려져 있다. 『삼국사기』에 신라 학자 최치원이 중국 당나라에서 돌아와 송죽을 심으며 책을 읽었다는 기록이 나오며, 고려시대에 쓰인 이규보의 『동국이상국집』에 대나무에 대한 표현이 많이 나온다.

조선조 최고의 가객 고산 윤선도는 물·바위·소나무·대나무·달 등 다섯 벗을 두었다. 그 중 하나인 대나무에 대해 이렇게 노래했다.

나무도 아닌 것이 풀도 아닌 것이
곱기는 뉘 시키며 속은 어찌 비었는가
저렇게 사시에 푸르니 그를 좋아 하노라.

하늘을 가린 태화강 대나무 숲속의 산책로는 안온하다. 대나무 숲에서 풍겨 나오는 풋풋한 냄새는 죽림욕을 실감한다. 산업화로 인한 생태계 파괴가 산업화, 공업화의 역사가 빠른 선진국에서는 생태계 복원이 우리보다 먼저 이루어졌다. 우리도 환경보전 의식과 생태계 복원에 대한 의식이 고조되고 있으니 늦은 감이 있지만 다행이다.

서울의 청계천과 울산의 태화강의 자연생태환경 복원으로 산업화의 희생물로 전락한 하천이 원래의 모습을 찾았다. 많은 지자체들은 이 사례를 벤치마킹해서 악취 풍기는 하천을 동식물이 서식할 수 있는 환경으로 복원시켜야한다.

울산 '태화강 십리대숲'은 우리나라에서 가장 아름다운 숲을 발굴해 시상하는 '아름다운 숲 전국대회'(2012년)에서 '공존상'을 수상했다. '아름다운 숲 전국대회'는 산림청과 (사)생명의 숲 국민운동, 유한킴벌리가 공동개최하는 전국 단위 행사로 2014년, 15회째다.

가로수도
관광자원이 된다

　전라남도 담양에서 가장 유명한 것은? 대나무
요. 정답이기도 하고 아니기도 하다. 담양 읍내에
들어서면 대나무가 아닌 늘씬한 신사들이 도열하
여 맞아준다. 키가 훤출한 신사들이 정장차림으로
손을 흔들며 맞이한다. 화려한 특급호텔 현관에서
근위병차림의 벨보이가 맞아주는 것보다 기분이
더 좋다.

　담양 메타세콰이어 가로수길은 2002년 산림청

과 '생명의 숲 가꾸기 국민운동본부'가 '가장 아름다운 거리 숲'으로 선정했다. 무려 8.5km에 이르는 국도변 양쪽에 키 10~20m에 이르는 아름드리 나무들이 거침없이 창공을 향해 가지를 뻗고 있다. 2차선 국도변을 가득 메우고 있다. 초록으로 옷을 갈아입는 초여름 무렵에 찾아가면 눈부신 초록의 향연을 만끽할 수 있다. 뜨거운 햇볕은 막고 사이사이 여린 햇살이 화살처럼 쏟아진다. 윤기 나는 초록의 눈부심에 가슴이 부시다.

쭉쭉 뻗은 가로수 곁에 서면 인간이란 존재가 한없이 작게 느껴진다. 그러나 키 작은 인간을 무시하지 않는 나무에게 존경심을 느낀다. 담양의 메타세콰이어는 1970년 초 전국적인 가로수 조성사업 당시 내무부의 시범가로로 지정되면서 3~4년생 묘목을 심은 것이 매년 1m 정도씩 자라 지금은 하늘을 덮는 울창한 가로수가 되었다.

한적한 남쪽 도시 담양은 가로수길로 명소가 되었다. 차별 없는 축복에 젖고 싶은 도시인들이 분주히 찾는다. 아예 주변으로 우회도로를 내서 가로수길에는 사람이 주인이다. 자전거마저 다니지 못하게 통제한다. 떨어진 낙엽도 쓸지 않는다. 수북히 쌓인 메타세콰이어 잎의 푹신한 감촉을 어디서 느끼고 누릴 수 있으랴. 별 생각없이 심은 가로수가 명소가 되고 관광상품이 되었다. '숲이 희망이다'란 말의 의미를 실감한다.

메타세콰이어는 은행나무와 함께 살아있는 화석이라 부른다. 1억년전 백악기 공룡시대 화석에서도 발견되었다. 물푸레나무처럼 습생수종이

어서 논 배수로를 통해 양분을 빨아드리면서 키가 큰다. 다 자라면 그 높이가 무려 30m에 이른다. 그야말로 "물먹는 하마"다. 불과 30년만에 원시림처럼 무성해져서 창공을 향해 거침없이 팔을 벋고 있다.

메타세콰이어는 중국 중부지방 쓰촨성四川省과 후베이성湖北省의 깊은 골짜기가 원산지다. 작은 가지와 잎은 줄기를 따라 끝에서부터 쌍으로 난다. 잎은 밝은 녹색이고 깃털처럼 생겼으며, 가을에 적갈색으로 변한다. 1940년대에 살아 있는 나무가 발견되기 전까지는 멸종된 것으로 여겼다. 겨우 몇 천 그루만이 중국 중부의 700~1,400m 고도지역에 살아남아 있는 나무들이 발견된 뒤 씨와 삽수揷穗(꺾꽂이)를 통해 전세계에 옮겨 심어졌다.

이름 이야기가 나왔으니 약간의 불만을 토로해본다. 외래종이긴 하지만 걸맞는 우리말 이름이 필요하다. '메타세콰이어Metasequoia'라? 낯설고 어색하고 정겹지 않고 발음이 불편하다. 영어 이름은 dawn redwood이다.

이름이 어색하고 어려워서, 사람들은 '메타세키아, 메타세콰이아, 메타세콰이어, 메타세퀴이야, 메타세퀴이어, 메타쉐커이아, 메타쉐케이아' 등 참 다양하게 부른다. 더 좋은 우리말은 없는지, 무슨 뜻인지? 메타세콰이어에 관한 우리말은 없다. 북한에서는 간단하게 '수삼水杉나무'라고 부르고 있다. 플라타너스는 '방울나무'라고 부르고.

미국에 '세쿼이어'라는 거목이 많이 서식하고 있다. 이 나무를 보호하기 위해 캘리포니아에서는 1890년에 '세쿼이어국립공원'을 조성했다. 세쿼이어라는 이름은 영화음악 'Indian Reservation-인디언 보호구역'으로 잘 알려진 원주민 체르키족의 추장 이름에서 가져왔다고 한다.

이 세쿼이어 나무가 세상에 널리 알려진 이후, 중국에서 이와 유사한 나무의 화석이 발견되었는데, 이를 '메타meta(접두어, after, beyond, change의 뜻) 세쿼이어'라고 이름 지었다. 'Metasequoia'란 단어만 가지고 해석을 하면, '세쿼이어 다음에 나온 나무', '세쿼이어 변종나무'라고 할 수 있을 것이다.

우리나라에 도입되어 식목한지는 얼마 되지 않지만, 공원이나 도로변 가로수로 널리 심고 있다. 메타세콰이어 꽃은 4~5월 경에, 암수가 함께 피어나는 양성화다. 노란색의 수꽃은 이삭 모양으로 작은 가지 끝에 달려 있고, 암꽃은 가지 끝에 한 개씩만 달린다. 가을엔 붉은빛이 도는 갈색 단풍이 들고, 중금속에 대한 내성이 강하다. 가로수 이외에도 실내 방음장치, 포장재, 내장재로 주로 사용되고 있다.

초록이 떠나가고 현란한 단풍마저 가는 곳을 알려주지 않고 가버린 겨울의 초입, 메타세콰이어는 최후의 선장처럼 늠름하게 서서 가을을 보내고 있다. 멀리서 보면 황금궁전 같다. 바람이 불면 황갈색 이파리를 우수수 떨구며 가을을 전송하며 겨울이 오고 있음을 알린다. 아주 느리고 조심스럽게 잎을 떨군다. 나목이 되어도 꼿꼿하게 겨울을 보낼 자세다.

　겨울이 되면 인간은 옷을 겹겹이 껴입고 나무는 옷을 훌훌 털어버린다. 매서운 추위가 몰아치면 인간은 웅크리지만 나무는 꼿꼿한 자세로 흐트러짐이 없다. 영하의 기온과 눈보라가 어찌 반가우랴만 나무는 껍질조차 여미지 않는다. 버리지 않고 꽁꽁 동여매는 것은 인간이 한게다.

　울창한 숲의 터널 저 끝에 겨울이 서 있다. 그 끝자락에 새해가 있다. 그 너머 새로 시작하는 시간에는 봄이 있을 것이다. 나무는 그 자리에서 새해를 맞고 인간은 부산을 떨면서 해돋이를 보러간다.

연리목의 진경을 간직한 숲

여행의 교통수단은 도보가 최고다. 미음완보하며 산천을 마음껏 즐길 수 있다. 그 다음이 자전거, 승용차 순서다. 도로는? 한적한 산길-농로, 지방도-국도 순서다. 고속도로는 가장 하급 여행도로다. 몇 시간을 달려도 같은 모양이다. 곳곳에 방음벽이 설치되어 시야를 가린다. 빠름은 시간을 단축해 줄 뿐 오감을 활성화시키지 못한다.

영천시 화북면 면소재지인 자천리로 들어오는

35번 국도변에 1km 남짓한 길이로 울창한 숲이 조성되어 있다. 5리에 걸쳐 있다고 이 숲을 '오리'장림伍里長林이라 불렀으나 현재 숲의 길이는 5리의 반밖에 안 된다. 면적은 6,600여 m²이다. 오리장림에는 현재 12종 282그루의 나무가 자라고 있다. 숲을 이루는 수종은 활엽수가 대부분을 차지한다. 그 가운데 낙엽활엽수는 은행나무 1주, 왕버들 37주, 굴참나무 87주, 시무나무 9주, 느티나무 25주, 팽나무 26주, 풍게나무 18주, 회화나무 26주, 말채나무 2주, 등 9종 231주가 있다. 상록침엽수로는 적송 27그루, 개잎갈나무(히말라야시다) 19그루 등 3종 51그루가 있다. 나무의 수령은 20년에서부터 450년이 넘는 나무에 이르기까지 다양하다.

특히 느티나무, 왕버들, 회화나무 등은 고목이 많다. 가슴높이 나무둘레가 4~5m나 되는 고목도 적지 않으나, 수령 100년 안팎의 나무들이 주류를 이루고 있다. 숲 속에는 제사를 지내는 제단도 있다. 화강암으로 네모지게 쌓은 석단 위에 큰 돌을 하나 올려놓은 형태다.

오리장림은 제방 보호와 마을의 풍치 조성을 위해 영천시 화북면 자천리 주민들이 조선시대인 1500년대에 조성했다. 오랜 역사를 입증하듯이 450년이 넘는 노거목들이 다양한 자태를 자랑한다. 자천리에서는 1600년경부터 매년 정월대보름날 이 숲에서 제사를 지내왔다고 한다. 그러나 정확한 기록은 남아 있지 않다. 이 숲은 1982년에 영천시 '천연보호림 제11-20-1호'로 지정되었다가, 1999년에 '천연기념물 제404호'로 지정되었다. 승진한 셈이다.

오래된 마을 숲들이 전쟁, 태풍, 개발 등으로 인해 사라지거나 훼손되었듯이 오리장림도 원형을 많이 잃었다. 영천시와 청송군을 잇는 35번 국도가 숲의 가운데를 관통하면서 숲을 동서로 갈라놓았고 많은 고목이 그때 잘려 나갔다. 1959년의 사라호 태풍 때도 숲의 일부가 사라졌다. 1972년에는 이 숲 바로 옆에 자천중학교가 설립되어 숲의 일부가 학교 운동장이 되었다. 그 뒤에도 국도가 확장되는 과정에서 숲의 규모가 줄어들었다. 최근에는 전통마을 숲에 어울리지 않게 외래 수종을 심었다. 특히 20여 그루의 개잎갈나무가 줄지어 서 있는 광경은 흠이다.

잊고 있던 조상을 본듯 숲속을 느리게 산책했다. 거목은 거목대로 고사목은 고사목대로 반갑고 숙연하다. 그러다가 놀라운 풍경을 목격했다. 아름드리 거목이 서로 엉킨 연리목이다. 수종이 다른 두 나무(느티나무와 말채나무)가 포옹이 지나쳐 한 몸이 되어 자라고 있다. 100년은 넘어 보이는 두 거목이 주변 시선 아랑곳하지 않고 한몸이 되어 뜨거운 사랑을 진행중이다. 결별이 불가능한 사랑이다.

중국 후한後漢의 학자이자 서예가인 채옹蔡邕(자는 백개, 132~192)은 효성이 지극했다. 어머니가 병으로 자리에 눕자 삼 년 동안 옷을 벗지 않고 간호했다. 병세가 악화되자 백 일 동안 잠자리에 들지 않고 보살폈다. 어머니가 세상을 떠나자 무덤 곁에 초막을 짓고 시묘살이를 했다. 그 후 채옹의 방 앞에는 두 그루의 나무가 자라더니 서로 맞붙어 성장하고 나중에는 나무의 가지가 이어져 한 그루처럼 되었다. 사람들은 이를 두고 채옹의 지극한 효성으로 부모와 자식이 한 몸이 된 것이라고 했다. 중국 당나라 시인 백거이白居易(자는 낙천 772~846년)는 당나라 현종과 양귀비의 뜨거운 사랑을 기려 '장한가長恨歌'를 지었다. 장구한 구절 가운데 마지막 부분은 이렇다.

七月七日長生殿 夜半無人私語時 / 칠월칠일장생전 야반무인사어설
在天願作比翼鳥 在地願爲連理枝 / 재천원작비익조 재지원위연리지
天長地久有時盡 此恨綿綿無絕期 / 천장지구유시진 차한면면무절기
칠월칠석날 깊은 밤, 장생전에서 남 몰래 한 약속
하늘에선 비익조 되고 땅에선 연리지 되자고
하늘과 땅은 끝이 있건만 이들의 사랑은 가이 없구나.

비익조는 날개와 눈이 한 쪽뿐인 상상의 새다. 그러므로 각각의 한 쪽 날개와 한 쪽 눈이 합쳐져야 온전한 한 마리의 새가 될 수 있다. 연리지連理枝는 나뭇가지가 서로 엉켜 한 나무처럼 자라는 것이다. 채옹전蔡邕傳에서는 부모에 대한 효성이 지극함을 나타내고, 장한가에서는 남녀 사이 진한 사랑을 비유한다.

서로 가까이 있는 두 나무가 자라면서 하나로 합쳐지는 현상을 연리連理라고 한다. 뿌리가 이어지면 연리근連理根, 줄기가 이어지면 연리목連理木, 가지가 이어지면 연리지連理枝다. 나무가 서로 인접해 있으면 둘 다 잘 자라기 어렵다. 생존경쟁으로 둘 다 죽거나 둘 중 하나만 살아남는다. 그러나 연리라는 현상이 일어나면 서로의 특성이 유지되며 양분을 공유해

경북 영천시 화북면 자천리 1421-1번지 오리장림(천연기념물 제404호)

둘 다 살아남을 수 있다. 이 현상은 명칭만큼이나 아름답다. 서로 돕고 사는 삶이 상생하는 길임을 알려준다.

오리장림은 근래에 마을 이름을 따서 '자천숲'으로도 불린다. 숲이 있는 화북면 자천리는 영천시내에서 북쪽으로 20여 km 떨어진 곳에 위치

한 마을이다. 자천은 영천의 진산인 보현산에서 흘러내린 앞내가 '잘내' 또는 '자을천慈乙川'이라 불린것에서 비롯된 이름이다. 또 자천리는 보현 산에서 시작된 고현천이 마을 앞을 휘감고 지나가는 지형이어서 비가 많이 오면 하천이 범람하여 수시로 농사를 망치곤 했다. 이 때문에 마을 주민들이 홍수 방지를 위해 나무를 심어 넓고 긴 숲을 조성한 것이다.

자천 1, 2리 마을에서는 매년 정월 대보름날에 이 숲에서 동제를 지냈 다. 봄에 잎이 무성하면 그해는 풍년이 든다는 설도 전해진다. 마을에서 는 정월대보름이 되기 열흘 전에 흉이 없고 깨끗한 사람으로 제관, 제주, 축관을 한 명씩 선출했다. 정월 열사흗날 아침이 되면 제관들이 모여 왼 새끼로 금줄을 꼬아 오리장림의 제당과 자신들의 집 주변에 두르고 황 토도 뿌려 둔다. 이때부터 제주는 제수 마련을 위한 장보기 외에 일절 집 밖을 나가지 않고 근신한다. 제물로는 메, 국, 장닭, 백편, 건명태, 나물류 (배추 · 고사리 · 도라지나물), 과일류(밤 · 대추 · 곶감 · 사과 · 배) 등을 올렸 다. 정월 열나흗날 자정에 행해진 제의는 초헌-고축-아헌-종헌 순으로 이루어진 헌작과 배례 후에 제관-제주-축관-동네의 순서로 소지를 올 림으로써 마무리되었다. 그리고 정월대보름 아침이 되면 모든 동민이 마 을회관에 모여 음복을 나누었다.

오리장림 동제는 1970년대 새마을사업과 더불어 중단되었다가 다시 화북면 단위의 제의로 부활되었다. 영천에서 청송으로 이어지는 35번 국도에서 교통사고가 빈발하자 화북면 내 18개 마을 이장들이 모여 제의를 지내기로 결정했다. 장소가 오리장림으로 정해진 것은 이 숲이 국도변에 있는 데다 숲 속에 제단이 있었기 때문이다. 설날이 지나면 화북면 번영회가 주체가 되어 대보름 전날 전후로 택일을 한다.

이 숲은 오랫동안 자천리 주민들에게 놀이의 장소이기도 하다. 음력 칠월 논매기가 끝나면 행하는 '희초(또는 서리추)'를 이 숲에서 했으며, 단오놀이도 이곳에서 이루어졌다. 지금도 오리장림 숲은 여름이면 마을 앞을 흐르는 고현천의 맑은 물과 더불어 하늘을 가리는 숲 그늘이 어우러져 멋진 피서지가 되고 있다.

예로부터 영천에서 살기 좋은 세 곳으로 '일 자천, 이 환고, 삼 평호'를 꼽았다. 그중 으뜸이 화북면소재지인 자천이다. 보현산맥의 지맥이 서쪽으로 뻗어 마을의 뒤를 막아주고 있고 기룡산맥의 지맥이 마을의 앞을 막아 서쪽으로 뻗어있으며 정각리 보현산에서 발원한 횡계천과 노고령에서 발원한 고현천이 옥계에서 합류하여 마을 앞을 가로질러 흐르고 있다.

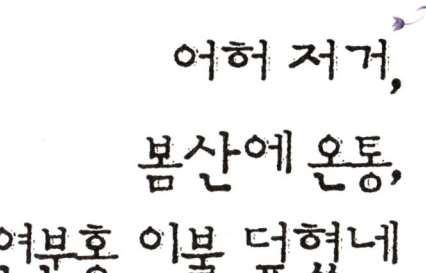

어허 저거,
봄산에 온통,
연분홍 이불 덮었네

꽃샘추위의 심술이 남아있는데, 골짜기엔 아직 잔설이 있는데, 아랑곳 않고 진달래는 여린 꽃을 피운다. 작은 키, 굵지 않은 줄기 어디에 그런 열정이 들어 있는지 작은 꽃망울을 조심스럽게 터뜨린다. 오라고 재촉하지 않아도 봄이 성큼성큼 다가온다. 나목 자욱한 이른 봄날, 산야의 진객은 진달래다. 잎보다 꽃이 먼저 피고, 한반도 어디서

◀ 강화도 고려산 진달래 군락

나 만날 수 있는 정겨운 진달래. 흔하디흔해도 만나면 그저 반갑다. 현란하게 화사하지 않은 연분홍, 요염과 교태가 없는 수수함, 스스로 뽐냄이 없는 겸손을 본다.

먼 옛날, 천상계에서 선녀가 옥황상제에게 죄를 짓고 인간 세상으로 쫓겨났다. 선녀는 울면서 이리저리 헤매던 끝에 젊은 나무꾼에게 발견되었다. 나무꾼은 그녀를 자기 집으로 데려와 아내로 삼았다. 1년 후 선녀는 귀여운 딸을 낳아 이름을 '달래'라고 지었다. 나무꾼과 선녀는 달래를 곱게 키웠다. 달래는 예쁜 처녀로 자랐다. 어느 날 달래가 잠시 집을 비운 사이에 선녀는 남편에게 자초지종을 말했다.

"달래 아버지, 저는 천상계에서 옥황상제께 큰 죄를 짓고 인간 세상으로 쫓겨난 선녀입니다. 당신을 만나서 행복한 가정을 이루었고, 달래를 낳아 열여섯 살의 아름다운 처녀로 키웠습니다. 그러나 이제 저는 인간 세계에 머무를 시간이 다 되었기 때문에 천상계로 가야합니다. 제가 하늘나라로 가고 없더라도 달래를 훌륭히 키워 좋은 사람에게 시집보내기 바랍니다."

선녀가 말을 마치고 나서 마당으로 나서더니 하늘을 향해 날아갔다. 달래가 집으로 돌아와 보니 어머니가 없다. 아버지는 달래에게 어머니는 하늘나라의 선녀였음을 실토했다.

홀로 된 아버지는 달래를 아름다운 처녀로 키웠다. 달래도 아버지께 순종하는 착한 처녀로 살아갔다. 달래가 스무 살이 되었을 즈음, 새로 부임한 사또가 마을에 달래라는 예쁜 처녀가 있다는 소문을 듣고는 달래를 불렀다.

"너처럼 아름다운 처녀는 처음 본다. 나의 소실이 되어 준다면 너를 호강시켜줄 것이며 네 아비에게는 후한 상을 내리겠다."

"사또 나리, 저는 어머니를 여의고 홀로 계신 아버지를 봉양하고 있습니다."

달래는 사또의 청을 거절했다. 며칠 후 사또는 부하들을 이끌고 달래의 집으로 불쑥 찾아와 달래를 마당으로 끌어내려 수레에 태우려했다.

"나리, 왜 이러십니까? 제가 가면 제 아버지는 어찌하옵니까?"

"그건 나중에 생각해 보기로 하자. 따라 오너라!"

달래 아버지가 뛰쳐나와서 사또에게 애원했으나 사또는 부하를 시켜서 달래 아버지를 밀쳐버렸다. 그때 하늘에서 달래의 생모인 선녀가 그 광경을 지켜보고 있다가 땅으로 내려와 달래를 안고 하늘로 날아갔다.

딸마저 잃은 아버지는 매일같이 뒷동산에 올라가서 하염없이 울었다. 결국 달래 아버지는 몸져 누웠다. 마침내 병석에서 딸의 이름을 부르며 죽었다. 사람들은 달래 아버지의 시신을 달래가 나물을 캐던 뒷동산에 묻어 주었다. 그후로 달래 아버지의 무덤가에서는 봄철이면 연분홍 꽃이 피어났다. 그 꽃을 '진달래'라고 이름 붙였다. 진달래에는 달래의 아름다움과 그의 아버지의 애틋한 사랑과 한이 얽혀 있다.

서사가 빈약한 전설이지만 시사하는 바는 있다. 권력자의 탐욕과 서민의 항거를 읽을 수 있다. 연분홍 여린 꽃잎, 진달래 처녀의 소박하나

강인한 영혼 같다. 외따로 홀로 피어있든, 무더기 지어 피어 있든 진달래
는 사춘기 막 지난 어린 누이동생을 보는 것 같다.

　진달래는 두견화라고도 한다. 옛날 중국 촉나라의 망제는 이름이 '두
우'였다. 위나라에 망한 후 복위를 꿈꾸다 뜻을 이루지 못하고 죽어 그
넋이 두견새가 되었다고 한다. 두견새가 된 망제는 밤낮으로 "귀촉, 귀촉
歸蜀(고향인 촉으로 돌아가고파)"하며 우지진다고 하여 두견새를 '귀촉도歸
蜀道'라고도 한다. 그후 망제의 혼인 두견새는 피를 삼키면서 울다가 피
가 떨어진 곳에 진달래꽃이 피었다고 한다.

　진달래는 진달래과Ericaceae에 속하는 낙엽관목이다. 키는 2~3m 정도
자란다. 타원형 또는 피침형의 잎은 어긋나는데, 가장자리는 밋밋하고
뒷면에는 조그만 비늘조각들이 빽빽하게 나 있다. 분홍색의 꽃은 잎이

나오기 전인 4월부터 가지 끝에 2~5송이씩 모여 핀다. 통꽃으로 꽃부리 끝은 5갈래로 조금 갈라져 있다. 수술은 10개, 암술은 1개다. 진달래는 한국에서 아주 오래 전부터 개나리와 함께 봄을 알리는 대표적인 나무다. 봄이면 한국의 산 어디에서나 꽃을 볼 수 있을 만큼 널리 퍼져 있다.

개나리가 양지바른 곳에서 잘 자라는 반면에 진달래는 약간 그늘지며 습기가 약간 있는 곳에서 잘 자란다. 가지가 많이 달리기 때문에 가지치기를 해도 잘 자라며 추위에도 잘 견딘다. 뿌리가 얕게 내리고 잔뿌리가 많아 쉽게 옮겨 심을 수 있다. 꽃을 따서 먹을 수 있으므로 참꽃 또는 참꽃나무라고도 부른다. 제주도에서 자라는 참꽃나무와는 다르다. 꽃을 날것으로 먹거나 화채 또는 술을 만들어 먹기도 한다. 술을 빚어 먹을 경우 담근 지 100일이 지나야 맛이 난다고 하여 백일주라고도 한다.

김소월의 절창 '진달래꽃'에 나오는 영변의 약산 진달래꽃은 가볼 수 없다. 그래서 때를 기다려 강화도 고려산을 찾았다. 약간 땀을 쏟으며 정상 부근에 오르니, 사람들마다 탄성을 지른다. 능선과 계곡에 펼쳐진 진달래꽃! 수만 평 산에 분홍 이불을 펼쳐 놓았다. 듬성듬성 핀 진달래를 보다가 한 바탕 진달래 바다를 본다. 연분홍 바다에 풍덩 뛰어들고 싶다. 연약해 보이는 것이 무리를 지으니 당당하다. 장관壯觀이다.

고려산은 정상이 해발 436m, 높지 않은 산이다. 산 이름에 국내서 유일하게 나라 이름이 붙었다. 신라산, 백제산, 고구려산은 없다. 가야산이 있지 않냐고? 가야산은 해인사와 연관이 있다. 석가모니가 성도한 부다 가야(인도 가야시 근처)의 가야를 불교와 관계있는 절 가伽, 나라 이름 야耶로 음차해서 '가야'로 된 것이 아닌가 추측한다. 가야산의 머리가 소머리처럼 생겨 우두산牛頭山이라고도 불렀다. 소를 범어로 가야kata라고 한다니 '가야'는 인도의 범어 내지 불교와 관계가 있다. 고려산의 본 이름은 오련산이다. 몽고의 침략으로 고려가 강화로 도읍을 잠시 옮기면서 고려산으로 개명했다.

지역마다 꽃 축제가 한창이다. 세파에 흔들리지 않고 무던하게 자라 무리지어 꽃을 피우니 사람들이 몰려온다. 이때를 놓칠세라 장사꾼들도 몰려온다. 요란한 음악이 산의 적막을 어지럽힌다. 조용히 피었다지고 싶은 진달래도 어지러울 게다. 사람들을 피해 진달래 꽃굴 속에 앉았다. 꽃바다에 내가 담겼다. 배낭에서 막걸리를 꺼냈다. 정철의 〈장진주사將進酒辭〉가 저절로 읊조려진다.

혼 잔盞 먹새근여 쏘 혼 잔盞 먹새근여
한 잔 먹세그려 또 한 잔 먹세 그려

곳것거 산算 노코 무진무진無盡無盡 먹새근여
꽃을 꺾어 술잔 헤아리며 한없이 먹세 그려

이몸 주근 후後면 지게 우히 거적 더퍼
이 몸 죽은 후에는 지게 위에 거적을 덮어

주리혀 미여가나
꽁꽁 묶여 무덤자리로 실려 가거나

유소보장流蘇寶帳의 만인萬人이 우러내나
곱게 꾸민 상여 타고 숱한 사람들 울며 따라오나

어욱새 속새 덥가나무 백양白楊수페
억새풀, 속새풀, 떡갈나무, 버드나무가 우거진 숲에

가기곳 가면
한 번 가면

누른 히 흰 둘 ㄱ 는 비 굴근 눈 쇼쇼 람 불제
누런 해와 흰 달이 뜨고, 가랑비와 함박눈 내리며, 회오리바람이 불 때

뉘 혼 잔盞 먹쟈홀고,
그 누가 한 잔 마시자고 하겠는가

ᄒ믈며 무덤 우희 진나비 ᄑ람 불 제 뉘우츤들 엇더리.
하물며 무덤 위에 원숭이 놀러 와 휘파람을 불면 지난날을 뉘우친들
무슨 소용이 있으랴

진달래꽃이 연분홍치마 되어 하늘을 가린다. 치마폭을 이불 삼아 누
웠다. 춘흥에 겨워 다시 흥얼거린다.

"♪~연분홍 치마가 봄바람에 휘날리더라 / ♪~ 오늘도 옷고름 씹어
가며 산제비 넘나들던 성황당 길에 / ♪~꽃이 피면 같이 웃고 꽃이 지
면 같이 울던 / ♪~알뜰한 그맹세에 봄날은 간다." 시간이 멈췄으면 좋
겠다.

개나리 노오란 꽃그늘 아래

인생의 봄은 1회성이나 자연의 봄은 무한반복이다. 청춘의 시간이 무한정 길 줄 알았는데 백발이 제 먼저 알고 지름길로 온다. 나이가 들수록 봄맞이가 애틋하다. 봄기운, 봄바람을 타고 어김없이 노오란 꽃이 만발하는 개나리를 보면 더욱 아련하다. 기억하지 못하는 유아기를 보는 듯 알알하다. 평지, 언덕, 비탈을 가리지 않고 노오란 꽃다발을 좍좍 펼치는 개나리, 짧은 봄날의 시간, 까르르까르르 웃어재끼는 아기 웃음 같다. 낯가림 하지 않고 찡그

릴 줄 모르는 아기 같다. 그래서일까. 개나리와 관련된 동요가 많다.

꼬까신 / 최계락 작곡, 손대업 작사

개나리 노오란 꽃그늘 아래
가지런히 놓여 있는 꼬까신 하나
아기는 사알짝 신 벗어 놓고
맨발로 한들한들 나들이 갔나
가지런히 기다리는 꼬까신 하나

지금은 커버린 처녀가 되었지만 딸아이가 서너 살 무렵 곧잘 불러대던 동요다. 내가 따라 부르다가 무척 구박을 많이 받은 동요다. '개나리 ~ 노오란~ 꽃그늘 아래~' 부분에서 음정, 박자가 맞지 않는다고 핀잔을 많이 들었다. 조그만 꼬까신, 노란 개나리, 겨우 걸음마를 익힌 아이가 아장아장 걸어가는 모습. 무아의 경지다. 신선들이 모여 한가로이 담소하는 풍경보다 더 위대하다. 행복이란 단어를 끌어들이는 것조차 부질없다. 딸애는 그 시절을 기억하고 있을까. 스무 살을 넘긴 지금은 행복과 불행이란 관념에 부질없이 휘둘리고 있는 것은 아닌지.

'나라 나리 개나리 입에 따다 물고요, 병아리 떼 종종종 봄나들이 갑니다.'라는 동요도 있다. 〈봄 나들이〉(윤석중 작사, 권태호 작곡)이다. 그런데, 여지껏 병아리가 개나리를 입에 물고 있는 것을 본 적이 없다. 어떤 이는 병아리를 어린 아이들이라고 주장한다. 어린 아이들이 개나리를 꺾어들고 봄에 나들이 가는 것이라고 해석한다. 그러면, '나리 나리 개나리 손에 꺾어 들고요'라고 하는 것이 옳지 않을까? 이건 순수한 마음과 상상력을 상실한 발상이다. 병아리의 작은 부리가 노오란 개나리 꽃잎 같다. 개나리 꽃잎을 입에 물고 있는 것처럼 보인다. 여리고 어리고 순수함의 상징으로 개나리를 끌어왔다. 세월은 잃게 히는 것이 많다.

세월은 위대한 스승이다. 삶을 곰삭게 하는 보이지 않는 발효제다. 아니다. 세월은 뿌리칠 수 없는 야속한 친구다. 부질없는 것들로 맨살을 덧칠하는 화공약품이다. 1차원적인 노오란 개나리 꽃잎에 사연과 애증을 겹겹이 덧씌우는 불편한 친구다. 밀쳐낼 수 없는, 떼어낼 수 없는 동반자다. 꼬까신, 나리나리 개나리를 부르던 아이들이 자라 사랑과 한숨을 배운다.

어느 통계를 보니 대한민국 중노년 아줌마들, 팔뚝 굵고 씩씩한 아줌마들이 노래방에서 가장 즐겨 부르는 노래는 이것이라 한다.

개나리 처녀 / 최숙자 노래

개나리 우물가에 사랑 찾는 개나리처녀
종달새가 울어울어 이팔청춘 봄이 가네
어허야 얼시구 타는 가슴 요놈의 봄바람아
늘어진 버들가지 잡고서 탄식해도

낭군님 아니 오고 서산에 해 지네

석양을 바라보며 한숨짓는 개나리처녀
소쩍새가 울어울어 내 얼굴에 주름지네
어허야 얼시구 무정구나 지는 해 말좀 해라
성황당 고개 넘어 소모는 저 목동아
지는 해 멀다말고 내 품에 쉬려마

아장아장 걷던 아기가 자라
한숨과 탄식을 내뱉게 하는
것이 세월이다. 인생은 1회
성이기 때문이다. 하루살
이와 별반 다르지 않다. 내
년 봄에도 개나리는 어린 순
이 돋고 노오란 꽃을 지천에
펼친다. 우리는 세월의 엄명을 받
아들이고 노란 꽃들의 재롱잔치를 바라
보는 수밖에.

개나리는 물푸레나무과에 속하는 낙엽관목이다. 우리나라 거의 모든
곳에서 자란다. 키는 3m 정도이며 많은 줄기가 모여난다. 줄기는 초록색
을 띠나 자라면서 회색빛이 도는 흙색이 되며, 끝이 점점 아래로 휘어진

다. 잎은 타원형으로 마주나고 잎가장자리는 톱니처럼 생겼다. 잎은 길이 3~12cm, 너비 3~5cm이다. 노란색 꽃은 통꽃이나 꽃부리의 끝이 4갈래로 갈라졌고 잎이 나오기 전 3~4월에 핀다. 꽃에는 수술이 2개, 암술이 1개 들어 있다. 열매는 계란 모양이거나 약간 편평하고 끝이 뾰족하며 9월에 익는다. 열매 안에 들어 있는 씨는 흙색으로 날개가 달려 있다.

개나리가 피기 시작하면 봄이 옴을 피부로 느낀다. 남쪽 지방에서는 3월 25일경부터 피기 시작하고 서울 근처에서는 4월 5일경부터 피기 시작한다. 빛이 잘 드는 양지바른 곳에서 잘 자란다. 수술이 암술보다 긴 꽃과 짧은 꽃, 2가지 꽃이 핀다. 꽃가루받이는 긴 수술의 꽃가루가 암술이 긴 꽃의 암술머리에 도달하거나, 또는 짧은 수술의 꽃가루가 암술이 짧은 꽃의 암술머리에 도달해 일어나며 열매가 맺히게 된다. 따라서 꽃은 아주 많이 피지만 2가지 꽃이 같은 곳에서 잘 피지 않기 때문에 열매가 잘 맺히지 않는다.

개나리주酒는 봄에 개나리꽃을 따서 깨끗이 씻은 다음 술을 담근 것으로 여자들의 미용과 건강에 좋다. 가을에 맺히는 열매를 햇볕에 말려 술로 담근 연교주連翹酒는 개나리주보다 향기가 적다.

생장속도가 빠르며 어디서나 잘 자라고 추위와 공해에도 잘 견디기 때문에 정원이나 공원, 길가에 많이 심는다. 씨로 번식하기도 하지만 가지를 휘묻이하거나 꺾꽂이하기도 한다.

철쭉 이야기

나를
아니 부끄러워 하신다면
꽃을 꺾어 바치오리다

봄을 몰고 오는 삼총사, 겨울을 밀어내고 봄을
알리는 진주군, 개나리 · 진달래 · 철쭉이다. 낯가
림하지 않고 푸짐하고 넉넉한 친구들이다. 꽃샘추
위에 오들오들 떨면서 개나리, 진달래는 꽃을 피
운다. 새벽열차를 타러 가는 여행객처럼 몹시 서
두른다. 그 중 철쭉은 삼총사 중 마지막 용사다.
약간 느긋한 축이다. 밀려오는 여름을 막아서서

◀ 태백산 철쭉

봄날을 조금만 더 즐기라고 함성을 지른다.

철쭉이 군락을 이루어 만발하는 곳에는 축제가 열린다. 지리산 철쭉축제, 황매산 철쭉축제, 소백산 철쭉제, 바래봉 철쭉축제 등 5월의 산야에는 만발한 철쭉을 자산으로 축제, 축제, 축제 세상이다. 번식력이 좋고 한꺼번에 화끈하게, 산불처럼 만개한 철쭉의 바다를 보면 환희심이 절로 솟는다.

공원, 아파트, 캠퍼스에 조경용으로 심은 지상의 철쭉은 5월을 넘기지 못하고 꽃시절을 마감한다. 해발 1500미터가 넘는 고산의 철쭉은 천상계에 사는 양 6월초, 중순에 꽃이 만개한다. 까마득한 저 아래 세상에 사는 것들을 비웃으며 느긋하게 꽃을 피운다. 태백산 철쭉도 그랬다.

6월초, 태백산 장군봉, 천제단 근처는 아직 바람이 차다. 헐떡거리며 산을 오를 때는 몰랐는데 정상 근처서 배낭을 벗으니 몸이 시리다. 바람막이 겉옷을 꺼내 입고 반겨 맞는 철쭉꽃의 미소에 피곤을 잊는다. 산정에 오른 보람과 기쁨이 밀려온다. 천년 신사 주목과 어우러진 철쭉의 미소가 염화미소 같다.

철쭉은 일찌감치 역사책에 이름을 올렸다.

헌화가

검붉은 바위가에

紫布岩乎邊希 / 자포암호변희

암소 잡은 손 놓게 하시고

執音乎手母牛放敎遣 / 집음호수모우방교견

나를 아니 부끄러워하시면

吾肹不喻慚肹伊賜等 / 오힐불유참힐이사등

꽃을 꺾어 바치겠나이다

花肹折叱可獻乎理音如 / 화힐절질가헌호리음여

헌화가獻花歌는 신라 성덕왕 때 한 노옹이 부른 4구체 향가다. 이 노래
에는 강릉 태수로 부임하는 순정공과 그의 부인 수로에 대한 배경설화
가 있다. 이 설화는 일연 스님이 동해안 지역에서 수집한 것을 『삼국유
사』 「기이편」 '수로부인조'에 수록했다.

내용은 이렇다. 늦은 봄날, 동해바다를 끼고 구불구불하게 이어진 해

안 도로, 지금은 멋진 드라이브코스지만 신라 당시에는 당연히 비포장도
로다. 그 길을 순정공은 부인 수로와 시종들을 거느리고 가고 있었다. 그
는 강릉 태수로 임명되어 임지로 가는 도중이었다. 풍광 좋은 바닷가 어
느 곳을 잡아 그들은 길을 멈추고 여정의 안녕을 비는 간단한 제사를 지
내고 휴식을 취하고 있었다. 그 곁에는 바다를 병풍처럼 둘러선 천 길 높
이의 석벽이 있는데 그 위에 철쭉꽃이 탐스럽게 피어 있었다. 철딱서니
없는 사모님, 수로부인은 그 꽃을 갖고 싶어 따르는 사람을 둘러보며 물
었다. "누가 저 꽃을 꺾어 주겠어요?" 종자들은 그 절벽 위는 도저히 사
람이 오를 수 없는 곳이라 난색을 표했다.

그때 마침 한 노인이 암소를 끌고 그 곁을 지나가다가 부인의 말을 엿
듣고 천길 석벽 위로 올라가 부인이 탐낸 철쭉꽃을 꺾어왔다. 그리고 노
래를 지어 읊으며 부인에게 꽃을 바쳤다. 〈헌화가〉는 철쭉꽃을 수로부인
에게 바치며 부른 노래로 동해안 지역을 배경으로 삼고 있다.

노래에 나오는 붉은색 바위는 『임영지臨瀛志』에 나타나는 화비령火飛嶺
으로 추정된다. 그 곳은 대관령의 남쪽 끝으로 바다 위에 솟았으며 흙빛
깔이 불에 탄 것처럼 붉다. 수로부인에게 꽃을 바친 노인은 대관령 산신
으로 유추된다. 이 설화는 산간지방의 꽃노래 형태의 민요가 산신신앙과
합쳐지면서 산신제의가요로 상승작용을 한 것으로 볼 수 있다.

철쭉은 한국 원산의 진달래과에 속하는 낙엽관목이다. 한국·중국·

철쭉과 고사목 · 태백산

일본 등에 분포한다. 걸음을 머뭇거리게 한다는 뜻의 '척촉躑躅'이 변해서 된 이름이다. 키는 2~5m쯤 되며 산에서 흔히 자란다. 나무껍질은 회색 또는 회백색이고 세로로 불규칙하게 갈라진다. 어린 가지와 꽃자루는 끈끈하다. 어린 가지에 선모가 있으나 자라면서 점점 없어진다. 잎은 거꾸로 된 달걀 모양이거나 넓은 타원 모양이고 털이 있다. 길이는 4~7cm 정도이고, 너비는 1.5~2.5cm 정도다. 보통 어긋나지만, 가지 끝에서는 4~5개씩 모여 난다. 꽃은 4~5월에 연한 분홍색으로 잎이 나면서 피며 산형꽃차례를 이룬다. 꽃부리는 지름 5-8cm의 깔때기 모양이며 5개로 갈라지는데, 위쪽 3개의 열편에 적갈색 반점이 있다. 수술은 10개이며 길이가 서로 다르고 암술은 1개다. 열매는 삭과이며 길이 1.5cm 정도의 긴 타원형 달걀꼴로 10월에 익는다. 철쭉을 먹이식물로 하는 곤충으로는 극동등에잎벌의 애벌레가 있는데, 철쭉 잎 속에 알을 낳는다. 잎을 강장·이뇨·건위 등의 약재로 쓴다. 꽃에는 독성이 있으므로 먹지 못한다. 흰색 꽃이 피는 흰철쭉, 바소 모양 잎이 나며 자홍색 꽃이 피는 산철쭉, 일본 원산으로 여러 품종이 개발되어 있는 영산홍, 한라산에서 자라는 참꽃나무가 있다. 꽃말은 자제, 사랑의 즐거움이다.

흔하다고 귀하지 않은 것은 아니다. 심란한 봄날, 함빡 웃음을 아낌없이 뿜어대는 철쭉꽃. 분분한 번뇌가 사르르 녹고 세 살바기 아기처럼 까르르 웃으며 답하고 싶다.

산이 타면
국가가
타는 것이다

산이 타면
국가가 타는 것이다

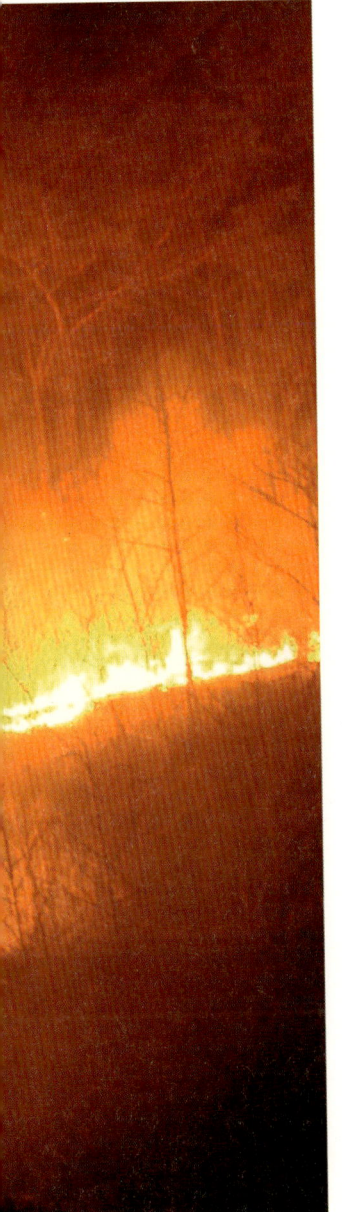

사진 · 산림청 제공

어허! 저거! 저거!

거세게 솟구치는 검은 연기에

파란 창공은 멀리 쫓기고

골짝에서 능선으로 능선에서 골짝으로

마구 치닫는 시뻘건 불길 속에

늠름하던 대간의 처절한 울음소리

어허! 저거! 저거!

거대한 불기둥 검은 하늘에 치솟고

불화살고 흩어지는 불티들
화염이 고함치며 포물선 그리면
포물선 끝자락엔 불길 또 일어
대간이 불타네, 온통 타네.

산불 / 경기 김포 산림조합장 이준안

2000년 4월 7일부터 17일까지, 11일간의 삼척, 동해, 울진은 화산이 폭발한 듯 검은 연기로 뒤덮혔다. 그곳의 태양은 검은 색이었다. 4월 7일 새벽 6시 20분 삼척 산불현장에 도착했다. 20Km가 넘는 화선은 초속 20m의 강풍을 타고 빠르게 확산되고 있었다.

산 능선을 따라 삼척, 동해시를 포위하면서 번져가는 불길은 먹이를 삼키고 있는 화마의 빨간 혓바닥이었다. 화마는 강풍을 타고 거침없이 산야를 삼켜가고 덩치는 점점 커져갔다. 화마의 몸통 속을 넘나들면서 산불을 진화하는 산림청 헬기들은 포탄 사이를 뚫고 비행하는 전투 비행 그 자체였다.

초속 20m 이상의 강풍 속에서 헬기가 뒤집힐 듯한 산악지역 산불진화는 그야말로 사투였다. 물을 투하해도 공중에서 거의 분사되어 진화효과는 미미했다. 산불진화라기보다는 확산을 최소한이라도 저지하는 정도였다. 조종사의 온몸은 땀으로 흠뻑 젖었다.

사진 · 산림청 제공

산이 타면 국가가 타는 것이다 **367**

목숨을 건 진화에도 불구하고 4월 12일, 급기야 산불은 강원도를 넘어 경북 울진의 원자로 북방 5Km까지 접근했다. 국가적 재앙을 맞기 일촉즉발의 순간이었다. 산림청, 군, 민간 헬기 40여대가 투입되었으나 역부족이었다. 일몰 전까지 진화하고 철수할 수밖에 없었다.

4월 13일 새벽 5시. 밤새 잠을 설치고 여명에 이륙하여 울진 원자로 사수 작전에 들어갔다. 바람은 초속 10m로 전날보다 많이 약해졌다. 전 헬기가 동원되어 울진 원자로에 접근하는 화마를 잠재울 수 있었다.

4월 13일 오후. 울진을 방어하고 헬기는 동해시 쪽으로 투입되었다. 두타산을 방어하지 못하고 불이 영서로 넘어가면 산불은 태백산맥 전체로 번질 위급한 상황이었다.

4월 14일 오후 3시. 삼척시 가곡리에서 산불진화를 하던 동부지방산림관리청 소속 공무원 45명이 연기 속에 고립되었다는 보고가 접수되었다. 불길은 순식간에 45명의 목숨을 앗아갈 지도 모를 긴박한 순간이었다. 현장에 신속히 접근한 AS-350 헬기가 현장상황을 파악하고 KA-32T를 요청했다. 불길과 연기 속을 뚫고 투입된 3대의 헬기는 45명을 포위한 불길을 향해 집중적으로 물을 투하했다. 불길을 저지하고 퇴로를 확보하여 인원의 탈출로를 만들어 주었다. 헬기의 유도를 받은 사람들은 구조되었다.

4월 17일 오전 10시. 지상과 공중에서 사투를 벌인 결과 삼척, 동해 산불은 완전 진화되었다. 새벽에 일어나 건빵과 김밥으로 끼니를 때우며, 하루 평균 10시간 이상 비행하면서, 강풍 속에서 헬기가 뒤집힐 듯한 순간을 극복하고 화염 속을 넘나들어 거대한 화마를 잠재웠다.

산불이 난 삼척, 동해, 울진 현장은 검은 사막으로 변해 버렸다. 백두대간 줄기인 거진, 강릉, 동해, 삼척의 울창했던 산림이 까맣게 변했다. 우리나라 국토의 65%가 산이다. 산이 타면 민가는 물론 국가 기간시설도 위협을 받는다. 결국 국가가 타는 것이다.

산림항공관리소 KA-32T 조종사 배택훈

사진 · 산림청 제공

산불은
소리 지른다고
꺼지는 것이
아니다

　피땀 흘려 가꾼 숲이 탄다. 나무가 탄다. 산과 집
과 소가 타고 사람도 탄다. 땅이 타고 땅속이 탄다.
불길 속에서 생명들이 몸부림치며 절규한다. 산불
은 사람이 낸다. 무심코 버린 담뱃불, 논둑 밭둑에
서 옮긴 불, 밥 해 먹은 뒷불, 쓰레기 태우다 붙는
불, 사격장에서 번진 불, 부주의로 생긴 불, ×××놈
이 내는 불.

　불 머리에서 연기와 싸우며 일당백의 실력으로

불 끄는 자 누군가. 눈만 반짝이고 머리 끝부터 발 끝까지 쌔카맣고 땀으로 범벅되니 온 몸이 소금이다. 허기와 목마름과 피로에 지친 몸 사명감으로 버틴다. 불 끄러 온 사람은 많은데 끄는 것은 산림공무원이다. 불 끄기도 바쁜데 상황보고는 무리다. 발생, 진행 중 상황, 진화완료 3단계로만 하고 독촉하지 마소. 산불은 소리 지른다고 꺼지는 것이 아니다.

산과 숲은 후손에게 물려 줄 최고의 자산이다. 산불 내면 일벌백계로 조치하고 재산과 신분의 불이익을 주어야 한다. 산림정책이 국정의 앞머리에 있을 때 살기 좋고 쾌적한 나라가 된다.

산림청 행정관리담당관실 / 류용기

산은 산이요 불은 불이다. 구경거리 중에 싸움구경만한 것이 없다고들 하지만 강 건너 불구경도 그에 못지 않다. 하지만 산을 가꾸고 지키는 사람들에겐 산불구경은 애간장이 타고 숨통이 막힌다. 산불이 강풍을 타고 마을로 내려올 때 가재도구 하나 더 건져보려고 화염 속에 몸을 던지고 다 타버린 벼 종자를 어루만지며 오열하는 광경은 참혹했다.

산불의 위험을 알리는 싸이렌 소리가 요란하게 메아리친다. 살려달라고 아우성치는 나무들의 절규를 외면한 채, 잔인한 4월의 하늘은 귀를 틀어막고 비를 내리지 않는다. 하늘이 야속하기보다 자연 앞에 인간이 무력할 수밖에 없음을, 인간은 자연 아래 있음을 알게 한다.

금수강산이 잿더미로 변하는 것을 강 건너 불구경하듯 할 수 없기에 새
벽부터 땅거미가 짙어질 때까지 쉼 없이 물을 불머리에 퍼붓고 또 퍼붓는
다. 등에는 등짐펌프를 짊어지고 한 손에는 갈쿠리를 든 채 빵 조각을 씹
으며 정신없이 불꼬리를 잘라보지만 산불은 꼬리 잘린 도마뱀처럼 잘도
도망친다.

　　이렇게 9일간의 사투로 산불이 꺼졌다. 그러나 산불과 싸운 우리에게
남은 것은 산불진화 성공이라는 안도의 찬사가 아니라 따가운 시선이 섞
인 분노와 질타 뿐. 우리들 산지기는 한목소리로, "우리 모두 죄인입니
다." 라고 할뿐.

　　얼굴은 숯검뎅이가 되고 재가 뒤섞인 가래를 토하는 남자, 고개 숙인 남
자에게 아내가 건넨 따뜻한 한마디. "여보, 당신이 자랑스러워요. 당신이
있기에 우리 숲이 더욱 푸르러지잖아요." 그건 나에게 새로운 힘을 불어
넣어주고 소명으로 다가왔다. 타버린 잿더미 속에서 산림공무원의 존재이
유를 확인시켜 주는 한 마디였다. 죽음의 숲으로 변한 백두대간이 다시 울
창한 숲으로 제 모습을 찾을 수 있겠다는 희망이었다.

　　매년 봄을, 아카시꽃이 필 때까지를 가슴조리며 보내지만 불평 없는 아
내의 남편인 산림공무원이 있기에 우리 산림이 푸른 옷으로 다시 갈아입
을 것이다.

산림청 기획예산담당관실 / 조준규

산불의 원인은 대부분 사람의 의한 실화失火다. 산불의 낸 사람은 힘없는 노약자가 대부분이다. 무심코 논밭두렁을 태우다가, 집 부근 쓰레기를 태우다가 불씨가 날아가 산불이 난다. 취사, 담뱃불 등 등산객의 과실로 산불이 나기도 한다.

강풍으로 인해 나무와 나무끼리의 마찰에 불이 난다. 바람 센 봄날 등산을 하다보면 삐이익~ 삐이익~ 새소리 같은 소리가 들린다. 주변을 살펴보면 큰나무에 곁에 선 나뭇가지가 비비고 있다. 이것이 지속되면 마찰열로 발화가 일어난다. 외국에서는 이것이 대부분의 산불 원인이라고 한다.

봄철 날씨가 풀리면서 바위의 암석이나 돌이 굴러 떨어지며 강한 마찰에 의해 발화가 일어난다. 산자락으로 지나가는 변압기나 전선의 스파크에 의해 산불이 나기도 한다.

차를 타고 가다가 무심히 창밖으로 던져버린 담뱃불로 인해 산불이 난다. 운전하면서 창밖으로 담뱃불을 끄지도 않고 버리는 운전자들을 자주 본다. 본인은 아무 생각 없이 무심코 버리지만 뒤에 가는 운전자는 깜짝깜짝 놀란다. 그것도 시내중심가에서는 조심하는데 한적한 시골길에서 많이 보인다. 남이 보지 않는다고 버린 담배꽁초가 큰 산불로 번진다.

고의방화도 있다. 임산물 도취자의 범법 은폐, 산주, 관리인, 담당자에 대한 반감, 원한에 의한 방화, 부산물 발생 촉진, 보험금을 타기 위한 방화 등이다.

산불 가해자를 잡고 보니 사연도 다양하다. 농촌 마을 화목보일러가 가열돼 불씨가 주택가 대나무 밭에 옮겨 붙거나 농로 포장공사 중 휴식 시간에 리이터로 벌레를 잡다가 산불로 확산된 경우도 있었다.

성묘객이 피워 놓은 향불이 넘어지면서 잔디에 옮겨 붙어 산불이 나기도 했고 논·밭두렁 및 농산폐기물 소각 중 부주의로 산불로 확산되거나 고등학교 학생이 성적 나쁜 시험지를 태우다가 산불로 확산된 사연도 있었다.

사소한 부주의로라도 산불을 내면 3년 이하 징역 또는 1500만원 이하의 벌금, 허가 없이 산림이나 산림 인접지역에서 불을 놓은 경우 과태료 50만원, 산림 안에서 불을 이용해 음식을 해 먹거나 담배를 피우다 적발되면 과태료 30만원에 각각 처해진다.

산을 찾는 사람들은 절대로 불씨를 취급하지 말자. 큰 산불은 폐허와 절망을 주지만 큰 숲에는 큰 희망과 생명이 있다.

아카시꽃이
필 때까지

동구 밖 과수원길 / 아카시아꽃이 활짝 폈네

하아얀 꽃 이파리 / 눈송이처럼 날리네

향긋한 꽃냄새가 실바람타고 솔솔

둘이서 말이 없네 / 얼굴 마주 보며 생긋

아카시아꽃 하얗게 핀 / 먼 옛날의 과수원길

과수원길 / 박화목 시, 김공선 작곡

온 누리가 병풍을 들었어요 / 푸른 색으로 색칠을 했어요

초목들은 움을 틔워 새 생명을 잉태했어요

잎이 빨리 자라라고 열띤 응원을 했지요

　'봄비야 제발 내려다오'

간절한 기도를 했습니다.

산에 불씨를 가져가지 못하도록 방패막이도 했습니다

불씨 관리 잘하자고 목소리도 높였습니다

　'예방과 홍보' 라는 무기를 들고

두 눈 부릅뜨고 산불과 싸웠습니다

그래서 이겼습니다

아까시꽃이 만개하는 날

수고한 대가로 아까시꽃 향기 듬뿍 가져가세요

아까시꽃이 피면

산불은 살며시 꼬리를 감춥니다.

중부지방산림관리청 / 정차식

　국민 애창 동요 '과수원길'. 아까시꽃이 피길 간절히 원하는 사람들이 있다. 산림공무원들이다. 이유는 간단하다. 아까시꽃은 남부지방(부산 진주 창원 등 남해안)에서는 4월 5일~15일 사이, 남 중부지방(대구 경북 지방)은 10일~20일 사이, 북 중부지방은 17일~20일 사이부터 핀다. 서울은 4월 15일 경이면 피는데 날씨가 따뜻하면 꽃피는 시기가 일주일 정도 당겨진다.

아카시꽃이 활짝 피어 진한 향기를 뿜는 시기가 되면, 새 풀잎이 무성해져 낙엽과 마른 가지를 덮어 이것들이 더 이상 산불의 불쏘시개 역할을 하지 못한다. 간간이 봄비가 잦아지는 때이기도 하다. 이전까지는 건조한 날씨가 계속되어 아무리 홍보를 해도 산불은 예고 없이 여기저기서 펑펑 터진다.

봄이 되고 봄기운이 흥건하건만 봄을 잊고 휴일도 잊은 채 산불 감시와 산불 진화에 몸을 던져야하는 산림공무원들이 아까시꽃 피기를 간절히 기다리는 이유가 여기에 있다. 꽃 향기가 축복처럼 온몸을 적시면 이

들은 산불비상 근무체제에서 평상시 근무체제로 돌아간다.

산불과 싸우는 사람들은 군번 없는 전사다. 거대한 불더미와 싸우는 외로운 소총수다. 단풍이 들고 잎이 마르는 가을부터 겨울을 거쳐 봄이 이슥해질 때까지 비상근무다. 산불방지 계도, 등산로 폐쇄, 논밭두렁 태우기 금지, 산불방지 특별단속 등 일상 업무에 힘을 쏟다가 산불이 터지면 전투병이 되어야 한다. 후퇴도 없고 휴전도 없는 전투에 몸을 던져야 한다. 공기 중 습도가 40% 이하가 되면 잠이 안 온다. 20년, 30년 근무한 그들에게 달콤한 봄이란 계절은 없다.

봄이 오면 산불도 함께 온다. 봄이 가면 산불도 뒤를 따라 간다. 많은 상처를 남기고 유유히 사라진다. 오늘날 울울창창한 숲은 보릿고개를 넘기며 주린 배를 움켜쥐고 일군 치산녹화의 결과다. 숲과 함께 우리의 대~한민국이 가능했다. 미래를 위해 산불로부터 숲을 지켜야 한다.

나무는 불행의 씨를 심지 않는다

불행의 원인은 무엇일까? 고통과 공포다. 그것들은 친족이다. 고통은 우발적, 비자발적으로 갑자기 들이닥치지만 공포는 스스로 초대한다. 아직 실현되지 않았는데 지레 짐작으로 초래하는 것이 공포다. 공포와 불행은 공존한다. 떨쳐내기 어려운 공존이다. 삶을 마감하는 날, 공존이 끝난다. 불행한 일이다. 뻔히 보이는 불행을 떨치지 못하는 게 인간의 한계다. 나무는 진즉 한계를 터득했다. 태어날 때 울지 않고 죽을 때도 울지 않는다. 울음은 불행의 시작이자 끝이다. 외딴 섬처럼 홀로 서 있든, 숲을 이루어 무리 지어 있든 나무는 불행의 씨앗을 심지 않는다.

나무는 저축을 하지 않는다. 나무는 보험에 들지 않는다. 저축과 보험은 미래를 위한 대비책이다. 현재를 희생하며 미래를 대비한다. 미래는 불행할 것이란 전제로 한 대비책이다. 불행을 줄이기 위해 대비한다. 미래는 힘들고 어려울 것이라고 예단하고 준비한다. 그러니 현재마저 불행하다. 현재는 희생되어서 불행하고 미래는 불안하니 불행하다. 예금통장도 보험증권도 없는 나무는 현재도 행복하고 미래도 행복하다.

나무는 내일을 걱정하지 않는다. 나무는 일기예보에 귀 기울이지 않는다. 햇살이 나면 햇살을 쬐고 비가 오면 비를 맞고 눈이 오면 설화를 피운다. 예보는 틀리기 위해 존재하는 것이다. 어긋날 줄 알면서 예보에 목을 매는 인간을 그저 물끄러미 바라볼 뿐이다. 내일은 또 내일의 태양이 뜨고, 어제 죽은 이가 그토록 고대하던 내일이 오늘일 뿐이다. 걱정을 당긴들 걱정이 사라지지 않는다. 증폭될 뿐이다.

나무는 자식 교육에 몰입하지 않는다. 꽃이 피면 부지런한 바람, 새, 벌, 나비가 씨앗을 맺게 해준다. 태어난 씨는 그 자리에 떨어지기도 하고 바람에 날려 멀리 유학을 가기도 한다. 어미 나무는 그냥 바라만 본다. 아등바등하지 않는다. 곁을 지키는 놈을 더 예뻐하지도 않고, 멀리 날아간 놈을 야속하게 여기지도 않는다. 어디에 떨어지든 싹을 틔워 잘 자랄 것을 믿는다. 자식을 위한 조바심과 애착은 자식을 위한 것이 아니다. 자신의 만족을 위한 허풍떨기다. 나무는 그것을 안다.

나무는 비교에 열 올리지 않는다. 불행의 이유 1위는 비교 때문이다. '나'를 중심에 놓고 우주만물과 비교한다. 나보다 열등한 것은 보이지 않는다. 나보다 쬐끔만 나아보여도 속이 상한다. 상대가 나를 업신여기지 않았는데도 나는 속상해 한다. 비교 때문이다. 나는 왜? 우리 집은 왜? 우리 부모는 왜? 우리 학교는, 우리 동네는, 우리 나라는, 왜? 왜? 왜? 모든 것이 못마땅하다. 모든 것이 그들 탓이다.

나무는 비교하는 DNA가 없다. 교목은 교목대로, 관목은 관목대로, 아슬아슬한 비탈에 자라든, 평생 혹한 속에 서 있든, 누굴 탓하지 않는다. 분하고 속상해서 홧병 난 나무는 없다.

나무는 죽음을 두려워하지 않는다. 최고의 법문은 죽음이다. 현란한 장광설은 이내 잊혀진다. 유려한 명문도 잊혀진다. 심금을 울리는 설교도 잊혀진다. 뇌리를 꽝 치는 사자후도 잊혀진다. 그가, 그녀가 입었던 화려한 의상도 잊혀진다. 부러움이 문밖까지 밀려나오던 그의 집도 잊혀진다. 많은 것을 가진 그가, 그녀가 죽음 앞에선 초라하고 두려움에 떤다. 장렬한 전사는 전장에서나 가능하다. 그것도 억세게 재수 없는 병사에게나 가능하다. 죽음이 다가오면 두렵고 두렵다. 초연한 죽음은 추상이다. 나무는 죽음 앞에 초연하다. 생사 자체가 동일하다. 그래서 열반송 한 줄 남기지 않는다. 죽음 앞에 병사, 사고사, 요절, 자연사, 순직, 순국 따위의 명분을 붙이지 않는다.

그래서, 나무는 생로병사의 비밀이 없다. 비밀이 없는 것은 재산이 없는 것과 같다. 재산이 없으면 허전하다. 통장잔고가 없으면 불안하다. 무소유를 부르짖어도 약간의 종자돈, 비자금은 있다. 그것을 숨기는 것은 불편하다. 불안과 불편이 병을 가져온다. 빼앗길까, 더 가져야지, 이것이 병을 가져온다. 하여 병고에 시달리고 몸이 시들어 습기가 마르고 두려운 죽음의 문턱을 기웃거리다가 죽는다. 더러는 치매에 걸려 평생 쌓은 덕망을 초라하게 만든다. 나무는 생사生死만 있다. 병을 초대하여 고통을 겪지 않는다. 늙을수록 품격을 더해간다. 화려했던 이력이 노인에겐 물거품 같다. 그것을 자랑한들 웃음거리다. 나무는 고목이 될수록 멋이 우러난다.

그래서, 나무는 유서를 남기지 않는다. 유산을 남기지 않는다. 무덤을 남기지 않는다. 묘비를 만들지 않는다. 이름을 새기고 애도를 담은 묘비명도 없다. 그러나, 나무는 불멸의 존재다. 할아버지의 할아버지, 손자의 손자까지 같은 이름, 같은 모습으로 대를 이어간다. 소나무, 참나무, 느티나무라는 평범한 보통명사로 천 년, 만 년, 이어가는 불멸의 존재다.

그래서, 나무 앞에 서면, 내 키가 더욱 작아진다. 나무 그늘 아래 앉으면 내 속에 숨긴 것이 한없이 부끄럽다. 손바닥으로 하늘을 가려보겠다는 무지가 부끄럽다. 말없이 뿜는 산소를 마시고 대가를 바라지 않고 만들어 주는 그늘 아래서 나는 작은 먼지가 된다. 불멸인 나무 아래서 찰나 같은 유한자인 나는 작은 먼지다.